KB115296

주무르면 다 고침! 9

강준현 현대 판타지 소설

초판 1쇄 찍은 날 § 2019년 7월 9일
초판 1쇄 펴낸 날 § 2019년 7월 16일

지은이 § 강준현
펴낸이 § 서경석

총괄팀장 § 노종아
편집책임 § 김대용
디자인 § 고성희

펴낸곳 § 도서출판 청어람
등록번호 § 제387-1999-000006호
등록일자 § 1999. 5. 31
어람번호 § 제1-3032호

주소 § 경기도 부천시 부일로 483번길 40 서경B/D 3F (우) 14640
전화 § 032-656-4452   팩스 § 032-656-4453
http://www.chungeoram.com
E-mail § chungeorambook@daum.net

ⓒ 강준현, 2018

ISBN 979-11-04-92023-3 04810
ISBN 979-11-04-91881-0 (세트)

목차

60. 차명 계좌

"실례해요. 바쁘세요?"

"아닙니다. 이쪽으로 앉으세요. 한데 제가 없었으면 헛걸음하셨을 텐데 이렇게 일찍 어쩐 일이세요?"

"한 선생님을 보려고 문의를 했더니 출근을 했다고 해서 와봤어요."

"아! 태블릿."

지문으로 인식되는 태블릿을 여는 순간 병원 어디에서 뭘 하고 있는지 병원은 알 수 있다.

물론 병원 관계자들의 개인 사생활 보호를 위해 보안, 출퇴근 기록, 현 위치 등 일과 관련된 것만 저장 기록되어진다.

감시당하고 있다는 기분이 들 수도 있지만 딱히 나쁜 짓을 할 생각이 없는 두삼에겐 전혀 문제가 없었다.

"문제가 있나요?"

"아뇨. 병원 시스템이 잘되어 있다는 걸 새삼 느껴져요. 차나 커피 드릴까요?"

"마시고 왔어요. 선생님은 편하게 마시세요."

현수경은 두삼의 커피 잔을 흘낏 보며 말했다.

"하하! 네. 근데 혹시 주 교수님께 문제가 있습니까?"

그녀가 자신을 찾을 이유는 주한경 교수 일뿐이었다.

"선생님이 다녀간 후론 건강해요. 정신도 맑아졌고요. 사실 그 때문에 몇 가지 물어보려고 왔어요."

"말씀하세요."

"남편의 머리 신경에 문제가 있었다고 했잖아요? 그걸 한 선생님이 일시적으로 바로잡았다고 했고요."

"…그랬었죠."

"일시적이라면 다시 발생할 수 있다는 건데 완벽한 치료가 불가능한가요?"

당시 그가 스스로의 의지로 죽어가고 있다고 말하지 않고 적당한 핑계로 마무리를 했었다. 한데 이렇게 물어오면 적당히 얼버무리기는 불가능하다.

"…환자분이랑 얘기를 나누지 않았습니까?"

"어떤 얘기요?"

"가령, 두 전무라는 분의 일이라든가……."

"두 전무 얘기요? …설마, 그이가 아팠던 게 두 전무 일과 관련이 된 거였어요?"

여기까지 얘기가 나온 이상 어쩔 수 없었다. 그리고 마침 그녀만 혼자 있지 않은가.

두삼은 주한경 교수가 왜 아팠는지에 대해 조심스럽게 설명했다. 한데 얘기가 끝나고 나자 그녀는 한숨을 푹 쉬며 말했다.

"하아~ 그건 오해예요. 막말로 이젠 어엿한 계열사 사장에 세 자녀의 아버지인 그가 뭐가 아쉽다고 나같이 나이 든 여자를 만나겠어요?"

"…그렇습니까?"

"네. 상속 문제 때문에 잠깐 만난 거예요. 아무래도 그걸 본 모양이네요. 어쩐지 정신을 잃은 내내 두 전무 얘기를 하더니만. 그럼 그렇다고 말을 할 것이지 그 양반도 참 주책이라니까."

오해였다니, 조심스럽게 말했던 두삼도 뻘쭘했다.

"그런 줄도 모르고… 주 교수님이 사모님을 많이 사랑하셨나 봅니다. 하하……."

"부끄럽네요."

"제가 오히려 부끄럽습니다. 바로 말씀을 드렸어야 하는데……."

"선생님은 배려를 한 건데요. 그런데 죽고 싶다는 생각만으로 그렇게 될 수 있다니 신기하네요."

"건강한 육체에 건강한 정신이라는 말처럼 육체와 정신은 결국 하나니까요."

"그럼 뇌신경 문제가 아니니 오해를 풀면 더 이상 아프지 않을 수도 있다는 거네요."

"제가 보기엔 그렇습니다. 설명할 방법이 없어 적당한 병명을 말해 죄송합니다."

"아니에요. 어차피 선생님이 아니었으면 누구도 몰랐을 텐데요. 그보다 정신적인 문제인데 어떤 식으로 치료를 했는지가 더 궁금하네요."

"혈을 자극해 호르몬 수치를 조정했습니다."

"호르몬요?"

"네. 호르몬은 우리 몸의 기능을 정상적인 상태로 유지시켜 주는 역할을 하죠. 특히 뇌에서 분비되는 호르몬의 경우 균형을 맞춰주는 것으로 감정을 조절할 수도 있습니다."

"…그러한 것이 가능할 줄은 몰랐네요."

"검사를 잘하는 것과 비슷한 겁니다."

"놀라운 재주네요."

"하하… 특이한 재주죠."

"겸손하네요. 근데 그러한 치료가 치매에도 영향이 있는 건가요?"

"글쎄요. 그건 저도 모르겠습니다. 아마 일시적인 증상이라 나아진 게 아닐까 싶습니다."

"그렇군요. 아무튼 도움이 필요하면 선생님께 연락해도 괜찮을까요?"

"물론이죠. 언제든 연락하세요."

그녀는 불과 며칠이 지나지 않아 도움이 필요하다고 연락했다.

＊　　　＊　　　＊

―선생님 도움이 필요해요.

"급한 일이 아니라면 내일 병실로 가도 될까요? 지금 퇴근을 해서 집 근처거든요."

당연히 주한경 교수의 일이라고 생각했다. 한데 아니었다.

―잘됐네요. 지금 집 앞에서 대기하고 있을 거예요. 그들을 따라가 주세요.

"…네?"

―설명은 기다리는 이 중에 한 명이 할 거예요. 갑작스럽고 이상하다는 거 아는데 결코 선생님에게 해가 되진 않을 거예요.

언제든 전화하라고 한 것은 근무 시간 내에 그러라는 거지 근무 외에도 연락하라는 얘긴 아니었다. 그리고 이런 식으로 하는 게 민폐라는 걸 모르는 건가.

"들어보고 결정하겠습니다."

―…기분이 상했다면 사과할게요. 가족 일이라 이런 식으로 갑작스럽게 연락을 했어요.

가족 일이라니 마음이 조금 누그러지긴 했다.

전화를 끊고 집으로 올라가는 골목으로 접어들자 두 대의 검은 자동차와 그 앞에 서성이는 양복 차림의 사내들이 보였다. 그 중 날카로운 눈을 감추기 위해서인지 알 없는 안경을 쓴 남자가 손을 들며 막아섰다.

차를 세우고 창문을 열자 남자가 물었다.

"현 이사님 연락 받으셨죠?"

"네. 설명을 들으라더군요. 주차를 하고 나올 테니 잠깐 기다리십시오."

"주차장 앞에서 기다리죠."

차를 주차하고 나오자 담배를 피우고 있던 사내는 담배를 끄고 입을 열었다.

"선생님이 봐줬으면 하는 아픈 분이 계십니다."

"……."

"……."

"…그게 끝입니까?"

"더 필요합니까? 음, 돈 걱정은 하지 마십시오. 절대 섭섭지 않을 겁니다."

"예전이라면 모를까 지금은 돈 걱정 하면서 살진 않습니다. 환자는 누구고 어떤 상태입니까?"

"전 잘 모릅니다. 가서 직접 보셔야 할 겁니다."

"어떤 환자인지 알아야 간단한 준비라도 할 거 아닙니까."

"필요한 건 뭐든 말만 하시면 다 준비됩니다."

"어디로 가는 건데요?"

"가보시면 압니다."

제대로 말해주지 않는 것도 짜증인데 말투와 눈빛이 묘하게 강압적이다. 도대체 어떤 집안이기에 호가호위하는 사람이 이렇게 뻣뻣할까.

웬만하면 적을 만들고 싶지 않은데 이렇게 나오는데 간다면 굴욕감이 느껴질 것 같았다.

"후우~ 됐습니다. 별로 알고 싶지 않네요."

"그럼 타시죠."

"제가 왜 그 차를 탑니까. 안 갈 건데."

"…예?"

"돈 걱정하는 말 잘 듣는 의사 찾으세요. 정 나한테 받고 싶으면 직접 오시든가. 그럼 전 이만. 내일을 위해 이만 쉬어야겠군요."

"한 선생님, 뻣뻣하게 굴지 말고 같이 가시죠?"

뒤돌아서는데 그가 어깨를 잡았다.

날렵해 보이는 몸매와 달리 손은 상당히 두툼했고 손아귀 힘이 얼마나 센지 마치 쇠갈고리처럼 느껴졌다.

"놓으시죠?"

"뭣 때문에 싫다는 건지 모르지만 그 말도 가서 직접 하세요. 데리고 오라고 했고 전 그대로 따라야 합니다."

"그건 댁의 사정이고요."

손을 올려 그의 손을 잡았다.

그러자 그는 떼어낼 수 있으면 그렇게 해보라는 듯이 피식 웃었다. 하지만 그 웃음은 두삼이 약간의 힘을 쓰자 곧 찡그림으로 바뀌었다.

버티려고 안간힘을 썼지만 작정하면 500원 동전을 종이처럼 돌돌 말 수 있는 두삼의 힘엔 버틸 재간이 없었다.

"의사 어깨를 꽉 잡는 건 예의가 없는 짓입니다. 현수경 씨에겐 못 하겠다고 내가 말할 테니 당신을 보낸 사람에겐 당신이 말해요."

"……"

손을 빼려 안간힘을 쓰는 그의 손을 놔준 후 집으로 들어와 버렸다.

―안 가는데 경찰에 연락할까요?

"됐어. 집 앞에 서성인다고 연락해 봐야 경찰이 뭘 어쩌겠어? 때 되면 가겠지. 근데 조사해 보라는 건?"

주차를 하고 나가면서 루시에게 저들이 누군지 알아보라고 했다.

―차량 조회를 해보니 현성그룹 소유예요. 그리고 현수경은 전 현성그룹의 사람이고요.

"헐! 진짜? 현성그룹이라면 뻣뻣할 만했네."

현수경이 '현' 씨라서 혹시나 했는데 진짜 현성그룹일 줄이야.

물론 현성그룹이라고 해서 달라질 건 없다. 아쉬운 건 저쪽이지 자신이 아니었다.

―전화하는데 도청할까요?

"아냐. 못 데리고 간다고 연락하는 거겠지. 난 씻을 테니 식사 준비해 줘."

―뭐 드실래요?

"간단한 걸로. 아! 김치국밥 먹을래."

―레시피가 없는데 찾아볼게요.

"못 찾으면 놔둬. 내가 해먹을게."

할아버지가 살아 계실 때 겨울엔 300포기가 넘는 김치를 했었다. 식구가 많기도 했지만 그만큼 김치를 즐겨 먹었는데 김치국밥은 환자를 보느라 바쁜 할아버지가 가장 즐겨 드신 음식이었다.

서울에 올라온 이후로 거의 먹지 못했던 음식인데 오늘은 왠지 먹고 싶었다.

김치를 넣고 푹 끓이다 밥을 넣고 좀 더 끓이면 끝인 음식이라 그런지 샤워를 마치고 나오자 김치국밥은 만들어져 있었다.

"잘 먹을게."

─맛있게 드세요.

후후 불어가며 한창 맛있게 먹고 있는데 뜬금없이 나연섭의 아버지인 나경록 사장에게 연락이 왔다.

혹시 나연섭에게 문제가 생겼나 싶어 얼른 연락을 받았다.

─한 선생, 오랜만이야. 잘 지내지?

"예. 덕분에 잘 지내고 있습니다. 사장님 댁은 아무 일 없으시죠?"

─연섭이 얼굴 보기 힘든 거 빼곤 다 괜찮네. 그러고 보니 지난번 성형외과 소개시켜 준 것에 대해 고맙다는 말도 못 했군.

"그저 소개시켜 준 건데요. 향희 누님… 사모님은 잘 계시죠?"

─하하하! 편하게 불러. 물론 잘 지낸다네.

간단한 안부 인사가 오고 간 후 나경록이 본론을 꺼냈다.

─현재 자네 집 앞에 사람들 와 있지?

"그걸 어떻게……? 아!"

잠깐 잊고 있었는데 나경록은 현성그룹 사람이었다.

─자넬 데리러 간 사람이 실례를 한 모양인데 조카가 따끔하게 혼을 낸다고 했으니 마음 풀게.

"조카라면……?"

─현동수가 오촌 조카야. 그러니 날 봐서라도 가서 봐줬으면 해.

현동수라면 현 현성그룹 회장이다.

나경록은 현성그룹 창업주의 여동생 집안이었다.

좋은 인상을 남겼던 나경록이 부탁하는데 거절을 할 수가 없었다.

"알겠습니다. 지금 나가겠습니다."

—워낙 비밀스러운 곳이라 나도 모르는 게 더 많아. 자네에게 해가 되는 일은 없도록 하겠다고 했으니 뭔가를 요구하면 그냥 그러려니 하게.

"그러죠."

통화를 하느라 식어버린 김치국밥을 마저 먹고 밖으로 나가자 알 없는 안경을 쓴 남자는 어디로 갔는지 보이지 않고 깔끔한 중년인이 다가왔다.

"정중히 모시라고 했는데 직원이 실수를 했습니다. 사과드립니다."

"제가 좀 민감했습니다."

오는 말이 고우니 가는 말도 고울 수밖에.

안내하는 차의 뒷좌석에 앉자 옆에 경호원 한 명이 동승했다. 보조석에 앉은 중년인이 안대를 내밀었다.

"미안하지만 안대를 쓰시면 안 될까요?"

"안 될 것 없죠. 잘 테니 도착하면 깨워주세요."

안대를 받아 찬 후에 시트에 머리를 댔다. 그리고는 기운을 돌려 금세 잠이 들게 만들었다.

얼마나 잤을까, 일어나라는 소리에 잠에서 깼다.

"안대를 푸셔도 됩니다. 우린 여기까지입니다. 내리면 안내하는 분이 계실 겁니다."

도착한 곳은 제법 넓은 지하 주차장이었는데 차에서 내리자 한쪽에 40대 초반의 여성과 두 명의 경호원이 그녀를 호위하듯 서 있었다.

"한두삼 선생님이시죠? 절 따라오시겠어요?"

그녀는 대답을 기다리지 않고 바로 움직였고 두삼 여자를 따라 엘리베이터에 올랐다. 잠깐 올라가던 엘리베이터가 멈추자 이번엔 제법 복잡해 보이는 복도를 따라 움직였다. 그리고 안내한 곳은 조용한 응접실.

"잠깐 얘기를 나눠야 하니 뭘 마실래요?"

"물이면 됩니다."

듣고 있기라도 한 건지 가정부가 물과 차를 가지고 들어왔다.

"큰 회장님을 뵙기 전에 주의 사항을 알려 드려야 해서요. 가장 중요한 건 여기에서 보고 들은 것은 절대 발설해선 안 됩니다."

"그러죠."

"어느 누구에게도!"

"비밀을 요하는 일 얘긴 애인에게도 안 합니다."

"이렇게 강조하는 이유는 약속을 지키지 못했을 때 선생님에게 불이익이 생길까 저어해서예요. 그러니 꼭 지켜주시길 바라요."

정중했지만 위협적이기도 했다.

"다음은 환자를 볼 땐 항상 저와 함께여야 합니다. 전 김 실장이라고 부르면 돼요."

"저도 지켜볼 사람이 있는 게 좋습니다, 김 실장님."

"다행이네요. 필요한 것이 있으면 저에게 미리 말하면 돼요. 뭐든 준비해 드리죠."

어딜 가든 꼭 사람을 대동하고 움직여라, 치료 외엔 다른 것에 관심을 두지 마라 등등. 쉽게 말해 벙어리 3년, 귀머거리 3년, 장님 3년 살았던 며느리처럼 지내라는 얘기였다.

한참 동안 잔소리(?)를 들은 후에야 응접실을 벗어나 환자가 있는 곳으로 향했다.

"아! 한 가지 잊고 말을 안 했네요."

김 실장의 잔소리가 아직 남았나 보다.

"큰 회장님이 한 선생님을 다른 사람으로 오해할 거예요. 그땐 그냥 장단만 맞춰줘요."

"회장님의 정신적 능력이 많이 감퇴되었나 보군요?"

"훗! 그렇게 돌려 말하지 않아도 괜찮아요. 치매예요. 6개월 전부터 갑자기 심해져서 지금은 멀쩡할 때가 하루 1, 2분이 고작이에요."

"제가 할 일이 혹시 큰 회장님의 정신을 맑아지게 하는 겁니까?"

"눈치가 빠르시네요."

"눈치만큼 실력이 될까 걱정이군요. 솔직히 처음 하는 일이거든요."

"선생님이 솔직히 말하니 저도 솔직히 말하죠. 완전한 치료를 바라는 게 아니에요. 그저 멀쩡한 시간을 조금만 더 늘려달라는 거죠."

그게 의미가 있을까 싶다가 문득 갑작스럽게 치매가 발생하면서 아들인 현 회장에게 중요한 것을 알리지 못했다면 그럴 수도 있겠다 싶었다.

중요한 것이 뭘까 궁금해하던 두삼은 곧 고개를 저었다.

'치료를 할 수 있을지 없을지도 모르는 상황에서 궁금해한들 무슨 의미가 있다고. 환자에게나 집중하자.'

노크를 하고 들어가는 김 실장을 뒤따라 방으로 들어갔다.

2대 현성그룹 회장 현규섭은 편안한 의자처럼 생긴 침대에 앉아 통유리 너머 정원을 구경하고 있었다.

"큰 회장님, 저 왔어요."

"……."

"심심하셨죠? 실력 좋은 의사 데리고 오느라 조금 늦었어요. 검사하는 과정은 불편하지 않을 거예요. 마사지를 엄청 잘하는 의사거든요."

"……."

초점 없는 눈, 살짝 벌어진 입술, 전에 TV에서 볼 때와는 달리 마른 몸, 가슴에서 헐떡거리듯 나오는 낮은 숨소리, 2대 회장은 죽어가고 있었다.

"잠깐 눕힐게요, 큰 회장님."

아무 반응이 없음에도 김 실장은 꼬박꼬박 말을 하면서 침대를 반듯하게 만들었다. 그리고 하라는 눈빛을 보낸 후 옆으로 물러섰다.

두삼은 웃옷을 벗고 현규섭 앞에 섰다. 그리고 조심스레 말라 부서질 것 같은 그의 몸에 손을 올린 후 마사지를 시작했다.

"으음~ 응~"

시원한 건 아는지 기분 좋은 신음 소리를 낸다. 다행히 살이 빠졌을 뿐, 손끝으로 느껴지는 근골은 아직 괜찮았다.

한데 내부를 보는 순간 한숨이 절로 나왔다.

'신체는 죽어가는데 갖가지 약효가 그걸 막고 있어. 적당히 치료하고 먹일 것이지. 고통은 진통제를 사용한 건가?'

죽어가는 육체를 억지로 막게 되면 고통이 수반된다. 지금처럼 자신이 누구인지조차도 모른 채 고통을 느껴가며 사는 것이 무슨 의미가 있을까.

물론 돈이 많아서 이렇게라도 살아가겠다면 어쩔 수 없지만 말이다.

'갑작스레 약해진 건 암 수술 후유증인 것 같은데. 돌보는 사람들이 상당히 많아. 양기가 과해 음기를 보충하는 걸 빼곤 별로 손을 댈 곳이 없어.'

하긴 대한민국에서 손꼽히는 병원을 소유하고 있고 제일 재산이 많은 이인데 이상할 것도 없다.

생명력이라고 할 수 있는 자신의 기운을 조금 나눠 주는 걸로 신체에 관한 검사를 끝내고 손을 머리로 옮겼다. 그리고 머리의 혈을 가볍게 자극하며 뇌 속의 호르몬을 살폈다.

약물에 의한 각성 효과 때문인지 호르몬의 분비는 상당히 활발했는데 호르몬의 불균형이 심했다.

'그럼 맞춰볼까. 엔도르핀부터. 엔도르핀은 여길 자극했었지.'

주한경 교수의 호르몬을 맞출 때 정상인의 호르몬이 어떻게 균형을 이루고 있는지 알아야 했다. 그래서 두삼은 자신의 호르몬 균형을 보고 비슷하게 맞췄는데 이번에도 마찬가지였다.

과하게 분비되는 호르몬은 자극을 줄여 수치를 낮추고 적게 분비되는 호르몬은 반대로 자극을 해서 수치를 높였다.

물론 아직 자극점을 아는 곳이 적었기에 완벽하게 똑같이 하는 건 불가능했다.

익숙하지 않은 일을 하다 보니 적당히 맞추는 데도 꽤 시간이 걸렸다.

시술이 거의 끝나갈 때쯤 주입했던 기운 때문인지, 호르몬 균형이 맞춰져서인지, 아님 때가 되어서인지 현규섭의 눈에 초점이 돌아왔다.

그는 머리를 만지는 자신을 보고 말했다.

"…역시 홍 과장 머리 마사지는 알아줘야 한다니까. 그래서 내가 다른 사람한테 머리를 못 깎아."

홍 과장이란 이발사가 있었나?

제정신으로 돌아온 건 아니었기에 눈치껏 판단을 내린 후 말했다.

"회장님이 좋아해 주시니 기쁩니다."

"그나저나 홍 과장은 갈수록 젊어지는 것 같아?"

"…염색을 해서 그렇게 보이나 봅니다."

"그런가? 아무튼 머리 마사지를 좀 더 해줘. 요즘 비자금 때문인지 머리가 아파."

"네, 회장님."

오늘의 시술은 마쳤기에 순수한 머리 마사지를 했다. 한데 10분쯤 했을까 눈을 감고 마사지를 받던 현규섭이 눈을 다시 떴다.

한데 좀 전과는 또 다른 눈빛. 직감적으로 제정신을 차렸다는 걸 깨닫고 손을 멈췄다.

"…처음 보는 얼굴이군."

"아, 네. 그게……"

자기소개를 하려는데 뒤에 있던 김 실장이 얼른 나섰다.

"회장님, 솜씨가 좋다고 해서 부른 한의삽니다. 한 선생님 잠깐 나가 계세요."

"네?"

"당장 나가서 대기하라고요!"

"……."

김 실장은 버럭 소리친 후 한쪽에 있는 책상으로 뛰어간다.

'하? 이건 또 무슨 개같은 경우지?'

정말이지 오늘 만나는 인간들마다 왜 이 모양인지 모르겠다. 사정이 있으면 간단하게 말이라도 해주든가.

그대로 있으면 다음은 욕이 나올 것 같았기에 일단은 밖으로 향했다. 나올 때 흘낏 보니 책상에서 가져온 뭔가를 들고 한규섭에게 묻고 있었다.

10분쯤 지났을까 김 실장이 약간 상기된 표정으로 나왔다.

"좀 전에 소리친 것 미안해요. 회장님이 정신을 차릴 때 해야 할 일이 있거든요."

"…소리칠 시간에 그렇게 말했겠네요."

"…기분이 상했나 보군요?"

"그럼 아니겠습니까?"

더 말해봐야 소귀에 경 읽기밖에 되지 않을 것 같았다.

"제가 본 회장님 상태에 대해 말씀드리죠. 백약이 의미 없습니다. 생명 연장이 목적이라면 음기를 보충하세요."

"다신 안 올 사람처럼 말씀하시네요?"

"제가 할 수 있는 일이 없으니까요."

"오늘처럼만 해주세요."

"…제가 뭘 했는지 아세요?"

"잘 모르겠습니다. 하지만 한 가지는 알죠. 회장님이 사흘 만에 처음으로 정신이 돌아왔어요. 그거면 충분해요."

"우연일 수도 있습니다."

"며칠 지켜보면 알겠죠. 조금 전 일은 진심으로 사과드리겠습니다. 그러니 다시 와주세요……. 선생님이 지금 발을 빼면 소개를 한 현 이사님과 나 사장님이 조금 곤란해질 거예요."

사과를 빙자한 협박이다.

이놈의 집안은 도대체 정중한 사과, 부탁이라는 단어는 모르는 건가. 그리고 이따위 싸구려 협박이 통할 거라 생각하는 하다니……

"…내일 뵙죠."

똑똑하다.

김 실장은 정중한 사과, 부탁보다 싸구려 협박이 훨씬 잘 통한다는 걸 경험을 통해 알고 있음이 분명했다.

망가진 인생 갈 때까지 가보자는 마음이 아니라면 자존심은 잠깐 내려놓는 게 좋을 것 같았다.

"훗! 만일 우연이라도 좋은 결과가 있다면 나 사장이 해준 것보다 더한 상이 기다리고 있을 거예요."

"좋은 결과가 없으면요?"

"그래도 섭섭지 않을 만큼은 지불할 거예요."

"저 통 큰 사람입니다."

"그럼 좋은 결과를 만들어주세요. 큰 통에 가득 채워줄 테니까요."

이번 일은 아무래도 환자를 치료했다는 성취감보단 돈에 초점을 맞춰야겠다.

*   *   *

"내일 퇴근할 때 연락 주시면 집 앞으로 사람 보내도록 하죠. 그럼."

텅! 김미숙은 두삼이 떠나는 차의 문을 닫아준 후 자신의 사무실로 올라갔다. 그리고 문을 닫자마자 현 현성그룹 회장인 현원석에게 연락했다.

통화가 연결되자마자 무뚝뚝한 목소리가 바로 결과를 물어왔다.

—어떻게 됐어?

"뭘 했는지 모르지만 1시간 정도 마사지를 한 후 회장님이 정신을 차리셨어요."

—…얼마나?

"3분 정도요. 하지만 전과 달리 신낙훈 이사가 관리하던 비자금 계좌에 대해 몇 가지 확인을 해주셨어요. 회장님 말씀대로 100여 개 계좌가 빈다고 하셨어요."

두삼의 생각대로 현원석은 후계자 승계 작업 중 갑작스럽게 현규섭이 치매 증상을 보이면서 1대 회장 때부터 내려오던 비자금에 대해 대략적인 금액만 알 뿐, 제대로 인수인계를 받지 못했다.

그에 비자금 관리를 맡아오던 세 명에게 인수인계를 받았는데 현규섭에게 들은 돈의 3분의 1밖에 되지 않았다.

그 말인즉, 세 명이 빼돌리려고 말을 안 했거나 그들도 모르는 비자금이 있다는 얘기.

그때부터 아버지의 생명을 연장시키며 정신을 차릴 때마다 조금씩 알아오고 있었다.

─그럴 줄 알았어! 아버지가 치매 증상이 있다는 걸 알았을 때 그 늙은이의 눈빛이 심상치 않았었어. 욕심 많은 늙은이 같으니라고 한두 개도 아니고 100개나 빼돌리려 했다니…….

설령 3인방이 거짓을 말했다고 해도 현규섭의 치부는 물론 현성그룹에서 발생하는 온갖 불법적인 일을 거들어왔던 이들이었기에 처리하는 일은 쉬운 일이 아니었다.

자칫 낌새라도 보였다간 그들이 검찰로 갈 것은 불 보듯 뻔한 일. 그러니 가급적 조용히 회사를 내보내는 최선인데, 비자금까지 들고 가게 할 순 없었다.

100개면 1,000억이 넘는 돈이었다.

"계좌 번호는?"

"절반은 미한은행에 차동희의 이름으로 보관되어 있다고 하셨어요."

─나머지 절반은?

"말씀하시기 전에 다시 정신을 잃으셔서……."

―…어쩔 수 없지. 그 한의사는 어디 있어?

"일단 보냈고 내일 다시 오기로 했어요."

―능력은 어때?

"뭘 어떻게 하는 건지 모르겠지만 소문대로 실력이 있어 보였어요. 큰 회장님께서도 꽤 만족해하시고요. 하지만 우연의 일치일 수 있으니 지켜보려고요."

―확실하다면 그자가 해달라는 건 다 해주고라도 잡아. 운이 든 어쨌든 50개가 넘는 통장을 찾았으니까.

"그렇게 할게요. 만일 진짜라면 회장님을 위해서라도 필요한 사람이니까요.

―날 위해주는 건 김 실장밖에 없군.

"절 위해주는 분도 큰 회장님과 회장님 두 분뿐이잖아요."

김미숙은 어린 시절부터 세뇌에 가깝게 현원석을 위해 길러진 사람이었다. 만일 현원석이 자결하라고 명한다 해도 주저 없이 할 수 있는 이가 김미숙이었다.

*   *   *

"뭘 그렇게 열심히 보세요?"

잠깐 짬이 나서 책을 보고 있는데 양태일이 들어와 물었다.

"호르몬 관련 책."

"선생님은 한의학 책보다 서양 의학 책을 더 많이 보시는 것 같아요."

"그렇게 보이냐?"

한의학과 호르몬은 전혀 관련이 없을까?

아니다. 침과 뜸으로 혈을 자극해서 환자가 고통을 느끼지 못하게 하는 방법 중 하나도 뇌 속의 엔도르핀을 생성하게 만드는 것이다.

호르몬을 볼 수 있기 전엔 그저 배운 것으로 알고 있던 것을 이젠 눈으로 직접 볼 수 있게 되니 한의학이 과연 옛 학문인가 생각하게 된다.

"한의학의 침과 뜸의 자극점이 호르몬과 관련이 있다는 건 생각해 보지 않았냐?"

"그렇다는 얘긴 배웠으니 알고는 있죠. 한데 아직 증명된 건 아니잖습니까."

"또 의심하는 거냐?"

"…의심이 아니라 의문을 던지는 거죠."

"말장난하지 말고. 성장 클리닉에서 하는 성장 침이 효과가 없다고 생각해?"

"그야… 솔직히 모르겠습니다. 제가 과외했던 중학생 애가 성장 클리닉에 가서 검사를 받았는데 175가 최대치라고 해서 걱정했었습니다. 그런데 그 녀석 중학교 졸업하기 전에 185까지 컸습니다. 물론 성장 클리닉은 받지 않았고요."

"그래서? 성장 문제로 환자가 오면 안 받을래? 아님 난 못 하니까 그냥 가라고 할래? 그저 누군가가 증명해 준 것만 할래?"

"…죄송합니다."

"미안하라고 한 말은 아냐. 다만 의심이든 의문이든 가지기 전에 먼저 노력은 해봐야 하지 않겠냐?"

"…네, 선생님."

"그럼, 이 책 읽고 정리해."

"에?!"

"못 들은 척하려면 해. 잘 정리했다 싶으면 성장호르몬 자극혈에 대해서 가르쳐 주려 했는데……."

"합니다! 하겠습니다."

"아직 검증은 안 됐어."

"상관없습니다."

"자식, 돈은 벌고 싶은가 보구나. 아! 전화 왔다. 정리하는 데 보름이면 되겠지?"

"그 두꺼운 책을요?"

"의서 중에 얇은 거 봤냐?"

울상이 된 채 책을 들고 가는 양태일을 보며 피식 웃곤 전화를 받았다.

"예, 원장님."

─오랜만에 자네가 봐줬으면 하는 환자가 있어서 전화했네.

어떻게 된 게 항상 일이 몰려오는 건지.

"안 그래도 드릴 말씀이 있었는데 지금 가겠습니다."

현규섭을 치료한다는 말은 하지 못하겠지만 일단 외부에서 치료를 한다는 건 알려야 했다.

*　　　*　　　*

우연인지 민규식 원장이 소개한 환자는 호르몬과 관련된 학생이었다.

"내가 가끔 가는 보육원의 학생인데 어릴 때 장난을 치다가 무릎을 심하게 다쳤나 봐. 그때 성장판을 다친 모양이야."

"무릎을 다친 건데 이렇게 되다니……."

태블릿으로 환자의 기록을 살피며 중얼거렸다.

환자 나이 15세. 한데 신체 나이가 8세였다. 다치면서 성장이 멈춰 버린 것이다.

"이번 건 진짜 자신이 없는데요."

"실패한다고 뭐라 할 사람 아무도 없어. 자네도 봤다시피 호르몬 치료마저 실패했네. 경험한다고 생각하고 치료를 해보는 것도 나쁘지 않다고 생각하네만."

"알겠습니다. 그리고 한 가지 말씀드릴 게 있습니다."

"저녁에 비밀 아르바이트하는 거 말인가?"

"…알고 계셨습니까?"

"현성에서 연락이 왔네."

"그래요? 비밀로 하라고 해서 말씀드려야 하나 고민했었는데……."

"협박이라도 하던가?"

"비슷합니다."

"함부로 하지 말라고 말해뒀는데 심하게 군다 싶으면 말하게. 내 선에서 안 되면 다른 선도 있으니까."

"든든하네요. 감사합니다."

"우리 병원 직원을 내가 지키지 않으면 누가 지키겠나. 허허허!"

그가 현성을 상대할 수 있을지 없을지는 알 수 없지만 말만으로도 한결 편해지는 느낌이다.

원장실에서 나와 VIP실로 이동했다.

보육원 원아를 VIP실에 입원시킨 것만 봐도 돈을 많이 주는 환자를 치료해 가난한 환자를 돕는다는 그의 말이 거짓이 아님을 알 수 있다.

병실로 들어가자 여덟 살이라고 하기에도 작아 보이는 아이(?)가 창밖을 보고 있다가 인사했다.

"…안녕하세요."

보기엔 어려도 몸과 마음은 15세의 사춘기인지 코밑에 거뭇거 뭇한 수염이 나 있었다. 게다가 자괴감 때문일까 목소리엔 힘이 하나도 없었다.

"그래. 지내기엔 불편하지 않지?"

"…너무 편해서 나중에 보육원에 가면 불편할 것 같아요."

"녀석. 인사드려라. 이제부터 널 치료할 선생님이다. 엄청 유명한 분이니 말 잘 듣도록 해라. 난 가볼 테니 두 사람이서 얘기해."

민규식 원장은 볼일을 마쳤다는 듯 가버렸다.

"…안녕하세요, 이치열입니다."

"반가워. 노력할 테니까 너도 희망 잃지 말고 열심히 해주길 바랄게."

"…제가 할 게 있나요?"

"방금 말했잖아. 희망을 잃지 않는 거. 내가 많은 사람을 치료한 건 아니지만 낫겠다는 의지가 아주 중요해. 왜 믿기지 않니?"

"……."

"처음부터 믿어달라는 건 무린가? 아무튼 진맥부터 해보자."

뇌하수체 전엽에서 분비되는 성장 호르몬은 성장을 촉진하는 작용을 주로 한다.

뼈가 길고 굵게 만들고 근육이 붙게 만들며, 2차성징이 일어나게 한다.

현재 이치열의 경우 2차 성징이 일부 일어나고 있음에도 뼈와 근육은 전혀 자라지 않는 왜소증 증세를 보이고 있었다.

'이거 완전히 맨땅에 헤딩하는 기분이군.'

호르몬이 분비되는 곳은 뇌하수체뿐만 아니라 부갑상선, 갑상선, 부신, 이자, 정소와 난소 등과 같다.

현재 노란색으로 보이는 호르몬.

색의 농도에 따라 구분을 하고 있는데 호르몬의 종류를 생각해 보면 아직 호르몬을 구분하는 것조차 걸음마 단계였다.

'하루아침에 될 일이 아냐. 호르몬이 표적기관으로 이동한다는 장점이 있으니까 일단은 흐름만 파악하자.'

호르몬은 유도미사일처럼 표적 세포에만 결합된다. 즉, 어디에 도달하느냐만 파악해도 어떤 호르몬인지 파악이 가능하다는 얘기다.

각각의 발생 지점에서 출발한 호르몬이란 미사일의 도착점을 일일이 보는 것도 쉬운 일은 아니었지만 중구난방으로 움직이는 신경 신호를 파악했던 경험이 있어 시간만 투자하면 됐다.

정신없이 색의 농도와 매치하며 외우고 있는데 호주머니에 있던 스마트폰이 진동했다.

암센터에 갈 시간이었다.

"오늘은 여기까지 하자. 내일부터 틈틈이 올 테니까 자리 비우게 되면 선생님한테 메시지 남겨놔. 내 전화번호는……."

"…저 스마트폰 없는데요."

"그러냐? 내일 네 이름으로 하나 만들어줄게."

"……."

"내 편의를 위해 해주는 거니까 이상하게 생각하지 않아도 돼."

무슨 말이 나올지 예상을 했기에 먼저 핑계를 댄 후에 나왔다. 그리고 요즘 바빠지면서 조금씩 늦자 이상윤이 잔소리를 해대는 통에 서둘러 암센터로 향했다.

"헉헉! 이 선생 어디 있어요?"

입원실 데스크에 도착해 태블릿을 받으며 간호사에게 물었다.

"이 선생님 수술 들어가셨어요."

"헉헉! 젠장! 제시간에 왔을 때 없다니……."

"호호호! 두 분 아웅다웅하는 거 보면 정말 친한 것 같아요."

"…안 친해요."

"이 선생님도 정색하면서 똑같이 말씀하시긴 하셨어요. 한데 저희가 볼 땐 그래요. 호호!"

데스크의 간호사들은 수간호사의 말에 동의한다는 듯 고개를 끄덕이며 키득거렸다.

"한번 싸우는 모습을 보여주든가 해야지. 수고하세요."

간호사를 뒤로하고 병실로 가는데 이현종이 복도를 천천히 걷고 있었다. 그는 두삼을 보자 환한 얼굴로 인사를 꾸벅했다.

"선생님, 어서 오세요."

이제 말은 일반인과 비슷했고 며칠 전부턴 하체까지 움직이고 있었다.

"현종 씨, 땀 많이 나는데 무리하는 거 아니죠?"

"무리 아내요. 20분 정도 거르면 항상 이래요."

"그래요? 잠깐 진맥 좀 해볼게요."

현재 두삼이 맡고 있는 암 환자 중에 가장 빠른 호전을 보이는 이가 이현종이었다. 시발이 된 하병국의 경우도 경과가 그리 나쁜진 않았지만 이현종 정도로 급변하다 싶을 정도는 아니었다.

손을 잡고 이현종의 종양을 살폈다.

'헐! 또 줄었어. 현재 속도로 호전된다면 두 달이면 완치 판정까지 나겠는걸.'

너무 빨라서 기쁘기보단 혹시 무슨 일이 생길까 겁이 날 정도다.

이왕 손댄 김에 암으로 가는 혈관을 막고 있는 기운에 기를 더한 후 손을 뗐다.

"어때요? 좋아져써요?"

"네, 좋아졌어요. 그래도 혹시 모르니까 이번 검사를 받을 때 전체적인 검사를 해보기로 해요."

"네. 그러케 할게요."

"10분 정도만 더 하다가 쉬어요. 오늘 치료는 방금 했으니까요. 이틀 후에 봐요."

최근 암센터는 이틀에 한 번 꼴로 오고 있었다.

그를 뒤로하고 병실로 들어가려던 두삼은 갑자기 생각난 것이 있어 뒤돌아섰다.

"참! 현종 씨."

"네?"

"현성에서 현종 씨와 비슷한 처지의 환자들을 산업재해로 인정하지 않고 있잖아요?"

"…그렇죠."

"혹시 현성의 오너를 만날 수 있다면 무슨 말을 하고 싶어요?"

"…글쎄요."

"욕하고 싶지 않아요? 아님 한 대 때려주거나."

이현종은 그답지 않게 쓸쓸하게 웃으며 중얼거렸다.

"그렇다고 해서 죽은 이들이 돌아오는 것도 아니잖나요. 그냥 깨끄시 인정하거나 그러기 싫다면 위로금이라도 마니 줬으면 좋겠어요."

돈을 바라고 현성과 싸우고 있다고 오해를 한다고 생각했을까, 그는 얼른 말을 덧붙였다.

"산 사람은 살아야 하자나요! 병간호하느라, 싸우느라 가족이 많은 피해를 입었거든요."

"무슨 말 하려는지 아니 설명하지 않아도 돼요. 그럼 가볼게요."

두삼은 다시 돌아섰다.

'현종 씨의 말, 기회가 되면 전해볼게요.'

그가 바란 건 돈이 아니라 아프기 전의 평범한 평화로움이 아닐까.

씁쓸해지는 마음을 애써 다잡고 병실로 들어가 환자들의 암 진행 상황을 살폈다. 호전되고 있어서인지 환자도, 환자의 가족들도 화기애애한 분위기였다.

하도 음료수와 먹을 걸 권하는 바람에 들어갔다 나오면 가운 주머니가 불룩해진다.

한 병실만 제외하곤 말이다.

50세의 중년 가장인 지영훈 씨인데 처음에 약간 호전을 보이다가 지금은 더 좋아지는 기색이 없었다.

똑같이 한방색전술을 시행하고, 똑같이 항암 치료를 받고 있는데 그 환자만 좋아지지 않았다. 그러다 보니 괜스레 눈치가 보였다.

지영훈이나 그 가족이 그런 말을 직접 한 건 아니지만 마치 '나만 제대로 치료하지 않는 거 아냐?'라는 눈빛을 보내는 느낌이랄까.

하지만 정반대다. 사흘에 한 번씩 방문해도 되는데 그 때문에 이틀에 한 번씩 오고 진료 시간도 다른 사람보다 몇 배는 오래 걸렸다.

"…어서 오세요."

"네. 몸은 좀 어떠세요?"

"가끔 깨질 듯한 두통은 여전합니다."

"누우세요. 한번 볼게요."

지영훈이 눕자 머리 마사지를 하며 뇌종양을 살폈다.

'이틀 만에 달라질 리가 없지. 그대로라는 건 영양분이 공급되고 있다는 건데……. 림프관인가?'

혈관은 확실하게 막혀 있었다.

다른 환자들과 다른 점은 생긴 부위가 전두엽과 측두엽의 경계 부위라는 것 하나. 경험이 많지 않으니 이런 상황에선 그저 막막할 뿐이다.

신체라는 우주에서 정확한 목표도 없이 찾아 헤매는 것이 얼마나 무의미한지 새삼 깨닫는다.

말랑말랑하게 해뒀던 혈만 하나 뚫고 손을 뗐다.

"…어떻습니까?"

"글쎄요. 다른 환자들과 다를 바 없이 하고 있는데 이상하게 효과가 없네요. 솔직히 경험이 많지 않아 현재 상황에 대해 모르겠습니다."

대책이 없는 상태에서 자신에게 맡겨진 환자지만 모르는 것을 어려운 말로 에둘러서 말하긴 싫었다. 대신 말을 덧붙였다.

"다시 진행이 되는 것은 아니니 조금만 시간을 주십시오. '반드시'라고 약속은 못 하지만 최선을 다해 원인을 찾아보겠습니다."

"…너무 오래 기다리게 하진 마세요. 부탁드립니다."

"예."

어쩌면 지영훈은 자신을 믿지 못하고 다른 대안을 생각하고 있을지도 모르겠다. 그러나 그런 그를 탓할 순 없었다. 죽어가고 있는 건 자신이 아닌 그 아닌가.

인사를 하고 밖으로 나오자 대기하고 있던 수간호사가 말했다.

"선생님, 센터장님이 잠깐 보자고 하세요."

"그래요?"

시간을 흘낏 본 두삼은 센터장실로 갔다.

"어서 와, 한 선생."

"부르셨다 들었습니다."

"응. 할 얘기가 있어서. 저녁 시간인데 같이 저녁이나 함께하면서 얘기하는 게 어때?"

"아! 죄송합니다. 취소할 수 없는 선약이 있어서… 다음에 제가 한번 모시겠습니다."

"미리 연락할 걸 그랬군. 오늘만 날은 아니니까. 앉아. 다름이 아니라 이번에 암센터를 새로이 도약시킬 계획 중이야."

"고웅섭 센터장님께 들었습니다."

"팀에 참여하진 못해도 돕는다고 했다고?"

"예. 맡고 있는 학생들과 레지던트들이 있어서 한방센터에서 손을 떼기가 곤란했습니다."

"고 센터장님께서도 그리 말씀하시더군. 나라고 했어도 그리 했을 거야."

"이해해 주셔서 감사합니다."

돕는 이가 그러겠다는데 뭐랄까마는 예의상 감사를 표했다.

"그렇게라도 돕겠다는데 내가 고맙지. 그리고 한 선생의 그러한 결정에 팀보단 센터 전체에 이익이 되는 방향으로 계획을 바꿨어."

"더 좋은 방향이었으면 좋겠네요."

"지켜보면 알겠지."

정시형 센터장은 아무래도 프로젝트 팀이 무산된 게 아쉬운지 입맛을 다시며 말을 이었다.

"한 선생이 해줄 일은 색전술이 필요한 환자들에게 한방색전술을 시행하는 거야."

"그거면 됩니까?"

"환자 수를 생각하면 그리 말하지 못할걸. 물론 다 하는 건 아니고 처음엔 환자에게 선택권을 줄 생각이야. 효과가 없으면 한방색전술을 시행하겠지만."

"뺄 수 있는 시간을 정리해서 보내 드리겠습니다. 어쩌면 오전 일찍밖에 되지 않을 수도 있겠네요."

"어지간히 바쁜 모양이군?"

"암센터 선생님들만큼 하겠습니까. 다만 대부분 한방센터랑 관련이 없는 일로 바빠서 과장님 볼 낯이 없을 뿐입니다."

"바쁜 건 알지만 신경 써주게. 난 우리 암센터를 최고로 만들어볼 생각이야."

"물론입니다. 저도 알고 싶은 게 있거든요."

"어떤 일? 혹시 지영훈 환자 때문인가?"

"네. 다른 사람들은 다 좋아지고 있는데 지영훈 환자만 호전 기미가 보이지 않아서요."

"음, 환자를 고치겠다는 마음은 칭찬할 만하지만 모두를 고칠 순 없어. 현재 우리가 하고 있는 색전술의 효과가 얼마나 있다고 생각하나?"

"7, 80퍼센트는 되지 않습니까?"

"훨씬 낮아. 설령 낫는다고 해도 재발 확률 역시 높고. 잘 듣는 곳이 있고, 그렇지 않은 곳도 있고, 어쩔 수 없이 하는 경우도 있어. 한 선생의 한방색전술은 지금 결과만 놓고 보면 솔직히 말하면 사기급이야. 만일 다양한 암 환자들의 자료가 축적되고 그중 절반이라도 효과를 보게 된다면 자넨 한방색전술만으로도 의료계에 없어선 안 될 인물이 될걸."

"하하……."

"농담이 아냐, 이 친구야. 나중에 잘나간다고 우리 암센터를 떠나면 그땐 내가 저주할지도 몰라."

잘나간다는 기준이 뭔지 모르지만 지금으로 사실 충분하다고 생각한다.

솔직히 뇌전증 치료만으로도 명예든 부든 얻을 수 있지 않을까.

지금은 눈앞의 환자를 고치는 것 말고는 다른 것에 신경 쓰고 싶지 않았다.

*　　　　　*　　　　　*

"하암! 수고하셨어요."

현규섭을 만나러 온 지 사흘째. 벌써 익숙해졌는지 첫날의 긴장감은 더 이상 없었다. 그래서 쪽잠임에도 꿀잠을 잤다.

안대를 풀고 차에서 내리자 김 실장이 아닌 30대 정장 차림의 여성이 마중을 나왔다.

"위에서 기다리고 계세요."

그녀의 안내를 받아 현규섭의 방으로 가는 복도를 걸어갈 때였다. 현규섭의 방문이 열리며 젊은 20대 여성 한 명과 김 실장이 나왔다.

김 실장은 20대 여성을 자신을 안내해 준 여자에게 맡긴 후 인사했다.

"한 선생, 왔어요?"

"네. 근데 저 여잔 누구예요? 가족 같진 않고⋯⋯."

"한 선생은 몰라도 됩니다."

짐작 가는 바가 있어 물었다. 한데 예상과 다르지 않은 대답이 돌아왔다.

상관없는 일이라면 '아, 네' 하고 물러났겠지만 이번엔 달랐다.

"회장님 치료를 하는 이상 알아야 할 것 같은데요."

"⋯이봐요, 한 선생. 선생은 치료에 집중해요. 그리고 회장님을 케어하는 의사가 몇 명인지 알아요?"

"말해준 적이 없으니 모르죠. 그리고 김 실장님 말처럼 알 필요도 없고요. 다만 제가 손댈 때마다 회장님의 몸 상태가 변해 있으면 곤란합니다. 보기엔 그저 마사지를 하는 것처럼 보여도 상당히 고난도의 일이거든요. 지켜지지 않는다면 회장님을 케어하는 많은 의사들에게 맡기든가요."

"⋯그래서 꼭 알아야겠다?"

"네."

"좋아요. 말해주죠. 한 선생이 회장님의 음기를 보충하라고 해서 그렇게 했어요."

"헐! 손만 잡고 있었던 건 아닐 테고. 설마⋯ 성관계를 맺은 겁니까?"

"성관계가 아니라 치료예요!"

"그건 평범한 사람에게나 그렇죠. 그것도 정확한 방법을 따라야 하고요. 현재 회장님껜 치료가 아니라 독입니다! 도대체 누가 이런 황당한 방법을 권한 겁니까? 아님 김 실장님이 생각하신 거예요?"

"회장님이 아끼시던 한의사가 권한 거예요."

두삼은 머리를 긁적이며 한숨을 내쉬었다.

"저라도 총애하겠네요. 필요할 때마다 알아서 여자를 구해주잖아요."

"……."

"나이 든 사람이 젊은 여자랑 성관계를 했다고 이러는 거 아닙니다. 능력 되면 할 수 있죠. 다만 음기를 채우려면 저랑 상의했어야죠. 그 한의사가 치료를 하는 게 아니잖습니까."

"그럼 진즉에 할 생각을 했어야죠."

"약을 쓰면 몸이 버티지 못하니 고민을 했죠. 하지만 이젠 해결됐네요."

"어떤 방법인데요?"

"여자분 한 명만 데리고 오면 됩니다."

"…뭐 하려고요."

"그냥 손만 잡으면 됩니다. 나머진 알아서 하죠."

김 실장은 미간을 좁히며 의문을 표했지만 일일이 설명할 이유는 없었다.

얘기를 끝내고 방으로 들어갔다.

섹스 후의 흥분 때문인지 현규섭은 깨어 있었다.

"홍 과장 왔나?"

현규섭의 머릿속에 난 홍일두라는 이발사로 낙인이 된 모양이다.

홍일두는 현규섭보다 일곱 살 많은 이로 이미 10년 전에 죽었다고 김 실장이 말해줬다.

"예, 사장님. 머리 마사지나 해드릴까 하고 왔습니다."

"안 그래도 회포를 풀고 났더니 자네 손길이 생각났는데 잘 왔네."

현규섭은 머리를 두삼에게 맡기곤 눈을 감았다.

"음, 좋아……."

두삼이 머리를 만지기 시작하자 그는 연신 기분 좋은 신음 소리를 냈다. 그리고 10분쯤 지나자 그는 알 수 없는 숫자를 계속 말했다.

"389506239, JT2345, 389506239, JT2345 389506239, JT2345, 389506239, JT2345……."

치매 노인이 뱉는 말에 무슨 의미가 있을까 싶어 무시하려고 하는데 워낙 반복적으로 하니 숫자가 금세 머리 박혔다.

'이 숫자를 외웠다고 뭐라 하는 건 아니겠지?'

설령 의미 있는 숫자라고 해도 김 실장이 이미 밝혔을 테니 의미가 없을 것이다.

머리 마사지를 하며 섹스를 하느라 소모해 버린 기를 보충하고 호르몬의 밸런스를 맞춰가니 신기하게도 숫자 말하기를 멈추고 다시 사장이었던 시절로 돌아왔다.

"홍 과장, 애들은 잘 크나?"

"…회장님 덕분에 무럭무럭 자라고 있습니다."

"큰애를 만난 게 그 애가 12살 때였지. 뭘 먹고 싶으냐고 물으니 짜장면 곱빼기라고 하던 말에 얼마나 웃었던지."

"별걸 다 기억하고 계시는군요?"

"그날을 어떻게 잊겠나? 아주 중요한 결정을 하는 날이었는데 그 애 때문에 풀렸지 않나."

"그랬었나요? 전 도통 기억이 나지 않네요."

"허허. 자넨 모를 수밖에 나만 아는 일이……."

호르몬의 균형이 거의 맞춰지자 그의 눈빛이 바뀌며 말을 멈췄다.

제정신을 차린 것이다.

사흘에 불과했지만 현규섭을 치료하며 몇 가지 알아낸 것이 있다.

호르몬의 밸런스를 맞추면 정신이 확실히 맑아지는 이렇게 정신을 차릴 때가 있었다. 반드시는 아니었고 한번 정신을 차리고 나면 설령 다시 호르몬의 밸런스를 맞춰도 제정신을 차리진 못했다.

머무는 시간이 고작 2시간이라 더 테스트를 해보지 못했지만 아무튼 호르몬 치료가 확실히 정신을 맑게 하는 데 도움이 되는 듯했다.

나중에 안 사실이지만 이때 기준이 된 자신의 호르몬 상태가 최고조로 기쁠 때의 상황과 비슷해서 좋은 효과를 본 것이었다.

사랑하는 사람과 함께하고 있고, 모든 일이 술술 풀리고. 스트레스 중 손꼽힌다는 돈 걱정도 없을 때니 오죽 좋을까.

각설하고 두삼은 바로 손을 멈추고 밖으로 나왔다.

짜증스러운 일을 당하는 건 한 번이면 족했다.

자신의 제안으로 복도에 놓아둔 의자에 앉았다. 이럴 때 스마트폰을 하면 좋겠지만 항상 맡겨야 해서 아예 집에다 놓고 왔다.

그래서 하릴없이 호르몬의 흐름을 머릿속으로 되새기고 있는데 김 실장이 나왔다.

"끝났어요?"

"그래요. 피곤하다고 주무신다니 조금 이따가 다시 하죠."

"그러죠. 한데 딱히 할 일이… 아!"

이치열의 스마트폰을 사준다는 걸 깜박했다.

어제 하려다가 주민등록등본이 필요하다고 해서 오늘 보육원에 팩스를 받았다.

"혹시 괜찮다면 저 잠깐 나갔다 와도 될까요? 스마트폰을 개통해야 하는데 깜박 잊었네요."

"선생님이 쓸 거예요?"

"아뇨. 중학생 환자에게 주려고요."

"그럼 직원에게 만들어 오라고 할게요. 원하는 번호 있어요?"

"아뇨. 해주신다니 사양하지 않겠습니다. 학생의 등본이랑 제통장 번호 가르쳐 드릴게요."

"괜찮아요. 회사 폰으로 만들어드리죠."

"그 애한테 줄 거라서……."

"학생에게 주든지 선생님이 쓰든지 알아서 해요."

어쩜 이런 것조차 고마움이 퇴색되게 고압적인 건지 모르겠다.

"더 할 일이 없다면 나랑 잠깐 얘기 좀 하죠."

김 실장과 회장실 바로 옆방으로 들어갔다. 한쪽 벽에 현규섭의 방이 보이는 창이 달려 있었다.

"이야, 이런 방이 있었네요?"

"큰 회장님 쉬실 때 제가 머무는 곳이에요."

"김 실장님이 고생이네요."

"제 일이니까요. 다른 게 아니라 짧다면 짧지만 사흘 동안 지켜본 결과 한 선생님의 치료가 효과가 있다는 결론을 내렸어요."

"저도 그렇게 생각하는데 아직까진 변수가 많아서 확신할 순 없습니다."

"가끔 작은 걸 크게 부풀리는 사람들이 있던데 한 선생님은 반대군요? 아무튼 효과를 보고 있으니 얘기를 해두는 게 한 선생님도 좋지 않겠어요?"

"그러시죠."

준다는 데 마다할 이유가 없다.

"일단 한 번 올 때마다 한 장씩 드릴 생각이에요. 부족하면 말하세요."

"한 장이라면?"

"1억요. 지금까지 어떤 의사도 이렇게까지 받아본 적이 없었어요."

회사를 위해 일하다가 병에 걸린 이들에게 위로금으로 천만 원 줬다고 해서 꽤 짜겠다 싶었는데 하루에 1억이라니 통이 크다.

물론 나연섭이나 고연아를 고쳤을 때와 비교하면 많다고 할 순 없다. 그러나 그들은 목숨을 구한 것이고 현규섭의 경우 잠간 정신을 차리게 하는 것뿐이니 결코 적은 액수가 아니었다.

"생각 이상이네요. 주신다니 사양하지 않고 잘 받겠습니다."

"이왕 말한 김에 한 가지 더. 혹시 회장님 담당의가 될 생각 없어요? 담당의라고해서 매일처럼 몸을 살피는 것은 아니에요. 1년에 한 번 정도 건강 검진을 하고 아플 때 지금처럼 치료를 해주면 돼요."

"현성병원이 있는데 그럴 필요가 있나요?"

"만일의 일을 대비하는 거죠. 물론 이번처럼 돈을 지불하는 것이 아닌 적당한 회사의 사외이사로 이름을 올리고 있으면서 돈을 받으면 돼요."

이 역시 나쁠 것 없는 제안이다. 한데 딱히 내키진 않았다.

"…내키지 않나 봐요? 사외이사로 받는 돈은 결코 적지 않아요. 그리고 치료를 하게 되면 그에 상응하는 돈을 별도로 지불할 거고요."

"돈 때문이 아닙니다. 한 가지 물어봐도 될까요?"

"얼마든지요."

"제가 현재 치료하고 있는 환자 때문에 알게 된 건데 왜 산업재해를 인정하지 않는 겁니까?"

탐탁지 않은 질문이었는지 그녀의 미간이 살짝 구겨졌다 펴진다.

"…현성화학 얘기군요?"

"솔직히 10여 명에 불과하잖아요. 그냥 돈을 주고 깨끗하게 마무리를 해버리는 것이 낫지 않나요?"

"…한 선생님, 당신은 당신의 일만 하면 됩니다. 그렇지만 처음이고 회장님이 아닌 저에게 물었으니 답은 해주죠."

그녀는 잠시도 망설이지 않고 말을 이었다.

"한 선생님 말이 맞아요. 회사 입장에서도 깨끗하게 마무리하고 싶어요. 회사 이미지를 위해 매년 조 단위의 돈을 투자하는데 그런 일이 있으면 아무 소용이 없으니까요. 한데 한번 요구를 들어주면 끝없이 요구하는 이들이 그들이에요. 그리고 그들로만 끝날까요? 아마 지금껏 비슷한 일을 경험했던 이들이 모두 회사 탓이라며 소송을 걸어올걸요."

핑계 없는 무덤 없다고 그럴싸한 말이다. 그러나 책임지기 싫다는 말처럼 들린다.

나중에 마지못해 인정할지 모르지만, 그 전에는 절대로 인정할 수 없다는 의지가 보이는 이에게 더 이상 얘기해 봐야 입만 아플 뿐이다.

"그렇게 생각할 수도 있겠군요. 그저 궁금해서 물은 것이니 신경 쓰지 마세요. 담당의 얘기는 생각 좀 해보겠습니다."

"현성의 가족이 된다면 돈 말고도 수많은 혜택을 얻을 수 있을 거예요."

'좋을 땐 가족, 나쁠 땐 '좆 까겠지.'

현성과 싸울 마음도 없지만 함께 가야겠다는 마음도 없었다.

＊　　　　＊　　　　＊

캠퍼스를 가득 채웠던 벚꽃이 눈처럼 떨어져 내릴 때 하란이 한국으로 돌아왔다. 예상보다 조금 일찍 와서 기쁜 마음에 마중을 나왔다.

"하란아, 여기!"

입국장을 나오는 하란은 마치 연예인처럼 선글라스에 마스크를 하고 있었지만 단번에 알아봤다.

"병원은 어쩌고 나왔어?"

"오늘 목요일이잖아. 오후에 학교로 가면 돼. 밥은 제대로 먹었어?"

"비행기에서 이것저것 먹어서 생각 없어."

"그럼 바로 집으로 가자."

짐을 가지고 공항 밖으로 나가자 시간을 맞춘 듯 차가 와서 섰다. 루시의 실력이었다.

"일은 잘 끝났어?"

"대충."

"어쩌 다시 가야 한다는 말처럼 들린다?"

"그래야 할 가능성이 80퍼센트 이상이야."

"…언제?"

"당장은 아냐. 올 연말이나 내년쯤."

"큭! 당장 가야 한다는 줄 알고 깜짝 놀랐네."

"금세 다시 간다면 보내줄 거야?"

"아니! 절대 안 되지! 근데 일이 예상과는 많이 다른가 봐?"

"응. 자세히는 말을 못 하는데 일을 시작하고 보니 말하지 않은 게 있었더라고."

"진짜? 그런데 가만히 있었어?"

"따지고 나간 사람들도 있었어. 하지만 난 배울 것이 있어서 그대로 했어."

"고생했다. 집에 가서 쉬고 있어. 저녁에 일찍 들어와서 맛있는 거 해줄게."

"안 그래도 오빠가 해준 요리 생각나더라. 참! 현성 일은 잘하고 있어?"

현성에 대해 하란에게 말하지 않았다. 하지만 루시가 알아서 일하는 장소나 현성에 대한 정보를 파악해서 알려준 것이다.

"하루에 두 시간 정도 일하는데 1억씩 준다더라."

"오! 현성답게 통이 크네."

"너무 많이 주니 오히려 찝찝한 느낌이랄까."

"이유가 있으니 주는 거겠지. 들리는 소문에 의하면 차명 계좌 때문일 거야."

"죽어가는 사람을 고통스럽게 계속 살리려고 하는 걸 보고 그렇지 않을까 추측은 했었는데… 진짜로 그런 거야?"

"소문일 뿐이었는데 오빠가 하는 일을 생각해 보면 그럴 가능성이 높지."

"그럼 현규섭 회장이 중얼거린 번호가 혹시 차명 계좌 번혼가?"

"뭐라고 했기에?"

"389506239, JT2345."

하도 들어서 즉각적으로 나왔다.

"오빠가 알 정도면 그쪽에서 벌써 처리한 계좌겠지."

"역시 그렇겠지?"

얘기를 마무리하려는데 루시가 나섰다.

―그런 계좌 번호를 쓰는 은행은 없어요.

"차명 계좌라고 국내에만 있는 건 아니잖아."

　―국외까지 범위를 넓히면 그럴 수도 있겠군요. 제가 한번 검색해 볼까요?

"그러든지."

　대수롭지 않게 말한 후 다시 하란과 이런저런 얘기를 나누었다.

61. 또 하나의 증거

한의학(漢醫學)의 뿌리는 어디일까.

중국에서는 삼황 중 하나이자 황소 머리를 하고 있었다는 신농을 시조로 본다.

스스로 모르모트가 되어 수많은 풀을 먹고 그중에서 약초를 찾아냈다는 그.

한데 현대 의학으로도 찾기 힘든 수많은 경락과 경혈을 찾은 것도 그일까? 그는 과연 호르몬을 알고 있었을까? 한의학이 과연 옛 학문일까? 혹시 의학이 발전된 미래나 혹은 다른 세계에서 전해진 것은 아닐까?

하얀색 기운으로 몸 구석구석을 볼 수 있게 되었고, 파란색 기운으로 전기적 신호를, 노란색 기운으로 호르몬을 보게 된 지금 어릴 때 할아버지에게 물었던 질문을 지금 다시 스스로에게 던져본다.

각종 맥과 혈들이 신경을 조절하고 호르몬을 생성하는 기관을 자극한다. 현미경조차 없던 시절에 그러한 사실을 알고 있었던 것이 정말 놀랍지 않은가.

성장 클리닉을 찾은 아이의 다리를 주무르며 혈을 자극하던 두삼은 아이의 내부에서 벌어지고 있는 일을 보며 다시 새삼 한의학에 대해 생각했다.

"다 됐다! 선생님이 성장판을 많이 자극해 뒀으니까 줄넘기 같은 뛰기 운동해 주고, 골고루 잘 먹고, 일찍 잠들어야 한다. 그럼 누구 못지않게 클 수 있을 거야."

"네, 선생님!"

아이의 머리를 가볍게 쓰다듬어 준 후 옆에서 지켜보고 있는 아이의 엄마에게 말했다.

"보호자분, 제가 아이 다리에 동그란 밴드 붙여놓은 거 보이시죠? 집에 가시면 하루에 한 번씩 가볍게 눌러주세요. 너무 강하게 누르면 안 하니만 못하니 조심하시고요."

"어느 정도가 가볍게인지 모르겠네요."

"모르겠으면 그냥 영양가 많은 유제품을 먹이고, 잠만 일찍 재우세요."

"그렇게 할게요. 수고하셨어요."

보호자와 아이를 보내고 나자 옆에서 보고 있던 류현수가 말했다.

"이제 성장 클리닉도 넘보는 겁니까?"

"넘보긴 뭘 넘봐. 아이들의 성장판 자극 혈이 어떻게 작용하나 보러 온 거야."

이치열의 상태를 정확하게 파악하기 위해 기준이 필요해서 온 것이다.

"그게 본다고 보여요?"

"대충."

"헐~ 형이 실력이 좋았던 이유가 있었네. 그럼 환자 빌려준 대가로 토해놓고 가요."

"뭘?"

"뭐긴 뭐예요. 성장판 자극 혈이죠. 믿고 쓰는 한두삼표 혈 자리 아니겠어요."

"아까 할 때 안 봤냐?"

"형도 참. 그게 보여요? 그리고 남의 의술을 훔쳐보는 건 예의가 아니죠."

"달라는 건 예의고?"

"그래서 예의 바르게 부탁하잖아요."

"두 번만 예의 차렸다간 멱살 잡겠다. 됐고, 조만간 확실해지면 알려줄게."

"헤헤! 역시 형밖에 없다니까. 나중에 돈 많이 벌면 맛있는 거 사줄게요."

"얼른 그런 날이 얼른 오길 바라마."

"참! 오늘 동창회 있는데 혹시 가실 거예요?"

연락은 받았지만 참석할 생각은 없다. 은사님이 돌아가셨을 때 학교와의 연은 끊겼다.

"아니. 바빠."

"선배랑 후배들이 형 보고 싶어 하던데… 너무 미워하지 마요. 걔들이야 소문에 휩쓸린 거뿐이잖아요."

"알아. 하지만 그래도 만나긴 싫다. 난 그냥 섬에서 끝난 걸로 해줘라. 나가서 괜히 쓸데없는 소리 말고."

"내가 무슨 쓸데없는 소릴 한다고……."

"수고해라."

더 이상 듣기 싫었기에 서둘러 나왔다.

사건 이후 학교를 찾았을 때 그들의 보여준 눈빛이 머릿속에서 사라지지 않는 이상 절대 가는 일은 없을 것이다.

세 명의 아이를 보면서 기억해 뒀던 호르몬의 작용을 잊을세라 이치열을 찾았다.

스마트폰으로 뭔가 하고 있던 그는 후다닥 전원을 끈 후 인사했다.

"안녕하세요, 선생님."

"그래. 스마트폰 보는 건 괜찮은데 가끔 창밖을 보면서 눈을 쉬게 해줘."

"…네."

"누워보렴. 오늘은 어디가 이상 있어서 성장이 멈췄는지 확실히 찾아보자."

표적 세포에 작용하는 호르몬의 성격상 짐작이 가는 곳은 있었다. 다만 확신과 작용하는 위치가 필요했다.

뇌하수체 전엽에서 분비된 성장호르몬은 성장판은 물론이거니와 몸 구석구석으로 퍼져 '성장시켜라!'라는 명령을 내린다.

한데 그러지 못한다는 건 성장호르몬이 제대로 분비가 되지 못하거나 분비는 되는데 전달되지 못한다는 것이다.

두삼은 이치열의 몸을 주무르며 뇌하수체 전엽을 자극하는 혈을 눌렀다. 그러고는 뇌하수체 전엽을 집중해서 살폈다.

자극을 받은 뇌하수체는 샛노란 호르몬을 분비하며 온몸으로 보내기 시작했다. 그런데 좀 전에 봤던 아이들에 비해 확실히 호르몬의 분비량이 적었다.

그 원인에 대한 생각은 일단 뒤로 미루고 호르몬이 도착하는 곳을 일일이 확인했다. 그리고 그것만으로 충분히 복잡한데 두삼은 침구과에서 확인했던 아이들의 호르몬 도착지와 비교했다.

'찾았다! 뼈와 근육을 성장시키는 호르몬이 전혀 분비되고 있지 않아.'

어린 시절 성장점이 다쳤을 때 무슨 연유인지 모르겠지만 뇌하수체에 영향을 준 것이다.

'분비량이 적었던 이유도 알겠어. 근데 뼈와 근육을 성장시킬 호르몬을 어떻게 만들어낼지…….'

맨땅에 헤딩하는 격이 산 너머 산이다.

그래도 처음 맡았을 때보단 전진하고 있으니 그나마 위안이다.

이치열의 몸에서 손을 떼며 설명했다.

"치열아, 현재 네 몸에서 뼈와 근육을 성장시키는 호르몬이 전혀 분비되지 않고 있어. 한데 아직 어떻게 활성화시킬 수 있을지 모르겠다. 열심히 찾아볼 테니까 기다려 줄 수 있지?"

"…네. …근데 한 가지 질문해도 되나요?"

"당연하지."

"…선생님은 왜 모른다는 거까지 일일이 말씀을 해주시는 거예요?"

"음, 글쎄다. 고칠 자신이 있는 거라면 직접 효과를 보여줄 수 있으니 상관없는데, 그렇지 못한 거면 얘기를 해줘야 환자도 기다릴 거 아냐. 물론 더 이상 희망이 보이지 않는다면 그때도 말할 거야."

"…선생님은 제가 나을 수 있을 거라 생각하세요?"

"아마도. 내가 포기한다는 말을 하기 전까지 너도 나을 수 있다는 희망을 버리지 않았으면 좋겠다. 그렇게 할 수 있지?"

"……."

대답은 없었지만 이해했다. 감수성이 한창 예민한 나이 아닌가.

*　　　　*　　　　*

1952년 사단법인 설립 인가가 난 한의사협회는 오랜 시간 한의학 발전을 위해 노력해 왔다.

한때는 옛것을 그대로 보전하려 했지만 시대의 요구 앞에 현대의 과학기술을 꾸준히 받아들이는 쪽으로 바뀌었다.

그러나 어느새 거대한 권력층으로 바뀐 의사협회가 한의학의 현대화를 막았다.

의사협회와 때론 싸우고 때론 고개를 숙여가며 현대화를 차근차근 이루어가는데 얼마 전 의사협회에서 일방적으로 협정을 깨뜨리며 한의원에서 의료 기기 사용이 불법이라고 여론 플레이를 하고 있었다.

그런 와중에 진의모라는 극성 의사 단체와의 검사 대결에서 그들의 코를 납작하게 만든 한의사가 등장한 것이다.

한의사협회 회장인 윤경남은 의사협회에서 찾아온 이들과 회의를 하고 있었다.

언제나 찾아가야 했던 입장이었는데 찾아오니 기분이 좋을 법도 한데 윤경남의 표정은 떨떠름했다. 의사협회의 말을 가만히 듣고 있던 그가 물었다.

"그러니까 한두삼 그 친구에게 돌발 행동을 한 벌을 주라는 말이군요? 그럼 의료 기기를 사용할 수 있는 협정을 다시 맺겠다?"

"당장 협정을 한다는 건 아니고 대화를 시작할 수 있다는 거죠."

"일방적인 파기를 하고 대화를 거부하던 의사협회에서 갑자기 대화를 하자니 뜻밖이네요. 그것도 젊은 한의사에 대한 처벌을 요구하면서요."

"별다른 이유 없습니다. 한두삼 그 친구가 자꾸 문제를 만들어서요. 물론 진의모에 대해서도 엄중 경고를 할 생각입니다."

"자꾸 문제를 만들었다? 그럼 전에도 무슨 문제를 만들었습니까?"

"전에 응급실에서 일을 해서… 네?!"

젊은 사무장이 말을 하려는데 옆에 부회장이 옆구리를 툭 치며 말을 하지 못하게 했다. 그러고는 얼른 부회장이 치고 들어왔다.

"하하! 특별한 건 아닙니다. 어떻게, 우리의 제안을 받아들이겠습니까?"

"당장 그러곤 싶은데 내 마음대로 정할 일이 아니라서 의논을 해보고 바로 연락을 하죠."

"우리도 내부적으로 어떻게 바뀔지 모르니 가급적 빨리 연락 주세요."

"멀리 나가지 않겠습니다."

의사협회 사람들이 떠나자 가만히 듣고 있던 부회장이 말했다.

"길게 생각할 게 뭐 있습니까. 우리가 바라던 바가 아닙니까. 한두삼 그 친구에겐 미안하지만 가벼운 처벌을 내리고 대화에 임하시죠."

"쯧쯧! 자넨 어쩜 그리 1차원적인가. 젊은 한의사 한 명 벌을 주면 대화를 하겠다는 속뜻이 뭔지 모르겠나?"

"…글쎄요."

"한두삼 그 친구가 일방적으로 끊었던 대화를 재개할 정도로 위협적이란 말이네."

"…너무 과한 평가 아닙니까?"

"과하다고? 한 가지 물어보지. 자네라면 그 친구만큼 잘 맞힐 수 있겠나?"

"그야… 컨디션이 좋으면……."

"장담컨대 협회의 전성기라고 할 수 있었던 7, 80년대의 3대 문파, 8대 세가 사람들도 불가능해. 가능하다면 오직 한 사람, 소문의 그 양반밖에 없어."

"…전설의 한의사 말입니까?"

"그래."

"그건 호사가들이 만든 말 아닙니까?"

"내 스승이셨던 20대 협회장님께서 그렇게 만든 게지. 그러나 그 양반 얘긴 사실이야."

"20대 협회장님께서 실존 인물이 아닌 것처럼 만들었다고요?"

"그래."

"아니 왜요? 그런 실력자가 있다는 건 우리 한의학협회를 위해 좋은 거 아닙니까."

"오래전 일이라 자세한 건 기억이 나지 않지만 아무튼 그랬어."

말을 하려다 보니 돌아가신 분을 욕되게 하는 것 같아서 대충 얼버무렸다.

사실은 그 의원의 명성을 듣고 그의 스승은 한의사면허증을 주겠다고 협회를 방문하라고 했었다. 한데 그 사람이 환자를 본다고 오지 않은 것 때문에 자존심이 상해서 그를 마치 이야기 속의 인물처럼 만들어 버린 것이다.

각종 매체가 발달한 지금이야 불가능하겠지만 당시만 해도 두 개의 방송국과 몇 개의 일간지밖에 없었고, 협회장의 힘이 강할 때라 가능했었다.

"20대 협회장님도 참 속이 좁은… 큼! 아무튼 한두삼이라는 친구가 전설의 의원 수준이라는 겁니까?"

"진맥하는 능력 면에서 그렇다는 거지. 어쨌든 방송을 탄 그의 한마디가 우리가 집회를 하는 것보다 더 큰 영향력이 발휘하게 되니 의사협회에서 똥줄이 타서 찾아온 거야."

"설령 그렇다고 해도 결국 의사협회와 협정을 맺어야 하는 거 아닙니까?"

"쯧!"

사람이 어리바리해도 충성스러워서 부회장 자리에 앉혔는데, 이럴 때 정말 짜증이 났다.

"여론이 우리에게 돌아서면 법이 바뀔 텐데 협정 따위를 왜 맺어. 즉, 오늘 저들이 한 제안은 우리더러 손발을 자르라는 얘기야."

"…아하~ 그렇습니까?"

표정을 보니 이해하지 못한 게 분명했다. 더 얘기하면 큰소리가 나올 것 같았기에 화제를 돌렸다.

"전에 한두삼 그 친구 설득하라는 건 어떻게 됐어?"

"운은 띄워놨답니다."

"…그게 끝이야? 확답을 받았어야지! 그 친구를 이용하면 우리 한의학계는 진일보할 수 있어."

"진의모와 대결을 한다고 협박을 했었는데 하루아침에 어떻게 설득을 합니까? 그리고 언제 우리가 그 친구 편을 들어준 적이 있습니까."

"그건 또 무슨 소리야. 우리가 그 친구를 언제 괴롭히기라도 했다는 거야?"

"회장님 혹시… 치매세요?"

"이걸 확!"

윤경남은 옆에 있던 재떨이를 집어 던지려 했다. 부회장은 후다닥 소파 뒤로 넘어가며 말을 이었다.

"저도 이제 오십이 넘었습니다. 재떨이는 맞으면 이제 죽을지도 모릅니다."

"겁만 줬지 내가 던진 적 있어?"

"…치매 맞네요."

"…후우~ 안 던질 테니까 설명해 봐."

"전에 응급실에서 일한 한의사 사건 기억 안 나세요? 우리가 나서서 도와줘야 하는 거 아니냐니까 그냥 내버려 두라고 했잖아요."

"아! 설마 그 한의사가……?"

"예. 그 한의사가 한두삼이잖아요. 진의모 일이 일어났을 때도 분명 말씀드렸는데요?"

수원 임철호 원장이 찾아와 예전 한의사가 할 수 있는 이상의 진료를 했던 한의사가 다시 주제넘게 나서서 응급실에서 일을 하다가 다시 문제를 일으켰다면서 간섭하지 말라고 했었던 것이 그제야 생각났다.

'허어! 인연이 무섭다더니…….'

당시 두삼의 사건이 터졌을 때 임철호의 부탁도 있었지만 의사협회와 협정을 앞두고 있던 시점이라 문제가 생기길 바라지 않았다.

그에 협회가 나서서 막 졸업을 해 보건의로 근무하는 한의사를 괴롭혔었다.

대를 위해 소를 희생시킨다는 생각에 아무런 주저함도 없었다. 이름 따윈 알 이유도 필요도 없었다. 그리고 다시 그 한의사가 병원 응급실에서 일을 했다는 얘기에 제 버릇 개 못 준다고 생각하곤 역시 모른 척했다.

한데 그 한의사가 한의학계를 밝혀줄 거라 생각하고 있는 한 두삼이었다니.

이제 와서 생각하니 한의사 분야를 넘는 의료 행위를 하고 응급실에서 일하는 정도라면 보통 실력으로는 불가능하다는 얘기다.

'이걸 어쩐다. 의사협회의 제안을 받아야 하는 건가? 아냐! 그래 봐야 끌려가는 꼴밖에 되지 않아. 안 되겠군. 직접 만나서 설득을 해봐야겠어.'

거절하지 못할 선물을 함께 가져가면 설득할 수 있으리라.

'아님 원하는 정보를 주거나.'

윤경남은 임철호와 한두삼을 저울에 올려놓고 이리저리 재보았다.

*　　　　　*　　　　　*

"한 선생, 일요일 날 뭐 해?"

암센터 센터장이 물었다.

"집에 있을 것 같은데요."

"그럼 골프 어때? 한 사람이 펑크를 내서 비는데 같이 가지."

"골프를 처본 적이 없어서… 하하."

"허어~ 이 사람 인간관계를 맺을 때 골프는 필수야."

"아직 그럴 때도 아닌데요……."

"지금부터 배워둬야 필요할 때 바로 써먹지. 내가 잘 가르치는 티칭 프로 아는데 소개해 줘?"

"일단 생각해 보겠습니다."

"필드 나갈 때 말해. 회원권 있으니 예약해 줄게."

"그러겠습니다. 감사합니다."

한데 갑자기 골프 바람이라도 불었는지 여기저기서 골프를 치러 가자고 난리다.

"역시 내 적수답군."

이상윤에게 말했더니 이상한 헛소리를 한다.

"…머리 수술한 게 잘못됐냐? 사람이 알아듣게 말 좀 해라."

"요즘 골프 치기 좋은 계절이잖아."

"그 정돈 알아."

"교수님들이 그 나이에 야구를 하겠냐? 축구를 하겠냐? 당연히 골프지. 근데 우리나라에서 모든 운동은 사교장이야. 특히 골프는 더욱 그래. 교수님이 골프장에 데리고 가겠다는 건……"

"라인을 말하고 싶은 거냐?"

"잘 아네."

"난 한방센터인데?"

"병원에서 한자리하고 있는 사람들의 최종 목표는 어딜까?"

"…병원장."

"맞아. 굳이 그게 아니더라도 인맥을 넓혀놓으면 좋은 점이 많아. 가령 환자를 이관할 때 군소리 없이 받아주거든."

"네가 그런 소리하니까 전혀 믿음이 안 간다."

"그러니까 네가 아직 나한테 안 되는 거야. 난 시간 될 때 선생님들과 필드에 나가. 못 나갈 땐 실내 골프 연습장에서 같이

가고. 라인을 탄다고 오해는 하지 마. 나 자체가 라인이니까."

잘난 척은 왜 안 하나 했다.

"데이트는? 아! 희정 씨도 같이 나가면 되겠구나."

"빙고! 희정인 여기 한강대 출신도 아니고 여기서 수련의 생활을 한 것도 아니니까."

천상천하유아독존일 것 같은 이상윤이 선생님들과 골프를 친다니 쉽게 상상이 되지 않았다.

하지만 생각해 보면 암센터로 옮겨온 지 얼마 되지도 않았는데 선생들 중 그를 싫어하는 사람이 없었다. 그의 실력 때문이라고 생각했는데, 공부를 잘한다고 모두가 좋아하는 것은 아니니 거짓말은 아닌 듯했다.

집에 돌아와 하란에게 골프를 치는지 물었다.

"미국에서 취미 삼아 몇 번 나갔었어. 한국에선 필수라고 해서 해봤는데 나한테는 필요 없었어. 대신 지금 전문 경영인은 이틀이 멀다 하고 골프 치고 다녀. 영업직 직원들도 골프 치러 다니고."

"그래?"

"응. 문제가 있으면 제동을 걸 텐데 오히려 회사가 잘 돌아가. 우리나라는 골프에 좀 미친 것 같아. 공항에 가면 죄다 골프채 들고 해외에 나가고, 국회의원, 공무원, 군인까지 근무시간에 골프 치고."

"안 치는 게 나으려나?"

"여유가 없는 것도 아니고 우리나라에서 계속 살 거잖아. 그럼 배우는 것도 나쁘지 않을 것 같아. 오빠도 병원에 계속 다니면 필요할 거 아냐."

어떻게 될지 모르는 게 인생이니 배워두는 것도 괜찮을 것 같다.

"그럼 한번 배워볼까?"

"배운다면 내가 도와줄게. 겸사겸사 나도 같이하고."

"네가 가르쳐 준다면 더 좋지."

"난 가르쳐 줄 실력 안 돼."

"그럼? 티칭 프로라도 알아?"

"응. 아주 친절하게 가르쳐 줄 선생님이 있지. 단, 며칠 기다려야 할 거야."

취민데 급할 것 없었다.

"상관없어. 나 현성에 갔다 올게. 오늘은 쉬려고 했는데 며칠 전 약간의 감기 기운이 있은 후로 갑자기 약해졌어. 아무래도 얼마 남지 않은 것 같아."

"다녀와. 나도 할 일이 있어."

성장이 멈추면 아무리 자극을 해도 뼈와 근육을 자극하는 성장호르몬이 분비가 되지 않듯이 돌이킬 수 없는 지경에 이르렀는지 호르몬의 균형을 맞추기가 점점 어려워졌다.

그리고 겨우 맞춰도 깨어 있는 시간은 1분이 채 되지 않았다.

김 실장은 자신이 나온 후 얼마 되지 않아 바로 나왔다.

"어제보다 더 짧아졌군요?"

"…그래요. 채 설명을 하기도 전에 제정신을 잃으셨어요."

"한 번 더 시도는 해보겠지만 이젠 제 시술도 효과가 없네요. 그리고… 다른 담당의들이 말했겠지만 슬슬 마음의 준비를 해야 할 겁니다."

"…그러더군요. 다른 방법은 없나요? 한 번만 더 제정신을 차리면 될 것 같은데……."

"한 가지 시도할 방법은 있어요. 가능할지 모르지만."

"뭔데요? 있다면 해봐야죠."

"혹시 회광반조라는 말을 들어보셨습니까?"

"들어본 것 같긴 한데……."

"해가 지기 직전에 잠깐 하늘이 밝아진다는 뜻으로 죽기 직전에 제정신을 차리는 걸 말합니다. 시술 후 돌아가신다는 말은 아니지만 영영 제정신을 차릴 수 없을 가능성이 높습니다. 사실상 마지막 시술이죠."

"내버려 둬도 정신을 차릴 가능성은 있고요?"

"…그건 신만이 아시겠죠."

잠깐 고민을 하던 김 실장이 말했다.

"이건 내가 결정할 일이 아니네요. 회장님께 여쭈어봐야겠어요."

"그러세요. 하지만 길어지면 이 방법도 소용이 없을 수도 있습니다. 참! 지금처럼 손을 뗄 수가 없습니다. 계속 안에 머물고 있어야 하죠. 여자도 필요하고요."

"하게 된다면 준비하죠."

대화가 끝난 후 한 번 더 시도해 봤지만 실패했다. 그리고 그날 밤 내일 마지막 시술을 하자는 연락이 왔다.

*　　　　　*　　　　　*

성공하든 실패하든 마지막 날이었기에 30분쯤 일찍 퇴근을 해서 현규섭의 저택으로 왔다.

자신의 마음이 비장해서일까. 김 실장의 표정도 평소와 달리 사뭇 진지해 보인다.

"준비는 다 됐습니까?"

"네, 그 전에 만나야 할 분이 계세요."

마지막이 될지 모른다고 했으니 임종을 지켜보러 온 현원석일 것이다.

"회장님입니까?"

"맞아요. 마지막이 될지 모르잖아요. 그리고 선생님께 부탁할 것도 있고요. 먼저 회장님께 가죠."

현 회장인 현원석은 현규섭을 창 너머로 볼 수 있는 김 실장의 방에 있었다.

안으로 들어가자 현원석은 창으로 현규섭을 착잡한 눈빛으로 보고 있었다.

현원석은 대중매체에서 볼 때보다 키도 크고 얼굴도 훈남이었는데 세월은 어쩔 수 없는 듯 피부가 조금씩 처지고 있었다.

하지만 그의 나이가 오십이 넘었다는 걸 생각하면 동안이었다.

"처음 뵙네요. 현원석입니다."

"…예. 한두삼입니다."

"아버지를 부탁드리고도 이제야 인사를 하게 되어 미안합니다. 회사 일이 워낙 바빴습니다."

"아닙니다."

그는 이현종의 일로 냉철한 사업가로 생각했는데 예상과 달리 표정과 말투 모두 예의 바르고 정중했다.

'이런 사람이? 밑에 사람들이 제대로 사건에 대해서 알리지 않은 거 아냐?'라는 생각이 절로 들었다.

"참! 저의 담당의가 되는 걸 허락했다면서요. 고맙습니다."

맞다. 현원석의 담당의가 되기로 했다.

한강대학병원에서도 마음에 드는 사람만 치료하는 것도 아닌데 굳이 거절할 이유가 없었다. 불구대천지 원수도 아닌데 담당의가 되면 얻게 되는 이익을 걷어차는 건 바보짓이다.

죄가 나쁜 게 아니라 저지른 사람이 나쁜 거고, 돈이 나쁜 게 아니라 돈을 더럽게 쓰는 개같은 사람이 나쁜 거라는 것이 평소 지론이었다.

"하는 것 없이 이익만 받는 것 같아 부끄럽네요."

"나중에 일이 생겼을 때를 대비해 한 선생님 같은 의사를 담당의로 두게 된 제가 이익이죠. 저기 보십시오. 아버진 할아버지께서 아픈 것을 보고 수많은 돈을 투자해 병원을 설립했습니다. 하지만 그럼에도 병 앞엔 어쩔 수 없지 않습니까."

"그리 말씀해 주시니 마음이 조금 편해지네요."

"그리 생각 마세요. 한 선생님은 충분히 그만한 가치가 있습니다. 실력보다 명성에 기대어 훨씬 많은 돈을 받는 이들도 있는걸요."

말도 참 예쁘게 한다. 만일 이런 식으로 만나지 않았다면 친해지고 싶은 사람이다.

"한데 김 실장에게 할 말씀이 있다고 들었는데……."

"그렇습니다. 부탁할 것이 있습니다. 오늘 치료를 하면서 가능하면 돌아가시지 않게 해주십시오. 만에 하나 돌아가시더라도 함구해 주시고요."

"당연히 그렇게 노력하긴 하겠지만……."

죽음까지 함구하라는 이유는 물으려다가 김 실장의 눈치에 삼켰지만 그는 바로 알아듣고 설명을 덧붙였다.

"불효자식처럼 보이는 거 압니다. 하지만 갑작스럽게 아버님이 쓰러지면서 회사 내부적인 문제를 다 해결하지 못했습니다. 아버지가 돌아가신다면 불거질 것이 뻔해서 최대한 바로잡으려고 부탁드리는 겁니다."

예의 바르게 부탁하는데 뭐랄까.

"그러겠습니다."

"고맙습니다. 그럼 차를 마시며 숨을 돌린 후 시작할까요?"

"1분이라도 먼저 시작하는 게 더 낫습니다. 끝나고 마시겠습니다."

"그렇다면 당연히 그래야죠. 김 실장, 지금 바로 준비 가능한가?"

"네, 회장님."

"그럼 바로 시작하지."

김 실장의 방을 나가자 전에 마중 나왔던 여직원이 서 있었다.

"아무나 괜찮다고 해서 직원을 데리고 왔어요."

"손잡는 것만 허락한다면 상관없습니다."

현원석을 선두로 넷은 방으로 들어갔다. 들어가자 김 실장은 무선 헤드셋을 두삼과 여직원에게 건넸다.

"큰 회장님이 정신을 차리시면 헤드셋에서 음악이 나올 거예요. 제법 크니 너무 놀라진 마세요."

"이런 방법이 있었군요. 진즉에 사용할 걸 그랬네요."

두삼은 김 실장의 아이디어를 칭찬하며 헤드셋을 썼다. 지금은 음악이 나오지 않아 현규섭의 거친 숨소리가 들렸다.

"큰 회장님 내부의 원기를 촉발시킴과 동시에 여직원의 음기를 더해 정신을 차리게 할 생각입니다. 정신을 차릴 때가 되면 신호를 보낼 테니 음악을 틀어주세요. 그럼 시작하죠."

여직원에게 왼손을 뻗자 그녀는 손을 잡으며 속삭였다.

"이거면 되나요?"

"네. 제가 집중하느라 손을 놓칠지 모르니 신경 써서 잡아주세요."

"이렇게요?"

신경을 써서 잡으라니 아예 깍지를 끼며 꽉 잡는다.

"힘은 빼고요. 됐어요. 지금이 딱 좋네요."

준비가 된 두삼은 오른손을 현규섭의 몸에 올리며 원기를 촉발시키는 혈을 하나씩 눌렀다.

현규섭의 경우는 하종윤과 달리 원기마저 거의 남아 있지 않다. 그래서 음기를 더해서 부족한 기운을 채우는 것이다.

촉발함과 동시에 왼손으로 여직원의 음기를 받아들여 현규섭의 몸에 조심스레 밀어 넣었다. 정확한 양을 밀어 넣어야지 더 넣으면 넣지 않는 것보다 못하다.

아슬아슬하게 촉발된 양기와 음기를 맞춰 나갔다.

'이런… 생각보다 더 적어. 소모량은 많고. 고작해야 15분 정도에 불과하겠어.'

현규섭의 죽어가는 몸은 더 많은 기운을 소모하고 있었는데 호르몬을 맞추면 잘해야 6, 7분 정도 대화를 할 수 있을까. 사실 그마저도 해보기 전에 모른다.

'서두르자!'

임종을 지켜보기 위해 온 현원석을 위해서라도 서둘러야 했다.

서둘러 호르몬이 생성되는 부위를 자극했지만 죽어가는 이의 호르몬의 균형을 맞추는 건 쉽지 않았다.

점점 줄어가는 기운이 마치 뒤를 쫓고 있는 적군처럼 느껴진다.

'됐다! 이제 정신만 돌아오면 돼.'

기운의 소모량을 볼 때 지금 정신을 차려도 5분 정도밖에 대화를 하지 못할 것 같았다.

한데 호르몬을 맞췄지만 현규섭은 쉽사리 정신을 차리지 못하고 있었다.

'이 노인네야! 아들 얼굴은 보고 가야 할 거 아냐! 눈을 뜨란 말이야!'

어째 자신이 더 조급했다. 그래서 속으로 현규섭을 향해 소리쳤다.

호통이 통했을까, 기운의 소모가 더욱 빨라지며 현규섭이 눈을 떴다.

두삼은 얼른 김 실장을 향해 고개를 끄덕였고 김 실장은 들고 있던 버튼을 눌렀다.

쾌쾅!

음악 소리가 마치 폭음처럼 고막을 때렸다.

'헐! 이러다 고막 나가겠네.'

곧 폭음이 아니라 아이돌 그룹의 음악이라는 걸 알았지만 커도 너무 컸다. 특히 두삼의 경우 환자의 가느다란 숨소리마저 들을 만큼 예민한 귀를 가져서인지 더욱 괴로웠다.

'절반 크기만 해도 안 들릴 텐데, 도대체 무슨 얘기를 하기에.'

현규섭의 기운을 체크할 수 없을 정도로 정신이 사나웠기에 두삼은 기운을 고막으로 보내 살짝 감쌌다.

들릴 듯 말 듯해진 음악 소리. 한데 이상한 일이 생겼다. 음악 소리가 줄어드는 대신 현원섭의 목소리가 들렸다.

"아버지, 정신이 드세요?"

"…그래. 네가 온 걸 보니 정신을 차릴 시간도 이제 거의 없나 보구나."

"죄송합니다. 편하게 해드려야 하는데……."

"됐다. 내가 원해서 자초한 일인데 네가 괴로워할 필요는 없다. 회사는?"

"몇 가지 문제가 남았지만 온전히 지배할 수 있게 되었습니다."

"동생들은?"

"지배권을 공고히 하려면 그 애들이 있어야 하니 유언대로 집행할 겁니다."

"잘했다. 그 애들에게 간 20퍼센트를 욕심내지 말고 네가 20퍼센트만큼 더 키우려무나."

"그러겠습니다."

부자는 훈훈하게 마무리를 하고 있었다.

물론 두삼은 중요하게 할 얘기가 있으면 빨리 끝내라고 외치고 싶었다.

회광반조에 들면서 기운은 예상보다 3배 이상 빠르게 사라지고 있었다. 이대로라면 정작 중요한 얘기는 하기도 전에 기운이 다 소모될 가능성이 높았다.

'쯧! 이러긴 싫었는데.'

두삼은 자신의 순수한 기운을 현규섭의 몸에 쏟아붓기 시작했다.

자신에게 예의 바르고 정중하게 대했던 현원석에게 마지막 시간만큼은 넉넉히 주고 싶었다.

그리고 남의 얘기를 더 엿들어서 뭘 하나 싶어서 기운을 보태서 완전히 막으려던 두삼은 이어지는 얘기에 기운을 보태지 않았다.

"현성화학 건은?"

"아버지께서 하시던 대로 와해시키고 있습니다."

"본디 부리는 것들은 하나를 주면 둘을 바라는 저속함을 가지고 있다. 그러니 딱 먹고살 정도만 주면 돼."

"알고 있습니다. 대체 가능한 부품이잖습니까. 필요 없으면 버리고 대체하면 그뿐인데요. 차라리 그 돈으로 현성 장학생을 만드는 데 쓰는 게 낫죠."

"옳다. 투자가치가 없는 것들에게 투자를 하는 것만큼 미련한 짓은 없다. 음, 말하기도 힘들어지는구나. 본론으로 들어가자. 내가 차명 계좌에 대해 어디까지 말했느냐?"

"전에 말씀하신 5조에서 4조가량은 찾았습니다."

"큰일 날 뻔했구나. 무에 중요하다고 너에게까지 숨겼을까. 사실 그때 말한 것 말고도 네 할아버지가 남겨둔 2조가량이 더 있다."

"김 실장, 얼른 보여 드려."

"네. 큰 회장님, 이게 큰 회장님께서 말씀하셨던 차명 계좌입니다."

"제주도에 홍 과장 명의로 된 농장이 있는데 그곳에 있는 게 빠졌구나. 그리고 할아버지가 남겨둔 돈은… 으흠… 도, 돈은……."

"아버지! 2조 원은 어디에 있는 겁니까."

"그, 그… 도, 돈은……."

마지막 차명 계좌를 말하려던 현규섭은 입만 벙긋거리다가 끝내 뱉지 못하고 눈을 스르르 감았다.

"아버지! 말씀을……!"

"큰 회장님!"

현원석과 김 실장이 숨이 끊어진 현규섭에게 집중하는 사이 두삼은 현규섭에게서 손을 뗐다.

현규섭의 죽음 때문인지, 2조 원의 행방 때문인지 현규섭을 보며 슬퍼하는 현원석을 보는 두삼의 눈빛은 서늘했다.

사실 그가 부품 운운할 때 가지고 있던 호감이 사라져 버렸다. 그에 기운을 끊어버린 것이다.

'돈이 여러 사람의 목숨보다 중요하다면 너희도 잃어버리는 고통을 맛봐야 하지 않겠어?'

단 한순간에 2조 원이 어디론가 사라져 버렸지만 하나도 아깝지 않았다. 도리어 1조 원의 행방을 알게 한 것도 아쉬웠다.

겪어봐야 사람을 안다더니 예의 바르던 현원석이 그런 마인드로 살고 있을 줄은 몰랐다.

잠깐이지만 그에게 호감을 가졌다는 게 부끄러울 지경이다.

"수고했습니다. 비밀을 지켜주실 거라 믿고 좀 더 챙기라고 했습니다."

"그러지 않으셔도 되는데……."

2조 원을 자신이 날려먹었다는 걸 알아도 지금 이렇게 나올까.

"아닙니다. 제가 정신이 없어서 다음에 진료받을 때 연락하겠습니다. 그럼."

현규섭의 죽음에 정신이 없는 그들에게 인사를 대충 한 후 다음에 볼 것을 약속하고 집으로 돌아왔다.

뭔가 만들고 있었는지 작업복을 입고 있는 하란이 물었다.

"표정을 보니 결과가 안 좋았나 보네?"

"예상했던 대로야."

"죽었구나?"

"응. 근데 한동안은 비밀. 죽음도 알리지 못할 정도로 중요한 일이 뭔지."

"죽음을 미뤄서 이익을 얻으려는 거겠지."

"…그게 이익이 돼?"

"당연하지. 죽음이 발표되면 아무리 우량주라고 해도 주식이 떨어질걸. 그 차익만 해도 어마어마할 거야."

"하아~ 도대체 얼마나 많은 돈을 벌어야 만족하려는 건지. 이해가 안 되네."

"그들은 일반인의 잣대로 생각하면 안 돼. 그들만의 잣대가 따로 있거든."

"…그런 거 같더라."

"무슨 일 있었어?"

"다른 건 아니고……."

자신이 기운을 끊었다는 얘기만 제외하곤 해줬다.

"헐! 2조 원이 사라진 거네?"

"그렇지. 긍정적으로 생각하면 나 덕분에 1조 원을 찾은 거고."

"1조 원을 찾았는데 고작 저걸 준 거야?"

하란은 돈이 든 가방을 보며 말했다.

"고작이라니, 내 연봉보다 많은데. 아무튼 방금 들은 얘긴 우리 둘만 아는 얘기로 하자. 내가 우연찮게 그들의 대화를 들었다는 걸 알면 곤란해."

"당연하지. 절대 비밀로 해야지. 그래야 2조 3천억을 우리가 쓸 수 있잖아."

"…응? 무슨 말이야?"

"루시가 오빠가 알려준 정보를 이용해서 계좌를 찾아냈거든."

"……!"

루시는 비밀을 푼다면서 현규섭이 말하는 것들을 요구했다.

그에 정신없이 중얼거리는 것들을 기억했다가 말해줬는데 그걸로 찾아낸 모양이다.

"도대체 어디에서 힌트를 얻은 거야?"

"숫자. 앞자리가 계좌번호고 뒷자리가 비밀번호."

"그럼 현성에서 모를 리가 없을 텐데?"

"거기에 12를 곱해야 해. 그리고 다시 12를 빼야 하고. 홍 과장이라는 이발소 아들의 나이에 짜장면 곱빼기를 먹었다는 얘기에서 찾았어."

"…헐! 그래서 그렇게 중얼거렸던 거구나."

"미국에 있는 계좌더라. 혹시나 싶어 계좌 소유주를 찾아봤는데 존재하는 사람은 아니고. 당장 빼내더라도 문제가 없을 것 같아."

"괜스레 손댔다가 문제가 생기는 거 아냐? 저들도 곧 생각하겠지."

"그럴 수도 있겠지만 그 전에 세탁해 버리면 절대 못 찾아. 뭐 걱정된다면 그대로 놔둬도 상관없고. 나한텐 있어도 그만 없어도 그만이니까."

하긴 하란의 재산이 그보다 많으면 많았지 적진 않을 것이다.

갑자기 내버려 두자니 이현종이 떠오르면서 슬그머니 생각이 바뀐다.

"…정말 들키지 않을 자신 있어?"

"절대 못 찾아. 게다가 공개적으로 찾을 수도 없는 돈이잖아?"

"그럼 일부만 빼서 피해자 가족들에게 주면 어떨까?"

"그게 더 위험해. 하려면 몽땅. 그 다음 기부 단체를 통해 주는 걸로 하면 돼."

"기부 단체라……."

자신이 쓸 생각을 하니 찝찝했던 거지, 불우한 이들에게 다 줘버릴 생각을 하니 괜찮을 것 같았다.

어떤 말로 포장해도 명백히 도둑질이다. 그러나 그들도 세금을 회피하며 떳떳치 못하게 모은 돈 아닌가.

'다른 건 비밀로 해줄 테니까 세금 냈다고 생각해요.'

마음속으로 합리화까지 마친 두삼은 차명 계좌를 먹기로 했다.

＊　　　　　＊　　　　　＊

"선생님, 지난번에 주신 호르몬 책 정리한 겁니다."

양태일은 다크서클이 내려앉은 퀭한 눈을 한 채 두툼한 서류를 내밀었다.

"제대로 정리한 거야?"

"…제 얼굴 보면 모르겠습니까? 잠도 거의 자지 못하고 정리한 겁니다."

"그럼 이제 호르몬에 대해 잘 알겠네?"

"잘 안다고 할 순 없지만 선생님이 가르쳐 주신다면 잘해낼 자신 있습니다."

"그래? 그럼 이번에 혈 자리 중에서 호르몬과 관련이 있는 혈을 정리해 봐."

"…그런 책은 없잖습니까?"

"알아. 과연 어떤 혈 자리가 호르몬과 관련이 있을지 네가 추측해 보라는 거야. 침이 효과와 어떤 맥이 어디로 흐르는지 생각해 보면 도움이 될 거야. 이번에도 보름이면 되겠지?"

"······."

"왜 싫어?"

"···아닙니다. 다만 제가 쓰러지면 양지바른 곳에 묻어주십시오."

"옛말에 머리가 나쁘면 손발이 고생한다고 그랬어. 너 이거 혼자 정리했지?"

"···선생님이 그러라고 하셨잖습니까?"

"난 혼자 하라는 말은 안 했다. 네가 혼자 배워서 혼자 잘나가는 의사가 되고 싶었는지도 모르지."

"아닙니다! 그저······."

아니라고 외쳤지만 그런 마음이 있었는지 우물쭈물하다가 말을 이었다.

"아무튼 동기들과 같이해도 된다는 말씀입니까?"

"혼자 감당할 수 있음 하고."

"절대 아닙니다! 그럼 선생님이 모두에게 내어준 숙제라고 말하고 같이하겠습니다."

"그건 알아서 해. 자! 이건 약속대로 성장호르몬을 자극하는 혈 자리. 어느 정도의 간격을 두고 해야 하는지 아직 나도 모르니까 알고만 있어라. 알게 되면 말해줄게."

"감사합니다."

"예약 손님이 펑크 내서 30분간 비니 할 말 더 없으면 잠깐 쉬고 있어. 다크서클이 무릎까지 내려가겠다."

"아! 맞다! 이방익 과장님이 시간 되면 얘기하자고 하십니다."

"그래? 암센터 일 때문에 그러시나?"

암센터가 5월부터 거듭나겠다며 대대적인 홍보와 광고를 시작했다. 즉, 5월부터는 안마과에 소홀할 수밖에 없었다.

지금도 오전 10시 30분부터 일을 시작하고 5시에 끝을 내니 소홀하긴 마찬가지였다.

"찾으셨다고요?"

그는 뭔가를 생각하고 있는지 시선을 창에 두고 검지와 엄지로 턱을 만지고 있었다.

"…으응, 앉아봐."

"암센터 일 때문이라면 죄송합니다. 가급적 아침에 하려고 했는데 암센터에서 너무 일찍 하면 곤란하다고 해서 조율 중입니다."

"그거야 신경 쓰지 마. 레지던트들도 있고 한 명 더 영입할까 생각 중이니까."

"사람이 있습니까?"

새로운 인원 충원에 대한 얘기는 자신이 논산 병원에 갔을 때부터 나온 얘기였다. 하지만 안마과에 적합한 한의사가 없어서 못 하고 있었다.

"전에 내 병원에 있던 한의사인데 병원을 나올 모양이더라고. 이직하려는 거면 곤란한데, 등 떠밀리듯이 나오는 거라 영입이 가능할 것 같아."

"잘됐네요."

"그렇지. 그러니 자넨 좀 더 여유롭게 해도 괜찮아. 다만 우리 과라는 것만 잊지 마."

"하하! 잊을 리가요. 그럼 무슨 일로?"

"혹시 이번 주 일요일 날 뭐 하나?"

"골프 연습 하지 않을까 싶네요. 이틀 전부터 연습하고 있거든요."

하란이 말한 티칭 코치는 루시였다. 그리고 며칠이 필요하다고 한 이유는 자세를 잡는 로봇 틀을 만들기 위해서였다.

당구든, 골프든 모든 스포츠의 기본은 자세라나 뭐라나 그래서 로봇 틀을 장착한 채 주구장창 휘두르기 연습 중이었다.

"그래? 잘됐네. 나랑 골프장에 가세."

"방금 이틀밖에 되지 않았다고 말했는데요."

"골프 실력은 상관없어. 그냥 걷기 운동한다고 생각하고 오면 돼."

골프장은 사교장이라고 했던가.

"누굴 만나는 겁니까?"

"한의사협회장. 그 양반이 나랑 자네랑 같이 봤으면 하더군."

"딱히 내키지 않네요."

"솔직히 나도 그래. 내가 안마 치료 병원을 낼 때 의사면 의사답게 일하라고 했던 양반이야. 그리고 유명해져서 안마과 전문의에 대해 운을 떼자 면전에다가 대고 콧방귀를 뀌었고."

"제 편이었던 적이 없습니다. 항상 적이었죠. 면허까지 취소될 뻔했죠. 솔직히 협회비가 아깝습니다. 웬만하면 그냥 취소하시죠."

"그렇게 말했지. 근데 거절할 수 없던 제안을 했어."

이방익이 솔깃할 제안은 하나밖에 없었다.

"안마과를 인정하겠다던가요?"

"웅. 일단은 침구과나 사상 체질과에 넣고 세분화될 때 분리해 주겠대."

"저한텐 왠지 끝까지 분리 안 해주겠다는 말처럼 들리는데요."

"분리는 나중 문제고 일단 인정을 받는 게 중요하지. 배우고자 하는 학생들도 생길 테니 말이야."

"그래서 원하는 게 골프 치는 거랍니까?"

"거기까진 못 들었어. 일단 자네를 봤으면 하더군."

"선생님 말씀처럼 바람 쐬러 간다 생각하고 나갈 수 있지만 그들이 요구하는 것은… 거절할지도 모릅니다."

절대 들어주지 않을 거라 말하려다가 이방익을 생각해 다소 완화시켰다.

"음, 그건 내가 강제할 수 없는 일이지. 일단 나가는 것까지만 해주면 그걸로 족한데……."

"알겠습니다. 그럼 일요일 날 가는 걸로 하죠."

사실 안마과에 일하면서 이방익에게 미안한 것이 많았다. 만일 자신이 과장이었다면 다른 과를 가든지, 안마과에 집중을 하든지 하라고 한마디 했을 것이다.

빚의 일부를 갚는다 생각하고 나가기로 했다.

*　　　*　　　*

하루아침에 잘할 수 있는 운동은 없다. 설령 타고났다고 하더라도 노력이 더해져야 한다.

아! 숨쉬기운동은 제외다.

필드에 나간다고 하니 하란은 마치 코치라도 되는 듯 하드 트레이닝을 시켰다. 그러나 한 치의 오차도 허용하지 않는 루시를 선생으로 모시고 로봇 틀을 이용해 자세를 교정했다고 해서 단 며칠 만에 능숙해지는 건 아니었다.

"잘하고 와."

"…응. 근데 꼭 이렇게까지 해야 해?"

수천만 원대의 골프채에 그에 못지않은 명품 옷, 신발. 실력이 없으니 장비발이라도 세우라는 뜻인지 하란이 준비해 줬다.

"남자가 옷을 대충 입고 다니면 와이프가 욕먹어. 그리고 비즈니스 가는데 그 정도는 입어야 오빠 면이 서지 않겠어?"

아직 결혼은 안 했는데, 라는 생각이 떠올랐지만 얼른 머릿속에서 지웠다. 맞지 않는 옷을 입은 듯한 불편함보다 와이프라는 단어가 주는 행복감이 훨씬 컸다.

"응! 고마워. 잘 입을게."

진한 키스를 한 후 차에 올라 약속된 골프장으로 향했다.

─누차 얘기하지만 강하게 치려고 하지 말고 힘 빼고 자세 그대로 치면 돼요. 그럼 적어도 망신은 당하지 않을 거예요.

"옛 썰!"

─퍼팅 연습이 제일 부족해서 걱정이긴 한데 두삼 님은 운동신경이 좋아서 잘할 거예요.

"…네네."

루시는 티칭 프로가 된 듯이 가는 내내 잔소리 폭탄을 퍼부었다.

도착한 곳은 경기도에 있는 골프 클럽으로 차에서 내리자 풍광이 무척 좋았다.

그래서 기지개를 켜며 깊게 숨을 들이켰다.

"쓰으으읍! 하아~ 좋다."

ㅡ맑아 보이지만 미세 먼지 농도가 높아요.

상쾌한 기분을 망치는 목소리가 왼쪽 고막을 때린다.

현성의 일을 겪은 후 하란이 만들어준 장치로 공항 검색대에서도 탐지가 되지 않는 이어폰이라고 했다.

도대체 왜 이렇게 필요한지 의문이지만 걱정되어서 만들어준 거라 착용하고 다닌다.

"적응이 안 되니 제발 조용히 듣기만 해줄래?"

수다쟁이 루시를 입 다물게 한 후 클럽 하우스로 들어갔다.

로비에 웬 사람들이 이렇게 많은지. 티오프 50분 전이라 그런지 이방익도 협회장도 보이지 않았다.

커피를 마시며 기다리자는 생각에 카페 쪽으로 걸음을 옮기는데 40대 중반쯤 되어 보이는 남자가 앞을 막아섰다.

그는 스마트폰을 들고 있었는데 병원 홈페이지에 있는 두삼을 띄워놓고 있었다.

"한두삼 선생?"

"네, 누구시죠?"

"협회에서 부회장직을 맡고 있는 고대인입니다. 하하! 이렇게 입고 있으니 긴가민가했습니다. 하하하!"

약간 가벼워 보였지만 천진난만하게 웃는 모습에 절로 긴장감
이 풀어진다.

"아, 처음 뵙겠습니다."

"반갑습니다. 다른 게 아니고 회장님이랑 이 선생님은 위층 대
기실에서 기다리고 계십니다."

"그런 줄도 모르고 여기서 기다릴 뻔했네요."

"VIP 대기실인데 의전을 받기 좋아하는 우리 회장님이 지나칠
리가 없죠. 1시간 30분 전에 도착해 있었답니다. 하하하!"

"…하하."

"아! 방금 한 말은 비밀입니다. 아님 저 재떨이에 맞을지도 모
릅니다. 하하하!"

순진한 건지, 일부러 그러는 건지 모르지만 참 재미있는 사람
이었다.

그를 따라 클럽 하우스 2층의 VIP대기실로 갔다.

넓은 방에 몇 팀이 앉아 있었는데 창가 쪽 테이블에서 이방익
과 칠순 정도 되어 보이는 협회장이 얘기를 나누고 있었다.

자신을 못 잡아먹어 안달이었던 한의사협회 회장의 첫인상은
곱게 늙은 노인 그 이상도 이하도 아니었다.

그는 자리에서 일어나 반갑게 맞이했다.

"한 선생, 반갑네. 진즉에 보고 싶었는데 이제야 보게 되는군."

"네… 진즉에 봤어야 했는데……."

"자, 앉지. 이 선생과 안마과에 대해 얘기하고 있었네. 안마사
협회를 생각하면 아무래도 이름을 바꿔야 할 것 같아."

모르는 건지, 모른 척하는 건지 모르지만 뼈 있는 말을 그는 자연스럽게 넘겼다.

두삼은 이방익에게 인사를 하고 협회장인 윤경남을 마주 보고 앉았다.

"얘기하면서 나온 것이 안마 치료과, 전통 치료과, 압박 치료과, 경혈 자극 치료과 등이 나왔는데 한 선생 생각은 어떤가?"

"글쎄요. 안마라는 단어가 들어가는 게 아무래도 직관적이지 않을까 생각합니다."

"아무래도 그렇겠지? 안마사협회장이랑 얘기해 봐야겠어. 한강대학병원을 보면 안마사들에게 기회가 될 수 있잖나."

"그건 그렇죠. 서로 윈윈하는 구조니까요."

"그렇지. 윈윈. 서로에게 이익이 되는 게 최선이지. 하지만 어디든 변수가 있으니 또 다른 옵션도 준비해 둬야 하지 않겠나. 안마 치료과 혹은 경혈 자극 치료과 일단은 이 두 개를 후보로 올리는 건 어떤가?"

이방익을 보고 말했기에 이방익이 대답했다.

"어느 쪽이든 협회장님이 신경을 써주는 게 중요한 거 아니겠습니까."

"허허허! 신경을 써야지. 다 한의학계의 발전을 위한 거 아닌가."

어떤 조직을 위한다는 말, 참 짜증 나는 말이다. 차라리 자신을 이익을 위해, 안위를 위해 그런다고 솔직히 말을 하는 게 낫다.

몇 명이나 나라를 위해, 조직을 위해, 누군가를 위해 희생할 수 있을까.

협회장이 정말 협회를 위해 한 몸 불사르고 있을 수도 있다. 그러나 두삼의 입장에서 자신이 괴로울 때 한 팔 거들던 가해자에 불과했다.

"근데 협회장님. 어떤 일로 절 보자고 하셨는지?"

"허허! 그건 그린에 나가서 천천히 애기하세나. 참! 듣자 하니 진의모와의 대결에서 받은 상금을 장학금으로 기탁했다지? 한두 푼도 아닌데 대단허이."

늙은 생강이 맵다더니 능숙하게 말을 돌리는 것이 예사 솜씨가 아니었다.

이런저런 얘기를 하다 보니 어느새 티오프 타임. 부회장에 캐디 한 명이 카트를 끌고 합류해 총 다섯이 그린으로 나갔다.

"허허! 오늘 날씨 좋군. 밖에 나오니 마음이 넓어지는 것 같지 않나?"

"미세 먼지가 심하답니다."

"…그런가?"

루시가 해줬던 말이 이럴 때 도움이 되다니.

말문이 막혔는지 그는 아무 말이 없다가 볼을 치는 장소인 티잉 그라운드(Teeing Ground)에 서자 다시 말을 했다.

"한 선생이 먼저 치겠나?"

"아닙니다. 전 배운 지 얼마 되지 않아서 제일 마지막에 치겠습니다. 치다가 안 되겠다 싶으면 구경만 하려고요."

"편하게 치게. 처음부터 잘 치면 의사가 아니라 골프 선수가 되었어야지. 그럼 이 선생부터 치게나."

"그러죠."

이방익은 티잉 그라운드에 올라 채를 몇 번 휘두른 후에 볼을 쳤다.

따악! 경쾌한 소리와 함께 볼이 날아갔다.

"허허! 이 선생 실력은 여전하군. 다음은 내가 치도록 하지."

오랫동안 골프를 쳐온 사람들답게 빠르고 실수 없이 볼을 쳤다.

드디어 두삼의 차례.

볼을 놓고 자세를 잡았다. 목표 지점을 보는데 확실히 실내에서 화면만 보는 것과는 기분이 또 달랐다.

'이게 뭐라고 긴장이 되는 건지.'

스포츠에 사교 혹은 로비라는 단어를 의미를 부여하니 그런 것이다.

협회장이 무얼 원하는지 따위를 머릿속에서 지워 버렸다. 어차피 때가 되면 말을 할 테고 그때 결정을 내리면 되는 일.

'힘을 주지 말고 휘두르는 힘만으로 때린다.'

긴장이 남아 있었을까. 제대로 휘두른 것 같은데 남들이 때릴 때처럼 '따악!' 하는 소리가 들리지 않았다.

그래서 얼른 공을 놓은 위치를 봤다.

없다! 그렇다는 건 얼른 하늘을 봤다. 좋아진 시력으로 볼이 쭉쭉 뻗어가는 게 보인다.

"나이스 샷!"

"초보라고 생각하기엔 너무 깔끔한 샷인데."

"이야~ 어째 10년 된 나보다 낫네."

솔직히 사람들의 칭찬보다 볼이 쭉쭉 뻗어 나가는 것을 바라보는 것이 더 좋았다. 마치 쌓여 있던 스트레스가 날아가는 기분이랄까.

이래서 골프를 치는 건가 싶다.

"허허! 제대로 날아간 것 같으니 이제 가지."

"…아, 네. 근데 카트는 안 타십니까?"

"카트를 타면 치는 재미밖에 없지 않나. 걷는 재미를 느껴봐. 골프의 진정한 재미를 느낄 수 있을 걸세."

카트는 골프채 운반용으로만 쓰는 모양이다.

걷다 보니 자연스럽게 윤경남과 자신이 나란히 걷고 이방익과 부회장은 따라오는 형태가 되었다.

그는 때가 되었다고 생각했는지 입을 열었다.

"자넨 내가 싫은가 보군?"

"…네?"

"시치미 뗄 것 없네. 그 정도 눈치는 나도 있네. 알고 보니 우리 협회랑 인연이 있더군."

하긴 싫은 내색을 팍팍 했는데 눈치를 채지 못하는 게 이상하다.

알고 있다니 굳이 모른 척할 필요는 없을 것 같았다. 그래야 부탁이든 뭐든 할 생각을 못 할 거 아닌가.

"인연이 아니라 악연이죠."

"그렇게까지 말하는 거 보니 많이 서운했나 보군?"

"제가 가입하고 있는 협회라면 방패막이가 되어주진 못해도 공격을 하면 안 되는 거 아닙니까? 아, 물론 이제는 기대하는 것도 없어서 서운하지도 않습니다."

"…마음이 많이 상했군."

"뺨을 맞고 다른 뺨을 내밀 만큼 성인군자가 아니다 보니 많이 상했죠."

"미안하네. 그땐……."

"미안요? 사람 죽여놓고 미안하다면 끝입니까?"

말을 하다 보니 이젠 괜찮아졌다고 생각했던 분노가 다시 일어났다.

"한의학계를 위해서 그랬다는 말씀은 마십시오. 저의 희생으로 인해 진짜 한의학계가 발전을 했다면 이해라도 하겠습니다."

"…입이 열 개라도 할 말이 없네. 굳이 핑계라도 대자면 의료기기 협정과 맞물려 있을 때라……."

"그래서 알아서 저를 처리했다 그 말씀이군요."

"……."

그래, 인간이라면 이럴 때 부끄러워할 줄 알아야 했다. 적어도 염치가 있는 인간이라면 말이다.

윤경남은 한동안 말이 없었다.

첫 타에서의 화기애애함은 사라졌고 두삼이 파4홀을 10타에 마무리를 해도 조용했다.

6홀까지 조용함이 계속되자 슬슬 너무 심하게 말을 한 게 아닌가 후회가 됐다.

'안마과가 인정을 받는 문제까지 걸려 있는데 너무 막지른 모양인데…….'

6홀에서 제1타를 치고 이제라도 적당히 합의점을 봐야 하나 말아야 하나 고민했다.

하지만 두삼의 생각과 다르게 윤경남은 기분이 상해서 말을 하지 않은 것이 아니라, 두삼을 어떻게 설득해야 할지 고민하고 있었다.

'역시 선물이 약했어. 하긴 이방익의 선물이지, 한 선생의 선물은 아니지. 뭘 줘야 만족할까?'

수십 년간 정치적인 삶을 살아왔던 그에겐 두삼의 분노에 찬 목소리는 선물이 부족하다는 뜻으로 들렸다.

대화를 거부하고 말을 하지 않는 사람을 상대하기 힘들지 불만이나 분노를 쏟아내는 이는 그 부분만 풀어주면 된다.

세 번 연임이 가능한 협회장.

두 번째는 의사협회와 협정을 맺으면서 되었는데 그 협정이 이번에 깨지면서 불안한 상태. 새로운 미래를 보여줘야 하는 상황이다.

'그러고 보니 임 원장이 두 번이나 저 친구에 대해서 얘기하고 망가지길 원했었지?'

문득 원망의 대상을 협회가 아닌 임철호에게 돌리는 것을 생각해 봤다.

임철호와 한두삼. 머릿속 저울에 두 사람을 달았다.

오랜 친분과 새로운 친분, 지나 버린 영광과 촉망되는 미래.

두삼과 만나기로 하고 그에 대해 철저히 조사를 했다. 그리고 알게 된 그의 실력은 정말 놀라웠다.

대학을 막 졸업하고 보건의 생활 때 피의 흐름을 늦추어 환자의 생명이 꺼져가는 걸 늦출 정도의 실력을 가졌고, 최근 응급실 얘긴 듣고도 부풀어진 소문이라고 생각될 정도로 대단했다.

진의모와의 대결은 다시 언급할 필요도 없다.

저울은 달자마자 두삼 쪽으로 기울었다.

'임철호를 버린다!'

결정을 마친 그는 두삼에게 다가갔다.

두삼은 윤경남이 무슨 생각을 했는지 모른 채 일단 사과를 했다.

"죄송합니다. 제가 과거 일 때문에 너무 흥분했나 봅니다."

"아닐세. 충분히 이해가 되는 바일세. 솔직히 이런 말을 해도 믿어줄지 모르겠지만, 이번 진의모 건을 제외하곤 난 자네 일을 알지도 못했네. 공교롭게도 두 번 다 누군가가 와서 말해줘서 알게 되었다네."

"…누가요?"

"혹시 수원에서 한방병원을 하고 있는 임철호 병원장을 알고 있나?"

"…임철호? 수원……!"

임동환의 아버지가 수원에서 큰 한방병원을 하고 있다는 건 학교에 파다했었다.

임동환이 어떻게 한의사협회와 의사협회를 움직일 수 있었을까 의문이었다.

한데 그의 아버지 이름이 나올 줄이야.

"자네 혹시 임 원장한테 밉보인 적 있었나? 그는 자네가 망가지길 바라는 사람 같았어."

"글쎄요, 만나면 저도 물어보고 싶네요."

"나 역시 임 원장의 말만 듣고 제대로 확인하지 않은 잘못이 있다는 걸 부정할 생각은 없네. 내 두고두고 갚겠네. 그러니 이제는 과거는 묻고 한의학계를 위해 같이 힘써야 하지 않겠나? 자네들이 소원하는 안마과도 우뚝 세우고 말이야."

협회와 척을 질 것이 아니라면 그가 굽혔을 때 한발 물러서는 것도 나쁘지 않았다. 게다가 귀중한 정보 역시 얻었다.

"협회장님이 사과까지 하셨는데 풀어야죠. 잊죠. 대신 안마과 잘 부탁드립니다."

"허허! 젊은 친구가 화통하군. 내 힘닿는 데까지 이 선생과 한 선생을 돕겠네."

극적인(?) 화해를 하고 나니 분위기는 다시 좋아졌다. 그리고 9번 홀을 끝내고 그늘집에 들어가 간단히 요기를 할 때 윤경남은 원하는 바를 꺼냈다.

"난 한 선생이 한의학계의 마스코트가 되어줬으면 하네."

"……."

마스코트라는 말에 인상이 절로 찌푸려졌다. 이상한 탈을 쓰고 '한의학이 좋아요!'라고 소리치는 자신을 상상했기 때문이다.

"이상한 상상 말게. 자넬 광대처럼 만들 생각은 추호도 없으니까."

"…그럼요?"

"사실 작년부터 방송국과 손을 잡고 한의학을 알릴 계획을 하고 있었네. 젊고 실력 있는 한의사와 연예인 몇몇이 한때 이름을 떨쳤던 한의사를 찾아가는 콘셉트이지."

콘셉트는 지난번 박기영이 한 프로그램보다 나았다. 그러나 심적으로 여유가 없었다.

"제가 현재 병원에서 맡고 있는 일들이 많아서 여유도 없습니다."

"한 주 이틀 촬영에 2주 방송이니 크게 시간을 뺏기진 않을 거야."

"솔직히 그 정도도 빼기 힘듭니다. 그리고 작년부터 계획을 했다면 이미 출연할 사람이 정해져 있을 거 아닙니까?"

"있긴 하지. 자네도 잘 아는 사람이야. 임 원장의 아들인 임동환 선생. 침으로 전신마취와 부분 마취를 하는 걸로 유명하지 않나."

이상윤처럼 잘난 척하고픈 마음은 없었다. 한데 임동환이라는 이름이 나오자 입이 저절로 열렸다.

"그 마취법은 제가 만들어낸 겁니다."

"그래? 근데 어떻게 임 선생이……?"

"협회에서 눈엣가시처럼 보는 제가 그 일을 했다면 과연 임 선생이 할 때처럼 퍼졌을까요?"

"그래서 양보한 거였나? 허어~ 내가 그동안 무슨 짓을 한 건지 모르겠군. 한데 말이야, 자네가 출연을 하지 않는다면 임 선생이 하는 수밖에 없다네."

윤경남은 두삼의 반응을 보곤 슬쩍 거짓말을 했다.

사실 작년부터 계획은 했는데 마취를 제외하곤 임팩트 있는 실력이 없다고 PD가 차일피일 미루고 있는 상황이었다.

뭔지 모르지만 아무래도 임 씨 집안과 무슨 문제가 있는 게 분명해 보였다.

두삼은 고민했다.

확정적인 증거를 잡으면 병원에서 쫓아내야 하는 임동환이 방송 출연을 해서 인기를 얻게 되면 설령 한강대학병원에서 쫓겨난다 해도 떵떵거리며 살 것 아닌가.

그런 꼴을 상상하자 장이 꼬이는 느낌이다.

'한데 진짜 시간이 없는데……'

이틀이라지만 강의 나가는 날까지 빼면 실제 일할 시간이 부족했다.

'후우~ 아직 증거를 잡은 것도 아니고, 복수는 나중에 해도 되지만 환자는 기다려 주지 않잖아.'

마음에 결정을 내리고 포기하겠다고 말하려 할 때였다. 이방익이 옆구리를 툭 치며 말했다.

"해."

"하지만 시간이……"

"전에 말했던 선생 데리고 오면 돼. 처음 안마과를 만들 때 내가 한 말 잊었어? 한 선생이 허락하면 한고비 넘기는 거야."

"……"

"과장으로서 명령이야. 해!"

"…네, 알겠습니다."

두삼은 협회장의 제안을 받아들였다.

62. 방송

음양의 조화는 병이라고 해서 다르지 않다.

성장호르몬이 분비가 되지 않아 생기는 왜소증, 성장호르몬이 과다 분비되어 생기는 흔히 거인병이라 부르는 말단비대증. 굳이 음양을 따지자면 거인병은 음의 병이고 왜소증은 양의 병이다.

그렇기에 이치열의 왜소증을 고치기 위해서 말단비대증 환자를 볼 필요가 있었다.

—죄송합니다. 환자가 아무나에게 치료를 받고 싶지 않다고 해서요.

내분비내과에 말단비대증 환자가 있다고 해서 협조 요청을 했는데 '아무나'가 되었다.

병원이 좁다 하고 여기저기 불려 다니고 있었지만 그렇다고 해서 모두에게 인기가 있는 건 아니다. 특히 경승태 교수(이젠 잘

러서 교수가 아니지만) 라인은 눈엣가시처럼 쳐다봤다.

"이거야, 원. 환자를 위해서라도 좀 보게 해주지. 어쩔 수 없이 다른 병원에 가서 봐야 하나?"

하긴 다 자신의 맘 같을 순 없는 법이다.

"왜 무슨 일인데?"

갑자기 뒤에서 들리는 이상윤의 목소리에 깜짝 놀라 뒤돌아봤다.

"깜짝이야! 노크 좀 해라."

"노크했거든! 지가 못 들어놓고. 어디 협조 요청했다가 거절당했어?"

"내분비내과. 말단비대증 환자가 있어서 혹시 볼 수 있을까 하고 협조 요청했는데 거절당했어."

"내분비내과 오 선생님?"

"응."

"오 선생님 경승태 교수 라인이잖아. 몰랐냐?"

"누가 누구 라인인지 어떻게 아냐?"

"쯧쯧! 혈 자리 외우는 것에 비하면 껌이지."

"넌 누구 라인 될 것도 아니면서 그런 건 왜 기억하고 있는 건데?"

"내 적이 되면 깔끔하게 쓸어버리려고."

"…무서운 놈."

"농담이고 일 편하게 하려고 그러는 거다. 오 선생님이면 방사선과 전 선생님이랑 동기고 친해. 전 선생님은 당연히 우리 센터장님 라인이고. 더 이상 설명 안 해도 되지? 그럼 내 환자 한방색전술 부탁해."

아직 5월이 되지 않았지만 방을 배정받고 테스트 삼아 환자들에게 한방색전술을 시행하고 있었다.

"알았어. 근데 협조 구하는 걸로 센터장님까지 나서야 되는 게 웃기지 않냐?"

"내 말대로 해보고 웃긴지, 안 웃긴지 네가 판단해 봐. 사람들이 괜히 권력에 집착하는 거 아니다. 환자 기록은 보냈고 10분쯤 후에 올 거야. 수고해라."

이상윤이 간 후 잠깐 고민하다가 정시형 센터장에게 연락했다.

간단한 인사말을 주고받은 후 여차저차 설명을 했더니 알았다고 하고 전화를 끊었다. 그리고 정확하게 3분 후 거절을 했던 전화번호로 다시 연락이 왔다.

―…환자가 마음을 바꿨나 봐요. 오늘 4시쯤 예약이 되어 있으니 5시쯤 오시면 될 거예요.

"환자분께 허락해 줘서 감사하다고 전해주세요."

―그럴게요.

간호사가 말하는 이는 진짜 환자일까? 아님 권력 앞에선 비굴해지는 병을 가진 환자일까?

아무튼 그동안 뿌린 마일리지가 있으니 쌓아만 두지 말고 종종 써먹어야겠다.

이상윤이 보낸 환자는 30대 초반의 초기 간암 환자. 수술하기엔 애매한 환자였다.

"여기 누우시고 편하게 계세요. 가슴 주변에 침을 놓고 몇 곳

누르게 될 거란 얘기 들었죠?"

"…네."

"마취는 하지 않을 테니 불편하면 언제든 얘기하세요. 저한테 하기 힘들면 간호사에게 눈짓을 보내도 괜찮고요."

너무 밋밋한 시술은 믿음을 주지 않는다고 한방색전술 시술 시 시침으로 혈을 몇 곳 자극하라는 건 센터장 지시 사항이었다.

어차피 보여주기식으로 하는 거 시침과 지압을 통해서 색전술이 가능한지를 테스트해 보기로 했다.

간암 케이스는 이미 2번이나 했기에 재빨리 막아두고 침과 지압으로 막아둔 혈관에 변화가 생기는지를 관찰했다.

한 사람에 30곳만 테스트하기로 했는데 효과가 있지 않을까 싶은 10곳에 침을 찌르고 20곳에 지압을 했지만 아무런 변화가 없었다.

어차피 처음부터 찾을 수 있을 거라 애당초 기대를 하지 않았기에 손을 뗐다.

"다 됐습니다."

"…이게 다인가요?"

"짧게 느껴지시죠? 그러나 한방색전술은 빠르고 효과 좋고 후유증 없는 시술입니다. 화학색전술보다 훨씬 좋은 효과를 보실 겁니다."

환자를 안심시키는 것도 의사의 몫. 자신 있게 한방색전술을 홍보했다.

"그렇게 됐으면 좋겠네요. 주의할 점 있나요?"

한방색전술을 별도의 방에서 하게 됨으로써 달라진 것은 담당의가 아닌, 그저 색전술의 시술자에 불과하다는 것이다. 그래서 치료와 관련해서는 말을 삼가는 것이 좋았다.

"아뇨, 없습… 한 가지 부탁드릴 것은 있네요."

"뭔데요?"

"긍정적인 생각을 하세요."

"…훗! 담당 선생님도 그러시던데… 노력해 볼게요."

환자가 가고 연이어 두 명의 환자를 더 한 후에야 오늘 분량이 끝났다.

슬슬 내분비내과로 가려는데 처음 보는 전화번호로 연락이 왔다.

"네, 한두삼입니다."

─안녕하세요, 채널H의 문찬승 PD입니다. 한의사협회 윤경남 회장님께 듣고 연락했습니다.

"아! 네. 안녕하세요."

─다름이 아니라 좀 봤으면 해서요.

"지금은 일하는 중이라 곤란하고 8시쯤이나 가능할 것 같은 데요."

─잘됐네요. 일하는 모습을 보고 싶었는데.

"…카메라는 곤란합니다."

─카메라는 없습니다. 참고로 말하자면 한 선생님을 방송에 쓸지 말지는 아직 결정되지 않았습니다. 제가 실력을 본 후에 결정할 겁니다. 전에 선생님도 제가 불합격시켰다는 거 들으셨죠?

"……."

이런 망할! 노인네한테 완전 속았다.

—여보세요? 듣고 계세요?

"…아, 네. 듣고 있습니다."

—지금 병원 앞인데 어디서 볼까요?

문찬승 PD 이 사람도 어지간히 예의가 없다.

속은 건 속은 거고, 일단은 문찬승을 만나는 게 우선이다. 곧 그가 있다는 본관 로비로 향했다.

문찬승은 40대 초반으로 하늘로 올라간 눈꼬리와 도드라져 보이는 광대뼈가 인상적이었다.

"문 PD님?"

"네, 제가 문찬승입니다. 근데 한 선생님은 카메라가 잘 안 받나 보네요."

"그게 무슨?"

"방송에 출연한 걸 봤습니다. 인터넷에 떠도는 영상도요. 한데 실물이 훨씬 낫다는 겁니다."

칭찬인 것 같은데 기분이 그리 좋지만은 않다.

"칭찬이라 생각하죠. 근데 제 치료하는 모습을 보려면 다른 날 다시 오는 게 어떨까요? 지금은 조금 곤란합니다."

"제가 그리 한가하지 않습니다. 방송국에서 언제까지 놀 거냐며 들들 볶아서 정 안 되면 다른 콘셉트로 촬영을 해야 합니다. 쥐 죽은 듯이 보고만 있을 테니 걱정 마세요."

"…그럼 지금 가는 곳에서만 조용해 주세요. 협조 요청을 해서 다른 과 환자를 보는 거라."

"물론이죠!"

자신만만하게 얘기하더니 내분비내과 안내판을 보곤 슥 다가와 물었다.

"내분비내과는 무슨 일로 온 겁니까?"

"…제가 맡은 환자 중에 왜소증 환자가 있습니다. 호르몬 분비가 되지 않아 뼈와 근육이 자라지 않는데, 이와 반대되는 말단비대증 환자를 보러 왔습니다."

"말단비대증이면 거인병 말이군요?"

"잘 아시네요."

"근데 본다고 어떻게 할 수 있는데요?"

"뇌하수체의 어떤 부분이 자극을 받아 뼈와 근육을 성장시키는 호르몬이 나오는지 확인을 해서 왜소증 환자의 뇌하수체를 자극해 봐야죠."

"……."

"설명이 됐으면 쉿! 조용히 해주세요."

"자, 잠깐만요!"

이 양반이 진짜!

임동환이 방송에 출연하지 못한다는 걸 알게 됐는데 이 기회에 그만둬 버려?

이방익의 얼굴이 아른거려서 차마 그렇게는 하지 못하겠다.

"더 궁금한 게 있어요?"

"많아요. 도대체 어떤 방법으로 뇌하수체를 살필 겁니까? 아니, 그건 진맥 솜씨가 좋으니 가능하다고 쳐도 호르몬이 나오는 건 어떻게 확인할 건데요?"

꽤 정확한 물음이다. 하지만 정확하게 대답해 주진 못한다.

"진의모와 테스트 영상 보셨다고 했죠? 그냥 제 능력이라고 생각하세요."

"아니……."

"조용히 하겠다고 하셨죠? 질문은 좀 있다가 하세요. 백까지 써서 환자 보러 왔는데 쫓겨나기 싫거든요."

다행히 그는 입을 닫았다.

간호사에게 왔음을 알리자 환자가 대기하고 있는 병실을 가르쳐 줬다.

병실로 들어가자 침대에 걸터앉아 있던 말단비대증의 18세 여학생이 일어났다. 자신도 작지 않은 키인데 여학생의 시선 높이가 조금 더 높다.

아직까지 얼굴과 손발이 보기 흉하게 커진 상태는 아니었다.

"연지 학생?"

"…네."

"한방센터의 한두삼이라고 해요. 담당 선생님이 뭐라고 하시던가요?"

"진료를 받아보라고 하셨어요."

"현재 연지 학생과 반대되는 왜소증 환자를 맡고 있어요. 그래서 연지 학생과 비교해 보려고 부탁드렸어요. 허락해 줘서 고마워요."

"…괜찮아요. 근데 비교하면 저에게도 도움이 되는 건가요?"

"성장을 시키는 방법을 알면 성장을 멈추는 방법도 알 수 있지 않을까요? 원인을 찾고 막을 방법을 알게 되면 연지 학생에게 시술할 수 있도록 허락받아 볼게요."

"…제가 어떻게 하면 되죠?"

"침대에 편하게 앉아요. 팔다리를 가볍게 만져보며 진맥을 할 거예요."

웬일로 얌전히 있나 싶었던 문 PD가 연지 학생을 이리저리 보더니 소리쳤다.

"아! 혜선여고 농구부 마연지 선수!"

"…저분은?"

"신경 쓰지 말아요. 혹시 불미스러운 일이 일어나지 않게 참관하는 사람이라고 생각하면 돼요. 연지 학생 팬인가 봐요."

노려보자 아차 싶었는지 얼른 입을 닫는 문찬승 PD.

다시 한번 노려본 후에 그녀의 손목을 잡고 진맥을 시작했다.

왜소증인 이치열과 반대로 성장기가 끝났어야 할 마연지의 몸은 노란색 일색이다.

이치열의 상태와 비교하며 꼼꼼히 살폈다.

'역시 해답은 여기 있었어!'

비교해서 보니 확실하게 뼈와 근육을 성장시키는 호르몬이 어디서 분비되는지 알 수 있었다. 두삼은 호르몬이 분비되는 지점을 확대했다. 그리고 자극점을 찾기 위해 전기적 신호를 살폈다.

전기적 신호, 호르몬은 각각의 역할이 있는데 자극을 담당하는 건 뇌 신경세포의 신호였다.

집중을 해서 전기적 신호를 따라갔다. 시상하부, 시상을 거쳐 대뇌로 향하던 신호는 전두엽의 가장 안쪽에 위치한 운동 겉질의 한 부분에 도착했다.

두삼은 몇 번이고 뇌하수체에서 운동 겉질로 향하는 길을 머릿속에 기억한 후에 손을 뗐다.

마연지를 위해 전기적 신호를 끊을까도 생각했지만 그녀의 자극점이 이치열에게 그대로 적용되지 않을 수도 있었기에 일단 내버려 뒀다.

뇌는 참 신기하다.

언어를 담당하는 좌뇌를 들어내면 언어능력이 퇴화될 거라고 생각하는데 그렇지 않다. 좌뇌가 없으면 우뇌가 그 일을 담당한다.

즉, 대부분은 비슷하게 작용하지만 사람에 따라 자극점이 달라질 수 있다는 건 항상 염두에 둬야 했다. 두삼이 길을 전부 기억해 둔 것도 그 때문이다.

"…끝났나요?"

"네. 잘 봤어요. 어쩌면 연지 학생의 성장을 멈추게 할 수도 있을 것 같네요."

"정말이에요?"

"일단은 시간이 좀 걸릴 거예요. 담당 선생님께 말씀도 드려야 하고 몇 번 더 진맥을 해봐야 할 수도 있고요. 그러니 집에 가서 연락 기다릴래요?"

잠깐 환자를 보는 데에도 센터장 백을 썼으니 이관시키려면 원장 백을 써야 하나 싶다.

'그 전에 찾아뵙고 정중히 부탁드려 봐야겠지? 뭘 좋아하는지부터 알아봐야겠네.'

환자를 치료하기 위해 꼭 이렇게까지 해야 하나 싶지만 이치열의 치료의 실마리를 얻었으니 그 정도 노력은 해도 괜찮을 것 같다.

내분비내과 오 선생을 만나는 건 내일로 미루고 찾아낸 실마리가 제대로 작용되는지 확인하기 위해 VIP실로 이동했다.

"찾아낸 겁니까?"

근질거리는 입을 더 이상 참을 수 없었는지 엘리베이터로 가는 동안 문 PD가 물었다.

"네. 한데 통할지는 해봐야 해요."

"…신기하군요."

"사람의 몸만큼 신기할까요."

미래를 그린 영화에서 나오듯이 3D프린터 같은 것으로 인간의 신체를 만드는 세상이 오면 신체에 대해서 다 알 수 있을까.

아마 그때는 또 새로운 난제가 있을지도.

"죄송합니다만 허가받지 못한 사람은 못 갑니다."

VIP실로 올라가는 엘리베이터 앞에 서 있는 경호원이 문찬승 PD를 막았다.

생각해 보니 VIP실에 방송국 PD를 데려가는 건 문제의 여지가 많아보였다.

"오늘은 여기까지 해야겠네요. 더 보고 싶으면 연락 주고 다시 오셔야겠어요."

"…말 좀 잘해봐요. 궁금하게 해놓고 가라고 하면 어떻게 해요."

"방송 출연을 못 한다 해도 이건 저도 어쩔 수 없어요. 결과가 궁금하면 다음에 오면 말해드리죠."

"한 선생님도 그렇고, 병원도 그렇고 웬 비밀이 그렇게 많은 겁니까? 알겠습니다. 그럼 내일 다시 오죠."

"미리 연락해 주세요."

"갑자기 찾아올 겁니다. 그래야 진짜 실력을 보죠."

"쩝! 그러든가요."

도대체 어떤 방송을 찍으려고 저렇게 깐깐하게 구는 건지 궁금하다.

연신 투덜대면서 떠나는 문 PD를 뒤로하고 엘리베이터에 올랐다.

*   *   *

문찬승 PD는 잔뜩 흥분해서 예능국에 들어섰다. 그리고 자신의 팀원들이 모여 있는 곳에 가선 소리쳤다.

"다들 C 회의실로 모이라고 해. 드디어 촬영 시작이다."

팀원들은 갑작스러운 상황에 얼떨떨해하면서도 수첩과 필기도구를 챙겨 C 회의실로 향했다.

회의실에 팀원들이 앉자 훑어보던 문찬승 PD는 비어 있는 자리를 보고 조연출에게 물었다.

"막내 연출이랑, 홍 작가는?"

"다른 팀 지원 나갔습니다."

"당장 튀어오라고 해. 2주 후부터 바로 촬영에 들어갈 거라 한시가 급해."

"결국 퀴즈 프로그램으로 하기로 결정하셨습니까?"

"아니. 내가 말했지. 그 프로그램은 안 된다고."

"왜요? 저희가 보기엔 이 프로그램이 훨씬 좋은데요. 유명 MC를 섭외하면 기본 시청률은 뽑을 겁니다."

"그 아이템은 너 줄 테니까 나중에 네가 프로그램 만들 때 써."

"지금이 시기적으로 딱 좋은데……. 안 그래요, 남 작가님?"

조연출은 그래도 아쉬운지 메인 작가인 남성희에게 동조를 구했다.

"퀴즈 프로그램이 다시 핫할 때긴 하죠."

"쯧쯧! 이렇게들 감각들이 없어서야. 왜 채널H가 예능 프로그램이 인기가 없는지 알겠네. 나랑 일하기 싫으면 다른 프로그램으로 보내줘?"

"…말이 그렇다는 거지 누가 감독님이랑 일하기 싫대요? 근데 괜찮은 한의사가 나타난 거예요?"

사실 PD 마음에 드는 한의사가 없어서 지금까지 프로그램 제작이 연기되고 있었다.

"응! 마음에 드는 친구가 나타났어. 어! 마침 두 사람 왔네. 앉아. 회의 시작하지."

연출부 막내와 홍 작가가 도착했다.

작년부터 준비를 해온 일이라 준비할 것은 많지 않았다.

"막내는 전에 말해둔 출연진들 스케줄 바로 확인해. 안 되는 사람 있으면 교체해야 하니까."

"예. 근데 퀴즈 프로그램 준비하던 출연진은 어떻게 합니까?"

"우리끼리 의논만 한 건데 문제 될 게 있어?"

"그게……."

막내가 조연출을 흘낏 보며 말끝을 흐렸다. 그러자 조연출이 얼른 나섰다.

"큼! 이왕 이렇게 된 거 퀴즈 프로그램에 출연시키려던 사람을 섭외하는 게 어떻습니까?"

"…혹시 만난 거냐?"

"언제 시작할지 몰라서… 약속을 한 건 없고 그냥 언급한 정도였습니다."

만난 걸 눈치채지 못할 정도로 바보는 아니었다. 물론 조연출이 충분히 할 수 있는 일이었기에 화를 내진 않았다.

"그럼 사과 전화는 네가 해라."

"제작비도 넉넉하게 지원해 주기로 했는데 유명인으로 하시죠. 시청률도 보장이 되지 않습니까?"

"제작비는 따로 쓸 데가 있거든. 넌 그동안 얼마나 회의를 얼마나 했는데 프로그램의 주인공이 한의사라는 걸 아직도 모르냐?"

"…알고 있습니다."

"근데 유명 MC를 데려다 놓으면 프로그램 잘 돌아가겠다. 그리고 유명 MC 데려다 놓으면 시청률이 절로 올라가냐?"

"기본은 하잖습니까."

"쯧! 젊은 애가 어떻게 지상파에서 십여 년 굴러먹은 PD처럼 말하냐. 너 그런 마인드 가지고 있으면 네 작품 할 때 100퍼센트 말아먹는다."

"……."

문찬승 PD는 지상파 방송에서 여러 히트 프로그램을 만든 유명 프로듀서였다.

그가 채널H로 옮겨 간다고 했을 때 많은 사람들이 의아해했는데 현재 계획 중인 프로그램을 만들기 위해서였음을 아는 이는 많지 않았다.

그런 그가 하는 말이니 조연출은 입을 다물 수밖에 없었다.

"시청률은 내가 걱정할 테니까, 넌 말 나오지 않게 잘 마무리해."

"…알겠습니다."

"그리고 세워둔 계획 중 플랜 B로 진행할 거야."

"플랜 B면 한의사 실력이 상당한가 보네요?"

플랜 A는 평범한 실력의 한의사를 띄워주기 위해 방송적인 조작이 들어가는 반면, 플랜 B는 촬영한 그대로 내보내는 것이다.

"솔직히 어느 정도인지 모르겠어. 한 가지 확실한 건 두 번 다시 만나지 못할 실력자라는 거지."

"올! PD님이 그리 말할 정도면 진짜 실력자인가 보네요."

"동영상 몇 개 있으니 직접 확인해 봐. 뭐, 그건 그 사람 실력의 일부에 불과하지만 말이야. 너무 의학적으로 갈 생각은 없어. 방송의 목적은 어디까지나 과거 유명했던 한의사들을 찾아 유랑하는 콘셉트이니까."

"…이미 회의를 하면서 수십 번도 더 말했지만 이게 과연 시청률이 나올까요?"

메인 작가의 물음에 문찬승은 피식 웃으며 답했다.

"수십 번 말했던 걸 다시 한번 말해야겠군. 돼! 당신들 커리어에 한 줄 쓸 수 있는 프로그램 만들어줄 테니까 믿고 따라와."

"…그러죠."

그의 확고한 말에 다들 고개를 끄덕였다.

"오케이! 첫 촬영 2주 안에 하고 첫 방송은 길어야 한 달 보름이야. 시간 별로 없어. 이제부터 의문 던지는 사람 있으면 쫓아낼 거니까 그리 알고 움직여. 다음은 첫 촬영지 섭외에 관한 거야."

그들의 회의는 밤늦도록 계속됐다.

*　　　　　*　　　　　*

날씨가 나다니기 딱 좋은 날씨가 되자 학생들의 옷차림이 달라졌다. 귀걸이에 옅게 화장을 한 남학생과 살짝 민망할 정도로 짧은 미니스커트나 반바지를 입은 여학생도 보인다.

"요즘 애들은 우리 때랑 확실히 달라요. 우리 땐 남녀 할 것 없이 꼬질꼬질한 느낌이었는데."

류현수답게 한마디 했다.

"그게 아니라 네 눈이 늙어서 그래. 그래서 젊은 애들을 보면 뭐든 좋아 보이는 거야."

"헐! 누굴 늙은이로 만드는 거예요? 태일아, 네가 볼 때는 어때? 너 다닐 때랑 다르지?"

"글쎄요. 본과 되면 꾸밀 시간도 없으니 예과 때 제대로 놀자는 애들이 많아서 저희 때도 크게 다른 것도 없었던 것 같은데요."

"쳇! 가재는 게 편이라더니. 졸지에 늙은 눈이 되어버렸네. 형은 젊어서 좋겠수!"

"누가 젊대? 나도 늙었어."

학생들을 보면 왠지 기분이 좋은 걸 보면 자신의 눈도 점점 나이가 들어가고 있었다.

"수고해라."

"형도요. 참! 오랜만에 저녁에 술 좀 사줘요. 애들한테 사주다 보니 용돈 거덜 났어요. 벌써 나흘째 술 한 모금 못 마셨다니까요."

"용돈?"

"은수가 월급 통장 가져갔어요."

"넌 진짜 은수 만난 거 고마워해라. 근데 수업 끝나고 바로 병원에 가봐야 해. 태일이랑 마셔."

"후배들한테 빌붙는 스타일은 아닌 거 알잖아요?"

맞다. 류현수는 돈이 생기면 후배들에게 돈 다 쓰고 선배한테 빌붙는 스타일이다. 선배들이 지긋지긋해하면서도 워낙 넉살이 좋아 싫어하는 사람은 드물었다.

"에휴~ 자랑이다. 카드 줄게."

"오! 그럼 좋죠."

"…죄송한데 저도 수업 끝나고 한 선생님이 내주신 숙제하러 가야 합니다."

"……."

류현수의 표정이 와락 구겨졌다.

두삼은 양태일의 어깨를 툭 치며 말했다.

"숙제 이틀 연기해 줄 테니까 마셔줘라. 쟤 웬만해선 안 삐지는데, 한번 삐지면 괴롭다."

5년 동안 같이 학교를 다니며 류현수는 두세 번 삐진 적이 있었다.

삐진 이유는… 기억이 나지 않는다. 다만 욕을 먹어도 헤헤거리고 다니던 그가 지금처럼 인상을 쓴 후에 삐져 있던 걸로 기억한다.

녀석이 삐지면 지나가면서 보란 듯이 '홍! 홍!' 콧소리만 내고 지나간다. 사실 무시하면 그뿐인데 덩치가 작지 않은 녀석이 졸졸 따라다니면서 어찌나 홍홍거리는지 결국 꼴 뵈기가 싫어 사과를 했었다.

지금은 서른 중반의 덩치 큰 녀석이 홍! 홍! 거리는 걸 생각하니 소름이 끼쳐서 얼른 중재를 한 것이다.

"…알겠습니다."

"오케이! 그럼 저녁에 연락할게."

양태일이 그러겠노라 답을 하자마자 웃는 얼굴로 바뀌며 룰루랄라 교수실로 간다.

"휴우~ 진짜 단순하다니까. 고생 좀 해라."

"고생은요. 이번 기회에 영양 보충 제대로 할 겁니다."

"이왕이면 동기들도 같이 불러서 먹어. 안 그래도 너희들 밥 한번 사주려고 했는데 시간이 없네."

"그러겠습니다. 근데 선생님, 시키실 일 있으세요?"

"아니. 왜?"

"학교에 온 김에 도서관에서 책 좀 찾아보려고요. 연락 주시면 바로 오겠습니다."

"없으니 천천히 봐라."

양태일을 보내고 교수실로 들어갔다.

한데 들어가자마자 길고 뽀얀 다리가 보였다. 웬 원피스를 입은 여성이 허리를 구부린 자세로 책상을 정리하고 있었던 것이다.

깜짝 놀라 방을 잘못 들어왔나 싶었는데 인기척에 뒤돌아보는 여성을 보고 나서야 안도의 한숨을 쉬었다.

"휴우~ 깜짝이야. 수진이구나."

"…교수님, 오셨어요?"

"응. 근데 분위기가 많이 바뀌었네?"

"…그동안 허리 때문에 못 입다가 분위기 좀 바꿔보려고 입었는데 이상해요?"

솔직히 이상하다.

긴 생머리였는데 약간의 웨이브 넣고, 살짝 짙은 화장에, 몸매가 드러나는 터틀넥 원피스를 입고, 높은 통굽을 신고 있으니 성숙한 여성 같다.

한데 치료를 받던 여고생 환자라는 점만 머릿속에서 지우면 캠퍼스에서 종종 볼 수 있는 옷 잘 입은 예쁜 여대생 정도였다.

"아니, 예뻐. 다만 굽 있는 구두는 허리에 무리가 가니까 한동안 피해. 넌 다리가 길어서 운동화도 잘 어울릴 거야."

"…그럴게요."

칭찬에 기분이 좋은지 고개를 숙인 그녀의 입이 씩 웃고 있었다.

"그럼 수고하세요. 전 가볼게요."

"잠깐만! 할 말 있으니 듣고 가렴."

"네, 말씀하세요."

"다른 건 아니고 교수마다 한 명씩 근로 장학금을 줄 수 있게 됐거든. 그래서 네가 매번 청소를 하니 아예 근로 장학생으로 신청할까 하고. 많지는 않고 용돈 정도는 될 거야. 어때, 할래?"

"할게요."

"알았다. 그럼 다음에 올 때 신분증이랑 통장 사본 내 책상 위에 올려놔. 행정반에 제출해야 하거든."

사실 배수진이 교수실을 들락거리는 것을 걱정하고 있었다. 이상한 소문이라도 퍼지면 자신이야 결백하니 상관없지만 그녀를 이상한 눈으로 보는 사람이 생길 게 분명했기 때문이다.

다행히 근로 장학생 제도가 생겨서 이상한 소문을 미연에 방지할 수 있게 된 것이다.

배수진을 보내고 한 주간 치료했던 환자들의 기록을 정리하려 할 때 노크 소리가 들렸다.

"들어와요."

뭔가 놓고 간 것이 있어 다시 왔나 싶었는데 들어온 이는 처음 보는 남자였다.

그는 사무적으로 빙긋 웃으며 말했다.

"안녕하세요, 한두삼 교수님. 감사과에서 나온 박동수라고 합니다."

"…네, 안녕하세요. 근데 감사과에서 왜 절?"

"얘기가 조금 길어질 것 같은데 앉아서 얘기할까요?"

"그러시죠. 차 드릴까요?"

*   *   *

"커피 향이 좋군요."

커피를 주자 박동수는 한 모금 마신 후 무심한 듯 물었다.

"좀 전에 나간 여학생이 끓인 겁니까?"

"…아, 네."

"관계가?"

질문의 의도가 기분이 나빴지만 화를 내는 것도 우스웠기에 그냥 말했다.

"그저 의사와 환자 관계, 교수와 학생 관계죠. 고마움에 가끔 청소를 해주는 것 같습니다."

"아하! 한 교수님이 논산에서 고쳤다는 하반신 불구 학생이 저 학생이군요. 제가 알기론 미성년자라고 하던데……."

"……."

"기분 나빠하지 마세요. 교수님은 아니라고 해도 사람들의 시선은 자극적인 걸 좋아해서 말이죠. 전 교수님을 위해 하는 말입니다. 전도유망한 사람이 여자 문제로 곤란을 겪는 걸 학교가 바라지 않거든요. 하하하!"

정말 그럴까?

표정과 행동을 보자면 강압적인 느낌은 없어 보인다. 눈빛을 보면 호감이 묻어난다고 할까. 한데 그게 더 이상하다. 감사과 직원이 자신에게 호감을 보일 일이 있을까 싶다.

'민 원장님의 입김이 들어갔나?'

민규식이라면 학교에서도 어느 정도 힘이 있을 것 같았다.

"물론 조심해야죠. 저도 저지만, 소문이 나면 저보다 그 아이가 더 힘들 테니까요. 그래서 이번에 근로 장학생으로 올리려고요."

"좋은 생각입니다. 그리고 한 가지 더 충고하자면 오늘 입은 옷 같은 건 교수실에 올 땐 조심하라고 하세요. 아마 교수님 말이라면 듣지 않겠습니까."

배수진의 마음을 아는 듯한 말이다. 하긴 옆에서 보면 누가 누굴 좋아하는지 빤히 보이는 법이다.

"충고 잘 받아들이죠."

"보통 이런 말을 하면 대부분 발뺌하기 바쁜데 한 선생님은 시원시원하게 받아들이네요. 솔직히 감사실에서 일하다 보면 별일이 다 있습니다. 교수를 임용하는데 힘이 있는 교수일수록 여자 문제가 끊이질 않죠. 권력을 이용해 욕망을 채우는 이들도 있고, 교수가 되려는 이가 물불 안 가리고 덤비는 경우도 허다하고요."

그는 사학 재단에서 일어나는 일들을 예를 들어가며 말했다. 대부분 옥지혜 교수의 케이스였는데 절로 인상이 찌푸려진다.

"아무튼 대부분의 경우 쉬쉬하다가 관계가 틀어지면서 한쪽에서 투서를 함으로써 알려지죠."

"왠지 저에 대한 투서가 있었다는 것처럼 들리네요."

"척하면 척이네요. 괜히 애써 돌려서 말했나 보군요."

"후우~ 딱히 투서받을 만한 일을 한 적이 없는데. 어떤 투서입니까?"

"불행 중 다행인 건 예로 말한 것과는 다릅니다. 보는 시각에 따라 대수롭지 않은 일일 수도 있고, 문제가 될 수도 있죠."

두삼은 조용히 그가 말하길 기다렸다. 박동수는 식은 커피를 후룩 마신 후 말을 이었다.

"교수님의 시선과 행동에 성적 수치심을 느꼈다는 투서가 있었습니다."

"……"

"제가 오늘 온 이유는 그 때문이죠. 하하하!"

그는 웃었지만 두삼은 인상을 찌푸리며 머리를 긁적거렸다.

"예상치 못했다는 표정이군요?"

"예상할 만큼 껄떡대는 행동을 하지 않았거든요."

"요즘 세상이 좀 그렇지 않습니까. 시선 강간이라는 말까지 나오는 세상이니. 소수의 남녀가 편을 갈라 싸우는 것엔 관심도 없지만 조심은 해야겠죠."

"하아~ 남의 일이다 생각했는데… 아무튼 박 감사님 말씀처럼 좀 더 주의를 해야겠네요. 한데 어떤 처벌을 받게 되는 겁니까?"

"하하하! 처벌이라니요. 투서가 도착해서 그저 조사하러 나온 겁니다. 투서가 들어왔다고 해서 모두 사실이라는 법은 없으니까요. 아님 사실입니까?"

"…하하. 아닙니다."

"사실 이런 일은 대부분 사실관계를 알아보다가 끝나는 경우가 많습니다. 투서자를 찾아야 하는데 쉽지 않고 설령 찾아도 대면 조사가 필수인데 투서자가 꺼리죠. 그렇다고 괘씸죄를 적용한다면 피해자를 양산하는 꼴이 되겠죠."

구구절절 옳은 말이다.

한데 두삼으로서는 절대 손해 보는 일도 아님에도 얼굴에 살짝 곤혹감이 스친다.

'쩝! 이렇게 아무 일도 없이 지나가면 곤란한데…….'

사실 누가 투서를 했는지 알고 있다. 심지어 투서자가 자신에게 투서를 해도 되냐고 알려줬고 그러라고 대답했었다.

'역시, 옥 교수님이 한다고 했을 때 말렸어야 했어.'

자신의 도움에 은혜를 갚겠다며 임동환에게 접근한 그녀는 같은 편임을 보여준다며 이번 일을 계획했다.

목적은 자신이 감봉이 되든지 경고를 받든지 해서 소문이 나는 것. 그런데 조사관인 박동수는 처벌 의사가 전혀 없는 듯 보였다.

두삼의 표정에 속마음이 드러났을까 박동수는 고개를 갸웃거리며 물었다.

"…어째 처벌을 받지 못해 아쉬운 것 같습니다?"

"아, 아쉬울 리가요. 안도하는 겁니다."

"그래요?"

변명이 시원찮았는지 그는 눈을 좁히며 물끄러미 바라봤다. 그러다 무슨 생각을 했는지 스마트폰을 녹음 모드를 껐다.

"우리 허심탄회하게 얘기해 보죠."

처음 보는 사람이 허심탄회하게 얘기하자고 하면 누가 믿을까.

그도 두삼이 생각하는 바를 아는지 자신의 얘기부터 꺼냈다.

"솔직히 한 교수님이 파렴치한 짓을 했다고 해도 전 그냥 넘어갔을 겁니다."

"왜요?"

"친구가 되고 싶었다… 고 하면 설득력이 없겠죠?"

"아무래도 그렇죠."

"누군가가 교수님과 친해지라고 하더군요."

"누군가? 혹시… 총장님이요?"

"…그걸 어떻게?"

"박 감사관님 총장님이랑 많이 닮으셨어요."

"하하… 그렇습니까? 전 많이 안 닮았다고 생각했는데 아닌가 보군요. 맞아요. 총장님이 한 선생님과 친해지라고 했습니다."

"총장님이 왜 저랑 친해지라고 했을까요? 전 총장님 얼굴을 뵌 적은 있지만 딱히 인연이 없는데요."

"실력 있는 의사와 친해져서 나쁠 것이 없다고 생각했나 보죠. 원래 가타부타 설명을 하는 분이 아닙니다."

이유치곤 빈약했지만 거짓말을 하는 것 같진 않았다.

"아버지의 말씀은 거부할 자신은 없고, 남들과 쉽게 친해지는 성격은 아닌지라 한 달이 넘도록 이러지도 저러지도 못하고 있는데 때마침 투서 건이 생긴 거죠. 어쩌다 이런 얘기까지 하게 된 건지 모르지만 아무튼 친해지는 건 물 건너간 것 같군요. 근데 말을 하고 나니 마음은 편하군요. 하하!"

호감을 가진 것처럼 느껴졌던 이유가 있었던 것이다.

허심탄회하게 얘기하자더니 혼자 고해성사를 하고 편안한 표정을 짓는 모습을 보니 우습기도 하고 한편으론 조금 안쓰러웠다.

부모의 기대에 부흥하려고 노력은 하는데 잘되지 못한 자식의 모습이랄까.

자신도 장갑 때문인지, 각성 때문인지 요상한 능력을 얻기 전에 저랬던 것 같다.

"참! 혹시 날 닮은 여자애가 쭈뼛거리며 다가오면 무시하지 말고 말이라도 좋게 해줘요. 그 애도 나랑 비슷해서 가식적으로 사람에게 다가가지 못하거든요."

"불편하게 뭘 그렇게 해요."

"알고서 그러긴 좀 힘들긴 하죠. 방금 얘긴 못 들은 걸로……."

"그게 아니라 이렇게 만난 것도 인연인데 잘 지내봐요. 당장 친해지진 않겠지만 가끔 차도 마시고 술도 먹다 보면 언젠가 친해지지 않겠어요?"

"……."

"그리고 박 감사관님이 허심탄회하게 말씀하셨으니 저도 솔직히 말하죠. 이번 투서 건에 대한 벌을 내려주세요. 감봉이나 경고 정도면 괜찮겠네요. 그리고 사람들이 어느 정도 알게 공고를 붙여주면 더 좋고요."

"…불명예가 될 텐데 괜찮겠어요?"

"저한테 명예가 있어봐야 얼마나 있겠어요. 천천히 다시 쌓으면 됩니다. 해주시면 제가 술 거하게 한잔 살게요."

"이유가 뭔지 물어봐도 됩니까?"

"이유는 다음에 말씀드릴게요."

"비밀을 요하는 일인가 보군요? 투서자 역시 알고 있는 것 같고요."

"감사관님도 투서자가 누군지 알고 있나 보네요?"

"감사과 비밀인데 투서가 들어오면 투서자부터 찾습니다. 어쨌든 경고를 받은 걸로 해두죠."

"감사합니다. 근데 박 감사관님 나이가 어떻게 되세요? 호칭부터 편하게 부르죠."

"올해 마흔이에요."

"형이시네요. 그럼 앞으로 말씀 편하게 하세요. 전 형이라고 부를게요."

"…으, 응. 그래요."

"말 편하게 하시라니까요."

나중에 친해질지, 데면데면한 사이가 될지는 모르지만 새로운 형을 얻었다.

*   *   *

학교에서 내려진 경고 처분은 교수들만 알 정도로 조용히 이루어졌다. 몇몇 교수가 무슨 일이냐고 물어 변명을 해야 했지만 학교가 시끄러워지는 일은 없었다.

따악! 따악!

일요일 아침 하란과 나란히 서서 스크린 골프 연습을 하고 있었다.

―다음은 숏 아이언샷 연습을 할게요.

"알았어."

로봇 틀을 이용한 연습이 효과가 있음을 알았으니 군말 없이 루시의 말을 따랐다. 8번 아이언을 들자 로봇 틀이 아이언에 맞게 조절이 되었다.

50타 정도 쳤을까 루시가 말했다.

─두삼 님, 어머님께 연락 왔어요.

"그래? 후우~ 이어폰으로 연결해 줘."

귀에 이어폰이 있는 장점 중 하나였다.

연결되었음을 알리는 낮은 비프음이 들리자 말했다.

"네, 엄마."

─응, 아들. 잘 지내지?

"저야 잘 지내죠. 엄마는요?"

─우리야 항상 그렇지. 근데 오늘은 병원 안 나가?

"쉴 때 쉬어야죠. 근데 기차 소리가 들리는데 어디 가세요?"

─아빠 친구 결혼식이 있어서. 혹시 오늘 시간 좀 있니? 너한테 할 얘기가 있단다.

"없어도 내야죠. 제가 결혼식장으로 갈게요. …안 그래도 소개시켜 주고 싶은 사람도 있고요."

인사를 드리고 싶다고 벙긋거리는 하란이다.

─아니다. 너희 집 주소나 알려주렴. 결혼식 끝나고 택시 타고 갈게.

"뭘 하러 택시를 타요. 제가 갈게요."

─됐다니까. 그럼 주소 보내라.

"엄마 그러지 마시고……."

더 말을 하기도 전에 어머닌 전화를 끊어버렸다.

"…하여간 아들한테도 폐를 안 끼치려 하신다니까."

"어머님이 뭐라서?"

"결혼식 끝나고 집으로 오신대. 아무래도 집 청소 좀 해둬야겠다."

하란의 집에서 살다시피 하고 있어서 옆집은 거의 방치해 두고 있었다.

"난 머리하고 올게."

"지금도 충분히 예뻐. 안 그래도 엄마가 걱정할 텐데 더 걱정하게 생겼네."

"뭘 걱정해? 날 마음에 들어 하지 않으실 것 같아? 그럼 안 되는데……."

"그게 아니라 네가 너무 예뻐서 혹시 내가 버림받지는 않을까 걱정하실 거라고."

"어휴! 농담할 때야?"

찰싹! 하란이 등을 손바닥으로 쳤다.

"지금 난 심각하거든! 오빠 부모님께 잘 보이고 싶단 말이야. 그나저나 옷은 뭘 입어야 하지? 아! 혜경 언니한테 부탁해서 얼굴마사지도 받아야겠다. 시간 없으니 먼저 갈게."

그녀답지 않게 호들갑을 떨며 골프 연습실로 만든 방을 나섰다. 두삼은 그런 그녀의 뒷모습을 보면서 중얼거렸다.

"적당히 꾸며. 진짜 걱정하신단 말이야."

주해인을 처음 소개시켜 줬을 때, 그녀도 어려워했지만 어머니도 어려워하셨다. 그리고 말끝마다 부족한 아들 잘 부탁한다고 말하셨다.

만남이 끝난 후 왜 그러셨냐고 물었지만 어머닌 대답 대신 빙긋이 웃으실 뿐이었다.

자신이 믿음직하지 못해서 그런 거라 짐작하지만 정확한지는
모르겠다.

"내가 부모가 되면 알 수 있으려나? 아! 이러고 있을 시간 없
지."

두삼도 재빨리 자신의 집으로 향했다.

부모님이 도착한 시간은 1시가 조금 넘어서였다.

문 앞에 도착한 택시의 문을 열어드리자 결혼식에 참석하신다
고 곱게 입으신 어머니와 양복 차림의 아버지가 내렸다.

"제가 모시러 간다니까요."

"번잡하게 뭘 그래. 여기가 너희 집이니? 아주 좋구나. 근데…
저 아가씨는?"

집을 보시다가 뒤에 서 있는 하란을 본 어머니는 살짝 놀란
표정을 지으며 물었다.

"하란아, 인사드려. 우리 부모님. 아버지, 어머니 결혼할 여자
예요."

"처음 뵙겠습니다. 아버님, 어머님. 우하란이에요. 진즉에 인사
드렸어야 하는데 이제야 인사드리네요."

"…험! 반가워요. 두삼이 애빕니다."

"…그, 그래요. 엄마예요."

"말씀 편하게 하세요."

"…그래요. 일단 밖에서 이러지 말고 들어가서 얘기할까요?"

"네, 어머니."

부모님은 부모님대로, 하란은 하란대로 어색한 분위기다. 안으

로 들어가는데 어머니가 갑자기 등을 철썩 때린다.

"…왜요?"

어머닌 말은 안 하셨지만 표정으로 혼을 내셨다. 뜬금없는 소개에 놀란 모양이다.

두삼은 낮은 목소리로 말했다.

"전에 말씀드렸잖아요."

"아까 얘기를 했어야지!"

"소개시켜 드리고픈 사람이 있다고……."

"결혼할 사람이라고 했어야지."

"연애할 나이는 아니잖아요?"

"얼마 전까진 아무 말도 없었으면서……."

논리적인 반박에 할 말이 없어졌는지 다시 등을 때렸는데 좀 전보다 힘이 빠져 있었다.

"오빠 부모님과 얘기하세요. 차 내올게요."

2층으로 올라가자 정리를 하라는 듯 하란이 뒤로 빠졌다. 그러자 어머니가 물었다.

"혹시… 연예인이니?"

"아뇨. 회사를 운영하고 있어요."

"어떤 회사?"

"투자회사요. 원래 미국에서 운영을 하다가 어머니 때문에 한국으로 와서 회사를 만들었거든요."

"그래? 난 미모 때문에 연예인인지 알았는데 대단한 아가씨구나. 어떻게 만났는데?"

두삼은 하란을 어떻게 만났고 어떻게 사귀게 되었는지를 간

략하게 설명했다.

"인연이라면 인연이구나. 아가씨 어머닌?"

"지금은 완치 판정 받으시고 건강하게 지내세요."

"아니, 아가씨 어머닌 널 어떻게 생각하느냐고?"

"아! 좋아해 주세요."

사귀기로 한 후 어머님, 배영옥의 상태를 살필 때 사귀기로 했다는 걸 밝혔었다.

그때 어머님은 이렇게 말했다.

'고백이 늦었네요. 사실 이렇게 될 거라 생각했고, 바라고 있었어요. 한 선생이라면 하란일 행복하게 해줄 것 같았거든. 두 사람 사귀는 거 축복할 테니까 다음에 말할 땐 결혼한다는 말이었으면 좋겠어요. 호호!'

그 후 청혼을 한 후 말을 했고 그때부터 말을 놓고 사위처럼 대해주고 있었다.

"그럼 됐다. 서로 좋아하고 반대 없으면 된 거지. 현재 좋아하는 마음 그대로 평생 잘해주려무나. 당신도 한마디 하세요."

"험! 잘 살고 있는 네게 무슨 할 말이 있겠느냐마는 결혼 선배로서 한마디 하자면 결혼은 더하기가 아니라 빼기다. 상대방이 이해하지 못하는 건 빼서 버려라. 그게 행복한 결혼 생활의 진리다."

경험에서 우러난 말씀이라 그런지 무척 와닿는 말이었다. 근데 어머니는 와닿지 않는지 한마디 하셨다.

"그걸 아는 사람이 사업은 왜 안 뺐데요?"

"허어~ 그건 살기 위한 몸부림이었다니까. 근데 애 앞에서 그 얘긴 또 왜 꺼내는 거야!"

"하도 어이가 없어서 그래요."

"이 사람이 진짜!"

아버지는 말씀과 달리 빼기를 잘 못하셨나 보다. 역시 이론과 실제는 다른 모양이다.

물 끓는 소리가 들리는 걸 보면 곧 하란이 오는데 두 분의 분위기를 바꿀 필요가 있었다.

"근데 하실 말씀 있다고 하지 않으셨어요?"

"아! 갑자기 애인을 소개해 주는 바람에 잊고 있었네. 다른 게 아니라 우리 악양으로 돌아갈까 하고."

"아! 그래요? 갑자기 왜 그런 생각을?"

"갑자기는 아니고. 생각은 늘 하고 있었는데 네 아빠 자존심… 아무튼 한 달 전쯤에 아버님 꿈을 꾼 다음부터 고민을 하더니 그렇게 하기로 했단다."

"잘 생각하셨어요."

두삼은 아버지를 보며 말했다.

왜 비슷한 환경의 타향에 정착하면서까지 고향으로 가지 않는지 알고 있었기에 아버지가 얼마나 고민을 하고 결정했는지 느껴졌다.

"참! 다니던 회사는 어쩌시고요?"

"그건 잘 해결됐다. 고향으로 간다니까 하동에 있는 녹차 공장을 소개시켜 주더라. 내가 일을 똑 부러지게 한 결과 아니겠냐. 허허허!"

"하하… 그렇죠."

고연아에게 고맙다는 문자라도 보내야겠다.

분위기가 좋아졌을 때 하란이 차를 가지고 왔다.

"차 가져왔어요."

"고마워요. 잘 마실게요. 하란 씨 참 곱네요. 부족한 우리 아들 잘 부탁해요."

왜 이 얘기가 안 나오는지 했다.

부모님은 하란이 마음에 들었는지 시종일관 좋은 분위기에서 대화가 이어졌다.

* * *

비싼 가격에도 일주일 전에 예약하지 않으면 자리가 없다는 유명 한정식 집. 6명은 족히 먹을 수 있을 것 같은 음식이 차려진 상을 사이에 두고 윤경남과 마주 앉은 임철호의 표정이 좋지 않다.

"…그러니까 협회장님 말씀은 동환이가 하려던 TV 프로그램을 다른 사람이 하게 됐다는 거군요."

"그렇게 됐네. 몇 번이고 대접을 하고, 닦달을 해봤지만 담당 PD가 안 된다는데 어쩌겠나."

"그럼 누가 하게 된 겁니까?"

"그게 참, 희한하게 됐어."

윤경남은 안타깝다는 듯 술을 마신 후 말을 이었다.

"임 원장도 아는 사람일세."

"…설마?"

"맞네. 한두삼 그 친구일세. 진의모와 대결에서 그렇게 잘할 줄 누가 알았겠나. 문찬승 PD가 그 영상을 보고 반해서 직접 찾아간 모양이더군."

모름지기 인연을 맺을 때보다 끊을 때 잘해야 하는 법. 윤경남은 자신이 결정한 것이 아닌 듯 말했다.

"하필이면 그자를……."

"한 선생 얘기가 나온 김에 한 가지 물어보세. 몇 년 전에 임원장이 의사협회와 협정을 하는데 방해가 되는 이가 있다고 해서 협회 차원에서 제명하려던 한의사가 한 선생이더군."

"…그랬었습니까?"

자신의 아들이 하려던 방송을 두삼이 하게 된 시점에서 과거 얘기를 꺼내다니, 문득 무슨 의도가 있나 싶어서 기억이 나지 않는 척했다.

"음, 기억이 나지 않나 보군."

"예. 우리 협회를 곤란하게 만들 일이 들리면 협회장님께 가끔 말씀드렸던 것 같긴 한데 무슨 일인지는 이제 기억나지 않는군요."

"하면, 한 선생이 진의모와 대결하게 되었을 때 말한 것도 소문을 듣고 말한 것이겠구먼."

"그렇죠. 운이 좋아 대결에서 이겼지만 졌을 경우를 생각해보십시오."

"하긴 그랬으면 끔찍했겠지. 난 또 한 선생과 문제가 있나 했는데 아니었군."

"엄밀히 따지면 학교 후배인데 그럴 리가요."

"아무튼 이번 일은 미안하게 됐네. 다음엔 꼭 동환 군을 방송에 출연시킬 수 있도록 노력해 보겠네. 먹지. 오늘은 내가 냄세."

"…네."

임철호는 음식을 먹으면서 협회장을 찬찬히 살폈다. 가끔 눈이 마주치면 좋은 사람처럼 웃어주는 모습은 전과 다를 바가 없지만 그가 변했음을 느낄 수 있었다.

'이 영감탱이! 그동안 내가 해준 것이 얼만데……'

직접 돈을 주진 않았지만 이래저래 선물과 밥을 사준 것만 합쳐도 집 한 채 값은 될 것이다.

당장에라도 염치없는 노인네라고 소리치고 싶었지만 도움은 되지 못해도 앙심을 품으면 곤란해질 수 있기에 꾹 참을 수밖에 없었다.

체할 것 같은 느낌으로 저녁 식사를 마친 임철호는 차에 오르자마자 욕을 뱉었다.

"달면 삼키고 쓰면 뱉는다더니, 독사 같은 노인네!"

분했다. 그러나 예전과 달리 힘을 많이 잃은 그가 할 수 있는 일은 드물었다. 기껏해야 협회장 선거에서 반대표 몇 개를 만들 수밖에 없었다.

한참 식식거리고 나자 윤경남에 대한 화는 조금 가라앉았다. 불현듯 임동환에 대해 화가 났다.

"이 자식은 일이 이렇게 될 동안 뭘 한 거야! 도대체 어떤 것 하나도 제대로 하는 것이 없어! 서 비서, 동환인 어디에 있는지 연락해 봤어?"

운전석과 애기할 수 있는 버튼을 누르며 물었다.

윤경남이 만나자고 해서 혹시 좋은 일이면 임동환을 부를 요량으로 알아두라고 했었다.

"학교에 있답니다."

"그쪽으로 가지."

　민규식 원장의 여식과 잘되어가고 있다는 얘길 들었는데 요즘 일언반구도 없는 것이 아무래도 이상해서 정확하게 물어볼 생각이었다.

　퇴근 시간이라 차가 조금 막히긴 했지만 가까운 곳이라 금방 도착했다.

"전화해서 주차장으로 나오라고 해."

"알겠습니다. …어! 큰 도련님 저기 있는데요."

　전화기를 꺼내던 서 비서는 주차장 쪽으로 오는 남녀를 보더니 말했다. 그에 바라보니 임동환이 웬 예쁘장한 여자와 함께 웃으며 차 쪽으로 가고 있었다.

"저건 또 무슨 상황이야? 당장 경적 울려!"

　빠앙!

　경적 소리가 들리자 임동환은 차를 봤다. 그러고는 상황을 파악했는지 여자를 보낸 후 차에 올랐다.

"가타부타 연락이 없어서 저녁 먹으러 가던 참이었습니다. 협회장님 만나신다더니 일찍 오셨네요?"

"그 영감 얘긴 하지도 마라. 근데 청하는 어쩌고 저런 여자와 만나는 거냐?"

"같은 교수입니다. 그리고 청하랑은 시작하기도 전에 끝났습니다."

"뭔 소리야! 얼마 전엔 잘되고 있다며?"

"그랬었죠. 한두삼 그 자식이 청하에게 이상한 소리를 하기 전까지는요."

"그놈이 무슨 말을 했기에 하루아침에 그렇게 돼? 자세히 말해 봐!"

"저도 잘 모릅니다. 다만 청하가 더 이상 만나주지도 않고 찾아가면 피해 버립니다. 그러니 끝났다고 봐야죠."

"하아~ 네가 교수가 된 걸로 만족해야 하나 보다."

연이어 타격을 받아서인지 화가 나기보단 기운이 쭉 빠졌다.

애를 쓴 것에 비하면 초라한 결과라 할 수 있을 것이다. 하지만 어쩌겠는가. 다른 방도를 강구하기엔 시간도, 의욕도 이젠 없었다.

왠지 오늘따라 유독 힘이 없어 보이는 모습에 조심스레 물었다.

"안 좋은 일 있으셨어요?"

"…네가 출연하기로 했던 방송 말이다. 한두삼 그놈이 출연하기로 했단다."

"네?! 저, 정말입니까?"

"협회장 그 늙은이가 오늘 말해주더구나."

"……!"

"네 인생을 방해할 것 같아 그토록 치워 버리려 노력했는데 결국 그놈이 네 앞길을 막는구나."

"으득! 이 개자식을……."

임동환은 당장 달려 나갈 태세다.

"쯧! 민규식 원장에, 협회장까지 등에 업었어. 그리고 듣기론 몇몇 그룹에서도 눈여겨보고 있다니 잘못했다가 도리어 네가 당할 수 있다. 이제 그놈은 어설픈 객기로 상대할 놈이 아냐."

임철호까지 임동환 자신보다 두삼을 높게 보는 것 같아 더 기분이 나빴다.

"걱정 마십시오. 요즘 같은 때에 성희롱 관련 문제가 발생하면 누굴 등에 업고 있더라도 정상에서 아래로 떨어지는 건 순식간입니다."

"…방도가 있는 거냐? 자칫 너까지 다칠 수 있는 일이라면 할 생각 말아라."

"전 괜찮습니다. 아까 본 그 여교수가 할 겁니다. 전 그저 옆에서 부추기만 하고 신고만 할 생각입니다. 제 인생에 태클을 건 걸 반드시 후회하게 만들 겁니다!"

말을 하는 임동환의 눈빛엔 독기가 일렁거렸다.

*　　　　　*　　　　　*

5월이 되면서 본격적으로 암센터 일을 시작했다.

정시형 센터장이 예상했던 것처럼 한방색전술을 받겠다는 사람들은 예상보다 많았는데 이유는 간단했다. 자신이 TV에 나왔던 장면과 진의모와 대결하는 영상을 보여주며 한방색전술을 권한 것이다.

한방색전술을 하는 한의사가 이렇게 유명한 사람이다, 라고 말하니 많이 선택할 수밖에.

그 덕분에(?) 간호사 두 명의 도움에도 불구하고 화장실도 못 갈 정도로 바빴다.

"이제 끝인가요?"

환자를 보낸 후 시계를 보며 물었다.

"도 선생님이 한 분 더 예약하셨어요."

"헐! 그건 저녁으로 돌려주세요. 저 한방센터에 가봐야 해요. 그 전에 화장실도 가야 하고요."

"호호! 그렇게 하세요. 이해하실 거예요."

"그럼 저녁에 6시 30분, 아니, 7시에 올게요."

말이 끝나기 무섭게 후다닥 화장실로 뛰었다.

세상에서 가장 시원하고 홀가분할 때가 언제냐고 묻는다면 싸기 직전에 무사히 배뇨와 배변을 할 때라고 말할 것이다.

시원함도 잠시 다시 열심히 뛰어 안마과로 갔다.

"늦었네요. 바로 환자 들여보내 주세요."

"아! 한 선생님. 지금……."

접수대의 도 간호사에게 말한 후 그녀의 말을 제대로 듣지도 않고 곧바로 방문 열었다.

"……! 아, 죄송합니다."

분명 자신의 진료실이었는데 낯선 여자가 환자를 진료를 하고 있었다. 얼른 사과를 하고 문을 닫았다.

도 간호사가 피식 웃으며 말했다.

"새로운 선생님 오셨어요."

"다음 주부터 아니었었어요?"

"그랬는데 어떤 선생님이 무지하게 바빠서 빨리 출근해 달라고 과장님이 부탁하셨나 봐요."

"생각보다 환자들이 더 많더라고요. 근데 이 선생님이 그걸 어떻게 아셨지?"

"선생님 매출은 우리 과로 잡히잖아요."

"아!"

"자세한 건 과장님이 점심 먹으면서 얘기하자고 하시더라고요."

"그럼 얼른 환자보고 와야겠네요."

"또요? 과장님이 선생님을 정규 진료에서 빼시려는 이유가 있었네요."

"하하. 그 정돈 아니에요."

진료실을 뺏긴 것 같은데 서운함보단 미안함이 더 크다. 자신이 암센터나 뇌전증 환자에게 신경을 쓰는 동안 괴로운 건 결국 이방익이나 엘튼이었다.

VIP실에 있는 이치열에게 갔다.

그는 병실 한쪽에 있는 신장 체중계에서 있었는데 안으로 들어가자 조르르 달려와 외쳤다.

"선생님, 저 1센티 또 컸어요. 헤헤헤!"

"오! 그래? 축하한다."

두삼은 이치열의 머리를 쓰다듬으며 기뻐했다. 하지만 마음은 달랐다.

마연지를 통해 자극점을 찾긴 했는데 호르몬의 분비량이 생각보다 적었다. 또 하나 염려되는 것은 현규섭 때처럼 계속된 자극에 자극점이 무뎌지지 않을까 하는 것이다.

기우일 수 있지만 첫 번째 케이스 환자는 이래서 참 힘들다.

"이러다 연지 누나만큼 크는 거 아닐까요?"

"일단은 간호사 누나만큼 크자. 치료를 시작할까?"

내분비내과 오 선생은 생각과는 달리 빡빡한 사람은 아니었다. 찾아가서 인사를 하고 사정을 설명하자 순순히 마연지를 자신에게 이관해 줬다.

물론 서류를 보내기 전에 먼저 얼굴을 보고 얘기하는 것이 예의라는 잔소리 같은 충고를 10분가량 듣긴 했지만 말이다.

이치열의 시상을 자극해 뼈와 근육을 성장시키는 호르몬을 자극한 후 온몸 구석구석을 주물렀다.

사실 마사지를 하는 것이 얼마나 도움이 될지는 미지수다. 그러나 조금 더 크길 바라는 마음에서 사흘 전부터 하고 있었다.

마지막으로 그를 재우는 것으로 치료를 끝냈다.

"쑥쑥 자라렴."

새근거리고 잠든 이치열의 머리를 쓰다듬어 준 후 안마과로 갔다.

오전 환자를 다 봤는지 이방익이 접수대에 나와 있었다.

"많이 놀랐지?"

"조금이요. 죄송합니다."

"아냐. 오히려 말하지 않고 결정한 내가 미안하지. 바쁘면서도 우리 눈치 보느라 말을 못하는 것 같기에 아예 내가 결정해 버렸어."

"눈치 본 거 없는데요"

"안 보긴. 외래 진료를 해야만 안마과를 위해 일한다고 생각할 정도로 융통성 없는 사람 아냐. 어디서 일해도 환자를 위한다면 그게 곧 안마과를 위한 거 아니겠어?"

"진료실 때문에 그런 말씀을 하시는 건 아니고요?"

이방익과는 친했기에 농담을 했고 그는 웃음을 터뜨리며 설명을 이었다.

"하하하! 바로 알아차리다니 민망하군. 아무튼 자네 진료실은 2층에 준비하고 있어. 현재 예약 환자들만 끝내면 안마실 관리하면서 치료하기 곤란한 환자들을 맡으면 될 거야."

"어째 시간적인 여유는 나도 지금보다 더 힘들 것 같은 느낌이네요."

"자네 같은 능력자를 썩히는 건 죄악이지. 아! 나왔군. 인사해. 전에 내 병원에서 일했던 지아현 선생."

"저 때문에 잠시 쉬지도 못하게 되셨네요. 한두삼입니다."

"아뇨. 쉬는 게 오히려 곤욕이더라고요. 지아현입니다. 잘 부탁해요."

손을 척 하고 내미는 지아현.

그녀는 제법 뚱뚱한 30대 중반의 여성으로 행동과 목소리가 마치 남자처럼 걸걸했다.

여성적인 엘튼과는 반대랄까.

막 손을 잡으려는데 엘튼이 나오며 말했다.

"손 조심해, 한 선생. 걔 악수를 하자는 건지 팔씨름하자는 건지 무지막지하게 잡는당."

"흥! 비리비리한 사람에게 팔씨름처럼 느껴지겠죠. 그리고 '개'가 뭐예요. 교양 없게시리."

"풉! 언제부터 교양이 있었다고."

"엘튼 선생님이 사고를 쳐서 없어지고 나니 자연스럽게 생기던데요."

"흥흥흥! 사고 친 걸로 따지면 네가 더 많지 않나?"

두 사람 척 봐도 앙숙이다. 다행인 건 두 사람을 제어할 수 있는 이가 있다는 거.

"시끄러! 어쩌 너희 둘은 변하지가 않냐? 전처럼 싸우면 둘 다 확 잘라 버릴 테니까 그리 알아. 나이를 어디로들 처먹었는지."

잠깐 기가 죽는 듯했지만 두 사람은 뭘 먹을지에 대해 얘기하다가 다시 한번 아옹다옹했다.

*   *   *

―깨어나라, 용사여~ 깨어나라, 용사여~

고막을 바로 때리는 루시의 장난 어린 알람을 듣고 눈을 떴다. 웬 괴상한 알람이냐고 한마디 하려 했지만 곤히 자고 있는 하란을 깨울까 조용히 방을 나왔다.

평소라면 바로 수영장으로 향했겠지만 오늘은 촬영이 있는 날이라 샤워실로 향했다.

샤워를 마치고 어젯밤에 준비해 뒀던 옷을 입고 밖으로 나오자 언제 깼는지 하란이 죽을 준비했다.

"먹고 가."

"촬영장 근처에 가서 먹으려 했는데 왜 일어났어?"

"오빠 배웅하고 다시 자면 돼. 하암~ 안 피곤해?"

"멀쩡해."

"건강하다고 너무 막 굴리지 마. 그럼 나이 들어서 고생해."

"훗! 내가 너에게 하고 싶은 말을 하네. 잘 먹을게."

하란이 준비해 준 죽을 먹고 촬영을 시작하는 곳인 만남의 광장 휴게실로 향했다.

63. 이가한의원

약속 시간보다 1시간 일찍 도착했다. 한데 이미 촬영 팀은 분주하게 준비를 하고 있었다.

모자를 눌러쓴 채 지시를 내리고 있던 문 PD가 웃으며 다가왔다.

"일찍 왔네요?"

"늦는 게 싫어 서두르다 보니 그러네요. 뭐, 도와드릴 게 있습니까?"

"저기 버스에서 스타일링하기 전까지 쉬고 있어요. 촬영할 때 컨디션이 좋은 게 도와주는 겁니다."

옳은 말이었기에 사양하지 않고 버스에 올랐다.

몇 명이 앉아 졸고 있었기에 적당한 자리에 앉아 조용히 며칠 전 받은 대본을 펼쳤다.

사실 정해진 대본은 없고 행동 요령과 촬영에 대한 전반적인 설명이 적혀 있는 촬영 설명서라는 편이 맞을 것이다.

물론 출연자들의 반응을 카메라에 담기 위해 그런지 중요한 것은 적혀 있지 않았다. 가령, '충북의 유명 한의사 가문을 찾는 것'이라고 적혀 있을 뿐, 그 외의 정보는 없었다.

'충북의 유명 한의원이라면 전에 엘튼이 말한 3대 가문, 8대 세가 중 하나 아닐까?'

솔직히 방송을 하기 싫었다. 한데 대본을 본 순간 바뀌었다.

과거 유명했던 한의사를 찾아가 그들과 함께 지내며 그들의 한의학을 체험해 본다니 며칠 동안 잠을 설칠 만큼 흥분됐다.

할아버지의 의료 기록이 있는데 웬 욕심이 그리 많으냐고 할지도 모르겠다.

그러나 양태일의 할아버지의 책처럼 같은 병을 대함에 있어서 한의사마다, 혹은 가문마다 독특한 치료 방식이 존재했고 그걸 보고 추측하는 것만으로도 안목을 넓힐 수 있는데 어찌 욕심이 나지 않을까.

'이왕이면 8대 세가의 하나인 이가한의원이 실제로 있었으면 좋겠다.'

얘기를 들었지만 실제로 있을지에 대해서는 회의적이었다. 그런 유명한 곳이라면 인터넷에 떠도 벌써 떴을 텐데 검색을 해봐도 없었다.

설렘으로 한참 대본을 보고 있는데 누군가가 믹스 커피를 내민다. 고개를 드니 짧은 머리에 편안한 옷차림의 여자가 싱긋 웃으며 말했다.

"선생님 믹스 커피 좋아하신다면서요?"

"그걸 어떻게?"

"작가다 보니 선생님에 대해 조금 조사를 했죠."

"아! 감사합니다. 인사가 늦었네요. 한두삼입니다."

"이선덕이에요. 막내 작가라고 불러도 되고요."

"이 작가님이라고 부를게요."

"편하신 대로 하세요. 뒤에 카메라 들고 계신 분은 고영철 촬영감독님. 선생님을 담당할 거예요."

"안녕하세요."

고영철은 촬영을 하고 있는지 꾸벅 인사만 했다.

"촬영 중이에요?"

"메이킹 필름이요. 프로그램이 안 되면 나갈 일이 없을 영상이지만 문 PD님이 꼭 찍으라고 해서요."

"하하! 꼭 나가길 바라겠네요. 근데 이 작가님 최근 잠 거의 못 잤죠?"

직업병이랄까, 잠깐 얘기를 하는 사이 이선덕과 고영철을 훑었다. 그리고 더 나빠 보이는 이선덕을 좀 더 주의해서 본다.

푸석푸석한 머리, 충혈된 눈, 거친 피부, 창백한 손, 꾸부정한 어깨 등등. 보기만 하면 좋으련만, 결국 말을 걸게 된다.

"헤! 제가 원래 피곤이 겉으로 잘 드러나지 않는 스타일인데 한의사라 그러신지 바로 알아맞히시네요?"

"말 그대로 한의사잖아요. 커피 주셨으니 잠깐 맥 좀 잡아도 될까요? 메이킹 필름인데 이왕이면 그럴싸해야 하지 않겠어요?"

"호호! 그러세요."

두삼은 웃으며 그녀의 팔목 맥을 잡았다.

'젊어서 나쁘진 않은데… 생리 불순에 신장 쪽이 조금 안 좋네. 근데 이 묘한 박동은 뭐지?'

기운을 쓰지 않고 일단 맥의 두근거림으로 몇 가지를 추측한 후 기운을 이용해 내부를 살폈다.

카메라가 돌고 있는데 처음부터 실수하면 촬영 분위기를 망칠 것 같았다.

"많이 안 좋은가요?"

"아뇨. 아직까진 괜찮아요. 근데 지금처럼 계속 무리하면 2, 3년 안에 큰일 나요."

"…네?"

"카페인 과다 섭취가 지속되어서 심장이 무리하고 있어요. 돌연사가 남의 일이 아니에요. 그리고 목과 허리의 척추는 휘고 있고 신장이 지금 대략 80퍼센트 남았어요. 제대로 관리하지 않으면 평생 투석받으면서 살아야 해요."

"……."

"너무 나쁜 말만 했죠? 좋은 얘기 해줄까요? 지금부터 관리하면 금세 다 좋아질 거예요."

"관리는 어떻게 해야 하죠? 이 일을 그만둬야 할까요? 힘들게 여기까지 왔는데……."

"커피는 하루 석 잔만 마시기. 올바른 자세로 일하고 1시간마다 간단히 기지개를 켜기. 물 많이 마시고 배뇨 느낌이 나면 참지 말고 바로 해결하기. 졸리면 잠깐이라도 자기. 적어도 일주일에 이틀 1시간 운동하기. 이 다섯 가지만 지키면 돼요."

진리가 평범하듯이 건강을 지키는 방법도 평범하다. 다만 너무 평범해서 주의를 기울이지 않을 뿐이다.

커피 주러 왔다가 뜻밖의 충격을 받은 이선덕은 방법을 말해줬음에도 어떻게 해야 할지 모르겠다는 표정으로 안절부절못했다.

어쩌면 현재 아프지 않으니 믿어지지 않는 건지도 모르겠다.

증상을 나열할까 하다가 카메라에 담기면 민망한 것도 있었기에 치료를 해주자는 쪽으로 마음을 바꿨다.

"아직 30분 정도 남았으니 간단한 치료를 해보죠."

"아, 아니에요. 당장 일해야 해서."

"메이킹 필름도 일이잖아요. 금방 끝낼게요. 혹시 미지근한 물 있어요? 거기 뒤에 계신 분 괜찮으면 1리터 정도 구해다 줄래요?"

"…네, 구해올게요."

버스에서 자고 있던 이들 중 깬 사람이 있어 그 사람에게 부탁했다.

"물이 올 동안 점점 휘어지고 있는 뼈부터 제자리로 돌아가게 해보죠. 침대가 있으면 좋은데 없으니 서서 할게요. 몸에 힘 빼세요. 긴장하면 다칠 수 있어요."

그녀의 뒤로 가서 왼손으로 목을 감싸고 오른손으로 굳어 있는 목과 어깨 근육을 풀었다. 그리고 어느 정도 풀렸을 때 머리를 잡고 살짝 꺾었다.

두두둑!

반대로 잡고 다시.

두둑!

두삼이 손을 댈 때마다 목에서 소리가 났다.

"팔베개를 하듯이 두 팔을 뒤로 해서 깍지를 끼어요. 그리고 윗몸일으키기 할 때처럼 해요. 그렇죠. 제가 들 거니까 긴장 풀어요."

머리와 양팔을 양팔로 감싼 후 번쩍 들어 먼지 털듯이 가볍게 털었다.

두두둑! 뚝! 두두둑!

이후로도 두삼은 허리뼈를 바로 하기 위해 몇 가지 동작을 취했고 그때마다 그녀의 뼈는 비명을 지르며 자리를 찾아갔다.

뼈를 다 맞췄을 때 물이 도착했다.

"이제 여기 상자에 걸터앉은 후에 물을 양껏 마셔요."

"…다요?"

"구토가 나오지 않고 배부를 때까지만."

맥주 1000cc는 쉽게 마셔도 물 1리터는 마시기 어려웠다. 이선덕은 절반쯤 마신 후 더 이상 못 마시겠는지 물병을 입에서 뗐다.

"이제부터 안마를 할 거예요. 처음에 조금 아플 거예요. 몸에 누적된 노폐물이 많거든요."

머리부터 다리까지 하려면 족히 1시간은 필요했다. 하지만 시간이 없었기에 기운을 듬뿍 담아서 머리의 경혈을 자극하고 근육을 풀어나갔다.

처음 5분간은 무지 아팠다. 만약 두삼이 출연자가 아니었다면 이선덕은 소리를 치며 그의 손을 뿌리쳤을 것이다.

한데 5분이 지나가자 온몸이 시원해지고 나른해졌다. 이번엔 반대로 두삼이 계속 주물러 줬으면 좋겠다는 생각을 했다.

'마사지를 기가 막히게 한다더니, 정말 그러네. 근데 너무 졸리다. …일해야 하는데……'

마사지를 끝냈을 때 이선덕을 코를 골며 잠들어 있었다. 두삼은 그녀를 가볍게 안아 들고 뒤로 젖혀진 의자에 눕혔다.

그리고 어느새 와 있는 문찬승 PD에게 말했다.

"1시간쯤 푹 자게 놔두세요. 아마 화장실 가기 위해 일어날 거예요. 아마 화장실 다녀오면 자신의 몸이 얼마나 망가져 있었는지 대충은 알 수 있을 겁니다."

"1시간쯤은 상관없어요. 근데 화장실에 가면 알 수 있다는 건 무슨 말입니까?"

카메라를 흘낏 봤다.

알아서 편집해 주겠지.

"냄새가 아주 지독할 거예요. 어느 쪽이든. 문 PD님도 해보실래요?"

"하하… 사양하죠. 내 나이쯤 되면 혹시 죽을병에 걸렸다고 할까 봐 건강검진도 두렵습니다. 아무튼 결과는 나중에 보기로 하고 슬슬 준비해야 하니 메이크업 차로 가서 분장하세요."

24인용 버스를 개조한 것으로 보이는 메이크업 차량은 바로 옆에 있었다. 안으로 들어가자 작은 미용실처럼 꾸며져 있다.

"이쪽으로 앉으세요."

"어? 아까 물 갖다준 분이시네요. 고맙습니다."

"별거 아닌데요, 뭘. 앉으세요."

그녀는 자신이 환자를 볼 때와 비슷한 눈빛으로 머리를 이리저리 살피더니 말했다.

"크게 손대지 않아도 될 것 같네요. 간단히 머리랑 화장해 드릴게요. 촬영 끝날 때까진 가급적 지금의 헤어스타일을 유지해 주세요. 변화는 계절에 한 번 정도가 좋아요."

"그러죠."

직업이 직업인지라 원래 단정한 스타일을 유지했다. 한데 금손이 헤어 젤을 이용해 이리저리 만지자 꽤 멋지게 바뀌었다.

"역시 전문가의 손길이라 다르네요."

"호호! 감사해요. 가끔 이렇게 하고 다니세요. 기본이 괜찮아서 상당히 세련되어 보이세요."

"하하! 외출할 때 도전해 보겠습니다."

"어머! 남자 피부가 어쩜 이렇게 좋아요? 주름도 없고 매끈한 것이 마치 애들 피부 같아요. 자외선 차단 기능이 있는 BB크림만 살짝 바를게요."

메이크업 아티스트는 꽤 수다스러웠다. 그러나 밝은 목소리 톤이 사람의 기분을 좋게 해줬기에 도란도란 얘기하면서 메이크업을 받았다.

"근데 선생님 제 건강은 어떤 것 같아요? 아까 막내 작가 아프다는 얘길 듣고 깜짝 놀랐어요."

거의 끝나갈 때쯤 자신의 건강 상태가 궁금했는지 지나가는 말처럼 물었다.

그녀에 대한 파악은 이미 끝난 상태였다.

"내부는 살펴봐야겠지만 외적으로는 아주 건강하세요. 평소 틈틈이 운동하시죠?"

"어머! 어머! 맞아요. 피트니스 센터는 못 가고 이곳에서 틈틈이 스쿼트랑 간단한 운동 하고 있어요."

"그럴 것 같았어요. 적당한 근육, 탄탄한 다리와 허리. 다만 다음부터 스쿼트할 때 무게중심을 왼쪽에 두세요. 흠! 이런 말을 해도 될지 모르겠네요. 과거 왼쪽 다리가 안 좋아서 그랬는지 오른쪽이 더 발달했어요."

힙이 짝짝이라고 말하려다 순화시켰다.

"세상에! 정말 대단하세요. 어떻게 보는 것만으로 아팠던 것까지 아세요? 워낙 서서하는 일이다 보니 왼쪽 다리가 아프더라고요. 그때부터 조금씩 운동을 하기 시작했거든요. 왼쪽에 힘을 주라면 이런 식으로 하면 될까요?"

"잠깐만 만질게요. 좀 더 왼쪽에 힘을 줘요. 한동안은 오른 다리는 힘을 완전히 뺀다고 생각해요."

그녀는 스쿼트 자세를 취하며 물었기에 다리를 만지며 자세를 교정시켜 줬다.

그때 뒤에서 헛기침 소리가 들렸다.

"크흠!"

돌아보니 예전에 TV에서 자주 보던 배우로 이번 프로그램에 같이 출연하게 된 이였다.

"좀 있다가 들어올까요?"

"…자세 교정해 주고 있었습니다. 별로 이상하게 보이진 않았을 텐데요?"

"허벅지 슬슬 만지는 게 이상하지 않다니 참 개방적인 생각을 가졌네요."

"······."

"하하하! 농담입니다. 한··· 두석 선생님이죠? 함께 출연하게
된 손석흡니다."

"···네. 반갑습니다. 한. 두. 삼. 입니다."

"아! 맞다, 한두삼. 미안합니다. 봤는데 가물가물해서요. 다 끝
났으면 저도 분장 좀 할게요. 인사는 좀 있다가 다시 하죠. 늦었
다고 문 PD가 화가 나서요."

"그러세요."

그러고 보니 모이라고 한 시간은 이미 15분이나 지났다.

메이크업 차에서 내리자 출연자 중 한 명이 후다닥 뛰어오는
것이 보였다. 한때 제법 인기가 있었던 개그맨인 그는 인사를 꾸
벅하곤 바로 차에 들어갔다.

'신기하네.'

연예인이야 병원에서 실컷 봤음에도 어린 시절 TV를 종횡무
진하던 이들을 보니 새로운 느낌이다.

물론 그들이 늦었다고 해서 화가 나진 않았다. 이미 문 PD가
충분히 화를 내고 있었기 때문이다.

"지금 장난해요! 첫 촬영부터 이따위로 나오면 어쩌자는 겁니
까! 바쁘다는 핑계 대지 말아요! 누군 한가해서 어젯밤부터 여기
에서 기다렸는지 알아요! 야! 조연출. 아직 안 온 사람 누구야?"

"경철 씨는 막 도착했으니까 대균 씨만 오면 됩니다."

"이 인간은 어째 단 한 번도 제대로 오는 적이 없어? 전화해서
필요 없으니까 오지 말라고 해."

"…진짜로요?"

"내가 언제 허튼소리하든?"

"그나마 가장 네임든데… 진짜 해요?"

"네임드는 개뿔. 하는 프로그램마다 족족 말아먹는 인간인데. 소속사 사장이 하도 사정을 해서 넣어주려고 했는데 이따위로 나오는데 어떻게 봐줘?"

"진짜, 진짜 합니다!"

"확! 너부터 잘라줄까? 한동안은 원래 계획대로 5인 체제로 갈 거야."

워낙 확고한 태도로 말하니 조연출은 어쩔 수 없다고 생각했는지 전화를 걸었다.

혼낼 건수를 찾는 건지 식식거리던 문 PD는 두삼을 보더니 다가왔다.

"미안합니다, 한 선생."

"PD님 잘못도 아닌데요. 전 괜찮으니 신경 쓰지 마세요."

"시작하려면 1시간은 넘게 걸릴 것 같으니 휴게실에 들어가서 뭐라도 먹고 있어요."

"하하! 네."

새벽부터 이선덕 때문에 기운을 소모해서인지 죽은 이미 소화가 다 됐다.

어렴풋이 밝아지는 하늘을 본 후 휴게실로 들어가 국밥 한 그릇을 먹었다. 그리고 문 PD의 예상과 달리 1시간 30분이 지나서야 카메라가 돌아갔다.

　　　　*　　　　*　　　　*

　일단 4명이 카메라 앞에 섰다.

　배우 손석호, 개그맨 진철희, 운동선수 출신 방송인 이경철, 아나운서 유민기.

　30대 중반에서 40대 중반까지로 구성된 4명은 A급이라고 하기엔 무리가 있지만 오랫동안 방송 생활을 해서인지 대본이 없는 상태에서 작가가 올려주는 스케치북을 보고 대화를 이어나갔다.

　대화를 주도하는 이는 가장 젊고 아나운서답게 말을 매끄럽게 하는 유민기였다.

　"석호 형님은 한참 왕성히 일하시다가 요즘 뜸하셨죠? 무슨 일 있었습니까?"

　"…몸이 안 좋아서 쉬었어요. 근데 방송에선 누구누구 씨라고 해야 하지 않아요?"

　"요즘은 편하게 하는 게 대세지 않나? 안 그래요, 철희 형?"

　"출연자끼리 친해지면 좋긴 하지. 우린 본 적 있으니까 말 놓아도 되지?"

　"당연하죠. 하하하! 아님 석호 씨라고 불러드릴까요, 형님?"

　다시 물어오는 유민기를 보며 손석호는 적응을 해야겠다 싶은지 말을 놓으며 말했다.

　"그 호칭은 기분이 상하는 느낌이네. 그냥 형이라고 불러. 아! 근데 난 왜 형님이고 철희 씬 형이야?"

　"가장 나이가 많으시잖아요. 선생님이라고 해야 하나 한참 고민했다니까요."

"너랑 몇 살이나 차이가 난다고 선생님은 에바참치다. 아! 이런 말은 하면 안 되나?"

"헐! 그런 말도 아세요? 형님 신세대네요."

"우리 아들이 쓰는 말인데 어느새 입에 붙었네."

"근데 에바참치가 뭡니까?"

축구선수 출신 방송인 이경철이 가세했다.

"에바는 오버(Over)를 뜻하는데 뒤에 왜 참치가 붙었는지는 설왕설래합니다. 게임에서 왔다는 설도 있고, 진짜 에바참치라는 메이커를 보고 한 거라는 얘기도 있고요."

처음에는 카메라를 의식하면서 얘기하던 이들이 어느 순간부터는 진짜 수다를 떠는 건지 별의별 얘기가 다 나왔다.

"쩝! 저래도 되나?"

소개해 주기만을 기다리고 있다가 4명이 하는 양을 보고 중얼거리자 조연출 노담휘가 말했다.

"편집에 따라 확 바뀝니다. 그래서 저희는 농담처럼 방송을 종합 편집 예술이라고 합니다."

"하하! 편집이 중요한 거였군요."

"문 PD님 편집 실력 PD업계에선 손꼽힙니다. PD님이 저대로 내버려 두는 건 건질 게 있다는 얘기죠. 필요 없다 싶으면 바로 작가에게 지시를 내릴 겁니다."

노담휘 조연출의 말대로였다.

한 가지 얘기가 길어지자 앞에 조르르 앉은 작가들이 연신 스케치북을 들었다.

"그나저나 석호 형님, 아까 몸이 안 좋다고 하시지 않았어요?"

"이제 많이 좋아졌어."

"우리 프로그램이 건강 프로그램이잖아요. 이번 기회에 완전히 고쳐 버리세요."

"어? 우리 프로그램 예능 아녔어? 난 그런 걸로 알고 있었는데."

"어? 난 여행 프로그램이라고 알고 왔는데?"

"그럼 건강 여행 예능 프로그램인가 보죠. 그리고 보면 문 PD님 참 머리 잘 썼어요. 건강을 좋아하는 시청자와 여행을 좋아하는 시청자, 예능을 좋아하는 시청자를 한꺼번에 잡을 수 있잖아요."

"건강에 대해 난 아무것도 모르는데? 경철이 넌 좀 아냐?"

"운동할 때 배운 거 조금 아는데 그걸로 되겠어요? 전문가가 필요하지 않을까요?"

이때 문찬승 PD가 나섰다.

"저희 프로그램은 명망 있는 한의사나 가문을 찾아가 체험을 하며 건강하게 사는 법을 배우는 방송입니다."

"헐! 왠지 장작을 패고 그래야 할 것 같은데."

"아무것도 모르면 배우기는커녕 그럴 수도 있겠죠. 그래서 여러분과 함께할 아주 실력 있는 의사 선생님을 섭외했습니다. 두삼 씨 나와 주세요."

조연출의 도움으로 대기하고 있던 두삼은 네 사람과 카메라를 향해 인사하며 카메라 속으로 들어갔다.

"안녕하세요! 안녕하세요! 한두삼입니다."

"오! 미남 한의사군요."

"그리 봐주시니 감사합니다."

잠깐 인사를 하고 나자 '문 PD 말'이라는 글이 적힌 스케치북이 올라왔다.

"한두삼 선생님은 유명 대학병원 안마과에서 일하고 있습니다. 안마과라면 사람들이 생소해할 텐데 간단히 설명해 주시죠."

"네. 안마과라고 하면 마사지랑 헷갈릴 수도 있는데 근본적인 목적은 침과 뜸, 한약과 같은 다른 한의학적인 시술과 마찬가지로 환자를 가장 효과적으로 치료하기 위한 한 분야라고 생각하시면 될 겁니다."

"배운 사람이라 참 말 어렵게 하시네. 쉽게 말해서 안마로 사람을 치료한다는 거죠?"

"예, 석호 형님."

"아이쿠! 이 친구도 보자마자 형님이네. 적응이 안 되네. 그래! 말 나온 김에 서열 정리하고 편하게 가자. 한 선생은 나이가 몇이야?"

"서른다섯입니다."

"그럼 민기랑 동갑이니 친구 하고. 경철이랑 철희에게 형이라 부르고 나한텐 형님이라 부르면 되겠네. 이상 서열 정리 끝. 근데 실력이 좋다는데 간단히 보여줄 수 있어?"

"음, 안마과니까 안마로 치료하는 걸 보여 드려야겠죠. 여기 누워보시겠어요?"

"…바닥에?"

"아! 곤란하겠네요. 하하! 안마하는 건 천천히 보여주고 일반

마사지와 뭐가 다른지 보여드릴게요. 형님이나 형들에게 테스트할 수 없으니까. 친구 잠깐만."

"나? 왠지 싸한 기분이 드는데……."

"가볍게 어깨를 주무를 뿐이야. 자, 그럼 시작한다."

유민기의 뒤쪽으로 가서 그의 목과 어깨를 마사지하듯이 주물렀다.

"어우야! 좋다. 얼마 전에 타이 마사지 받았는데 그것보다 훨씬 시원하다."

"다 됐어."

"벌써? 너무한 거 아냐. 좀 더… 어?! 이, 이게 뭐야? 파, 팔이 안 움직여!"

유민기의 팔은 그의 의지와 상관없이 양다리에 딱 붙어서 움직이지 않았다.

"…헐, 한 선생이 한 거야?"

"네. 안마와 달리 이런 게 가능하다는 거죠. 현재 팔의 근육이 경직되어 있는 상태예요."

"이거 풀 수 있는 거지? 풀 수 있다고 말해. 얼른~"

"푸는 법은 아직 못 배웠는데?"

"……! 너… 너……!"

"농담이야. 10분 정도 지나면 자연스럽게 풀려. 물론 당장 풀어줄 수도 있고."

더 장난치면 울 것 같았기에 풀 수 있다고 말했다. 그때 진철희가 유민기에게 다가가며 말했다.

"…둘이 짜고 이러는 거 아냐?"

그러고는 딱 붙어 있는 팔을 떼어내려고 했다.

"끄응! 안 떨어져."

"진짜예요, 형! 다, 당기지 말아요."

"의심나면 철희 형에게도 해드릴까요?"

"응! 해봐. 도저히 못 믿겠어."

진철희는 호기심이 많은지 두삼에게 어깨를 들이밀었다.

"그럼 형은 다른 걸 해볼게요."

두삼은 그의 어깨와 허리를 가볍게 주물렀다. 그 다음 장난스
레 외쳤다.

"제자리에 서! 앞으로 나란히!"

말이 끝남과 동시에 진철희의 팔은 스르르 올라와 앞으로 나
란히 자세를 취했다.

그는 호기심이 가득한 표정으로 말했다.

"…대박! 진짜였어. 이건 제 의지랑 전혀 상관없는… 어? 발이
안 움직여!"

"형은 다리도 못 움직이게 했어요."

"이거 완전 신기해!"

진철희는 허리를 구부렸다 폈다 했는데 그 모습이 웃기면서도
기괴했다.

"혹시 아직도 못 믿으시는 분?"

손석호와 이경철은 고개를 절레절레 흔들었다.

"이것도 꽤 재미있는 그림이네요. 두 사람은 내버려 두고 진행
할까요?"

문 PD는 괜찮은지 고개를 끄덕이며 말했다.

"지금부터 여러분이 하실 일은 저희가 주는 힌트를 보고 목적지를 찾아가는 겁니다."

"차량은 제공되나요?"

"목적지 근처까지만 됩니다. 저희가 내리라고 그때부턴 내려서 찾으면 되고요. 자! 첫 번째 힌트를 드리겠습니다. 충북에 있는 한의원으로 한약으로 우리나라에서 손꼽히는 곳입니다."

한약을 잘한다는 말을 듣고 떠오르는 곳이 있었다. 그래서 손을 들며 말했다.

"혹시 8대 세가 중 하나인 이가한의원입니까?"

"젊은 사람 중엔 아는 사람이 거의 없는데……. 한 선생님은 아시네요. 혹시 어디에 있는지도 아십니까?"

문 PD는 낭패 어린 표정으로 물었다.

"아뇨. 병원 선배 중에 옛 얘기를 좋아하는 사람이 있어서 우연히 들었습니다. 근데 그 얘기가 사실이었나 보군요?"

"예. 여전히 영업 중입니다."

"그냥 호사가들이 만들어낸 얘기라고 생각했는데 실제로 있다니……."

속으로 연신 '대박!'을 외쳤다.

"모른다니 믿고 계획대로 계속 진행하겠습니다. 차량은 저쪽에 있으니 지금 바로 출발하세요."

문 PD가 가리키는 방향으로 우르르 갔다.

"…저기요! 나도 데리고 가야지 않겠어요? 저기요!"

기대감에 전철희를 잠시 깜박했다.

두 사람을 풀어준 후 유민기가 운전대를 잡은 승합차는 고속

도로를 달리기 시작했다.

방송을 위해 오디오를 채워야 한다는 생각을 하는지 네 남자의 쓸데없는 수다는 차에서도 계속됐다.

"두삼아, 아까 진짜 신기하더라. 근데 그런 기술이 어디에 필요한 거야?"

"수술 마취로 이용될 수 있죠."

"아! 맞다. 그럴 때 쓸 수 있겠구나."

"마음에 들지 않는 사람한테 쓰면 평생 불구로 살아야 하는 거냐?"

가슴이 뜨끔해지는 질문이다. 하지만 이런 질문을 받을 때를 대비해 이미 시나리오를 만들어뒀다. 아까 10분 후면 풀린다는 것도 이런 맥락에서 말한 것이다.

"아뇨. 아까 10분에 풀리는 것처럼 한계가 있어요."

"10분이면 수술을 못하지 않나?"

"수술할 때 사용하는 시침 방법은 최장 12시간쯤 가요. 하지만 침을 뽑으면 풀려 버리죠."

"캬아~ 길게도 가능하면 먼치킨이 따로 없겠다. 어릴 때 본 만화처럼 타타탁! 누른 다음에 '넌 이제 움직이지 못한다!'라고 말하는 거지. 하하하!"

"오! 형님도 그 만화 아시는군요. 저도 어릴 때 어지간히 좋아했던 만화죠. 근데 아까 그 기술 배우려면 힘드나? 배워서 써보고 싶네."

"한 20년 열심히 하면 될 겁니다."

"큭! 환갑 때나 돼야 가능하다는 소리네. 만화 흉내 내려고 배우기엔 너무 길다."

한참 얘기하는데 차를 탈 때 문 PD에게 전화가 왔다.

—한 선생님을 제외한 네 분에게 드리는 문제입니다. 한 선생님이 답을 말하거나 힌트를 주면 실패니 주의해 주세요.

"두삼이도 우리 팀인데 그런 게 어디 있어요."

—여기 있습니다. 자! 문제 나갑니다. 우리나라 한의학에서 빼놓을 수 없는 사람이 두 명이 있습니다.

"허준!"

"이제마!"

질문이 채 끝나기도 전에 손석호와 이경철이 대답을 했다.

—문제를 끝까지 들어주세요. 바로 허준 선생님과 이제마 선생님이신데요. 두 분의 호를 말씀해 주세요.

"……"

이름을 말할 때완 달리 잠시 정적이 흘렀다.

두삼은 알고 있는데 말을 해주지 못하니 답답했다.

구암 허준, 동무 이제마.

한의학을 배우는 사람 중 모르는 사람이 있을까. 일반인들도 대부분 알고 있는 이름이다. 그러나 호는 잘 모르는 경우가 많았다.

유민기가 침묵을 깼다.

"…허준 선생님 호는 분명 알았는데. 드라마 제목에도 있었잖아요. '구' 뭐였는데."

"구동? 구약? 구민?"

"아! 구암! 구암 허준!"

머리를 맞대니 허준의 호까지는 맞혔다. 하지만 이제마의 호는 차가 충북에 도착할 때까지 맞히지 못했다.

보다 못한 두삼이 북한 말을 쓰자 눈치 빠른 전철희가 답을 맞혀 목적지의 정보를 일부 얻을 수 있었다.

문 PD에게 경고를 받아 점심 도시락의 등급이 떨어졌지만 답답함을 해소했다는 것에 만족했다.

그 후로도 문제가 계속 나왔다.

처음엔 큰 재미도 없고 다른 프로그램에서 지겹도록 했던 퀴즈를 채택했나 싶었다. 한데 답을 맞힐 때마다 약간의 설명을 덧붙이는 것이 시청자들에게 한의학을 퀴즈 형식으로 알리기 위함이 아닌가 싶어 그 후론 퀴즈가 나올 때마다 번외의 것들을 조금씩 말했다.

물론 답의 범위를 좁혀주고, 먼 힌트를 주기 위함이기도 했는데 다행히 이번엔 문 PD가 눈감아 주었다.

목적지 근처에 도착한 건 오후 2시간 넘어서였다.

웃기는 건 시골 마을이라 많은 가구가 있는 것도 아닌데 주민들에게 이가한의원에 대해서 물어도 잘 모른다는 것이다.

"8대 세가라고 해서 남궁세가나 제갈세가를 생각했는데 신비 지문인가 보다."

연세 많은 노인에게 물었음에도 모른다고 하자 무협 소설을 많이 읽었다는 신석호가 투덜댔다.

"문 PD, 진짜 이 근처에 있긴 한 거야?"

"반경 2㎞ 안에는 있습니다."

"헐! 그럼 저 산일 수도 있고, 저 산일 수도 있다는 소리잖아.

하나마나 하는 소리를 하고 있어. 좀 더 힌트를 줘. 퀴즈를 내든 가."

사면에 산이 보이니 신석호의 말이 틀린 것도 아니었다. 그러 나 문 PD는 더 얘기해 줄 수 없다는 듯 입을 꼭 다물었다.

"저기 저분들에게 물어보죠."

평상에 앉아서 나물을 할머니 두 분이 계셨다.

"아무래도 여긴 아닌 것 같다. 저쪽으로 1킬로쯤 가면 마을이 있다니까 그쪽으로 가서 물어보자."

"이번에도 모른다고 하면 그렇게 해요."

두삼은 성큼성큼 걸어가 물었다.

"할머니, 안녕하세요. 혹시 이가한의원이라고 들어보셨어요?"

"이가한의원? 이 근처에 한의원이 있었나? 자넨 들어봤어?"

반백인 할머니가 백발이 할머니에게 물었다.

"클! 이런 시골에 한의원 차리면 바로 망할걸."

"왜 요즘은 차로 산속에 가서도 밥을 먹는다잖아."

"그래서 만날 저쪽 산으로 올라가는 길로 외제차가 오가는 거 여?"

산속으로 가는 외제차라는 말에 느낌이 왔다.

"그랬어? 하긴 자네 집이 그쪽이니 봤을 수도 있겠네. 근데 거 긴 철조망으로 다 막혀 있지 않아?"

"전에 나물 캐러 가서 보니 철문이 있더라고."

"거기 사유지라서 나물 캐면 안 된다고 이장이 그러지 않았 나."

"철조망 너머가 사유지고 밖으로는 괜찮다고 했어."

"이 나물도 거기서 캔 거야?"

두 할머니는 머릿속에 이가한의원이라는 말은 사라졌는지 어느새 다른 얘기를 하고 있었다.

두삼은 감사하다는 말을 한 후 조용히 물러나 일행들에게 갔다.

"찾은 거 같은데요."

"진짜?"

"확실하진 않아요. 근데 저기 산 너머 맞는 것 같아요. 저쪽에 산으로 가는 도로가 있나 본데 그리 가보죠."

"다른 대안이 없으니 그래보자. 모두 차 타!"

일행은 서둘러 차에 올라 할머니가 알려준 도로를 따라 산으로 들어갔다.

*   *   *

"어서 오세요. 기다리고 있었습니다."

예상이 맞았다.

콘크리트로 포장된 길을 따라가자 개인 사유지니 출입을 금한다는 푯말이 달린 철문이 나왔고 다가가자 문이 열렸다. 그리고 개량 한복을 입은 50대의 남자가 차로 다가와 인사를 했다.

"여기가 이가한의원 맞습니까?"

"맞긴 한데 후문입니다. 이쪽으로 올지도 모른다고 해서 기다리고 있었습니다. 이 길을 따라 쭉 가서 산을 넘으면 그곳에 한의원이 보일 겁니다."

개량 한복을 입은 남자에게 인사를 하고 차는 차 한 대 지나갈 정도의 길을 따라 산을 올라갔다.

"와아~ 한의원이라고 해서 크지 않을 거라 생각했는데, 이 산이 한의원의 일부라는 거잖아? 근데 왜 사람들이 모르지?"

"혹시 산속에 생활하는 거 아닐까요?"

"에이~ 설마."

일행들이 얘기를 나누는 동안 두삼은 창밖으로 보이는 산을 살펴보고 있었다.

'이야! 산에 왜 철조망을 둘러놨나 했더니 산 전체가 거대한 밭이구나.'

흔히 보는 밭처럼 개간을 해놓진 않았지만 스쳐 지나가는 와중에도 여러 가지의 약초들이 얼핏얼핏 보였다.

일행의 말처럼 근처에 사는 사람들이 이름도 알지 못할 정도 몰락했나 걱정했는데 이렇게 산을 밭처럼 이용해서 약초를 재배할 정도면 기우에 불과했다.

문 PD가 전화를 걸어 스피커폰으로 말했다.

―지금 막 산을 넘었습니다. 왼쪽 보시면 아래 많지 않은 가구가 있는 마을이 보일 겁니다. 저곳이 바로 이가한의원입니다.

이경철이 약간 놀라는 표정으로 물었다.

"마을 전체가요?"

―예. 물론 집에 사람이 다 사는 것은 아닙니다. 다른 용도로 쓰이는 게 많죠.

"씨족 마을 같은 겁니까?"

―비슷합니다. 왜 이렇게 사는지에 대해선 기회가 된다면 의

원님께 들을 수 있을 겁니다. 겨우 설득해서 방송 출연을 결정한 곳이니 최대한 예의를 지켜주시고 이곳에서는 제 말보다 한의원 사람들 말을 우선적으로 들어주시기 바랍니다. 그리고 카메라가 없다고 허락되지 않은 곳을 다니면 안 되고요. 개인적인 질문은 삼가주시는 것도 잊지 마세요.

문 PD가 주의 사항을 말하는 동안 차는 한옥과 카페처럼 생긴 최신 건물이 함께 있는 이가한의원에 도착했다. 내려온 산이 이가한의원의 뒷산이었던 것이다.

차에서 내리자 여러 명의 사람들이 마당 한쪽에 서서 기다리고 있었다.

그중 가장 연장자로 보이는 노년의 남성이 인자한 웃음으로 인사했다.

"이가한의원을 찾아온 여러분을 환영합니다!"

문 PD가 하도 주의를 줘서 분위기가 딱딱하지 않을까 걱정했는데 다른 이들도 환하게 미소를 짓고 있는 것이 진짜 환영하는 분위기였다.

일행들도 그러한 분위기를 느꼈는지 활짝 웃으며 힘차게 인사했다.

"안녕하세요. 처음 뵙겠습니다!"

"내 집이거니 생각하고 편하게 지내요. 일단 간단히 소개부터 하죠. 여긴 이 집의 진정한 주인인 임현옥 여사. 여긴 둘째와 셋째 동생. 막내는 위에서 봤죠? 그리고 여긴 사촌 동생."

씨족 마을과 비슷하다더니 다들 친인척 관계였다.

특이한 건 남자들이 많은 것에 비해 여자들은 적다는 것인데 이유가 있으리라.

우리 일행도 한 명씩 자기소개를 했고 두삼이 가장 마지막에 인사했다.

"한두삼입니다. 연예인은 아니고 한의사입니다."

"아주 실력 있는 분이라고 문 PD에게 들었어요."

"과찬이십니다. 아직 배움이 부족합니다. 후배라 생각하고 많이 가르쳐 주십시오."

"겸손하군요. 내 아들이랑 비슷한 나이니 서로 얘기해 보는 것도 괜찮겠네요. 일단 여기까지 찾아오느라 힘들었을 테니 준비해 둔 다과를 마시며 쉰 후에 일정을 소화하세요. 제수야, 손님들 다과실로 안내해 드리고 네가 신경 써드려라."

"네, 아버지. 이쪽으로 오시죠."

그가 안내한 곳은 카페처럼 생긴 건물의 1층이었다. 촬영 인원이 다 들어가도 될 만큼 넓었는데 들어가자 은은한 한약 냄새가 코를 자극한다.

옛날 할아버지가 계실 때 악양에서 나던 냄새와 비슷해서 기분이 좋다.

"와! 풍경이 너무 좋군요. 카페를 병행하나 봐요?"

자리에 앉자 통유리로 된 창밖의 풍경과 카페를 둘러보던 이경철이 물었다.

"아뇨. 식당 겸 휴게실이에요. 겸사겸사 차를 개발하기도 하고요."

"가족을 위한 공간이라, 멋지네요. 근데 옛 한옥 옆에 이런 최신식 건물은 조금 어색한 것 같은데……."

"부모님께서 이 건물을 지을 때 많은 고민을 하셨죠. 근데 언제까지 이곳에 있을 수만은 없고 옛것만 고집할 수 없다며 이렇게 지었습니다. 저쪽에 보시면 알겠지만 커피 머신은 물론이고 세계 각국의 차도 준비되어 있습니다."

그의 말에 문득 떠오르는 게 있어서 물었다.

"아까 보니 여자들과 아이들이 안 보이던데 관계가 있나요?"

"하하! 날카로우시네요. 맞습니다. 교육 때문에 초등학교 때까지만 이곳에 머물고 시내로 나가서 생활을 합니다. 전통과 가문을 지키는 것도 중요하지만 현실과 동떨어져 살 수는 없으니까요."

많이 축약된 말이었지만 두삼은 충분히 이해할 수 있었다.

전통을 지키는 사람도 결국 현재를 살아간다.

수백 년 된 종갓집의 장의 장인이 자신의 장을 판매를 하거나 이름을 걸고 기성 제품을 만들고, 전통을 계승하며 살아가는 마을의 훈장이 TV에 나와 농담을 하는 것이 전통을 훼손시키는 일일까?

두삼은 그러한 일들이 전통을 지키기 위한 노력이라고 생각한다.

돈이 없어 전통을 포기하고 생활고에 시달리는 장인 얘기는 흔하다. 전통도 현대사회에선 결국 돈이 있어야 지켜진다.

"잠깐만 기다리세요. 다과를 가져올게요."

더 깊게 얘기하긴 싫었는지 이제수는 화제를 전환하며 일어났다. 그리고 각각의 상에 담긴 차와 음식을 가져왔는데 다섯 명의 상이 다 달랐다.

다들 같은 의문을 가졌지만 먼저 입을 연 사람은 전철회였다.

"어라? 이거 왜 사람마다 달라요?"

"사상 체질로 나눴습니다."

"소양인, 소음인 하는 것들이요?"

"하하! 맞습니다. 이제마 선생님은 태양인, 태음인, 소양인, 소음인 체질에 따라 병, 약, 치료법이 다르다고 말했습니다. 누구나 태어날 때부터 4가지 체질 범주 안에 있으며 사람의 생김새, 성격, 목소리, 식성, 병까지도 차이가 남으로 체질에 따라 건강관리를 해야 한다고 하셨죠."

"전에 하던 프로그램에서 제가 소양인이라고 하던데 이게 소양인에게 좋은 음식입니까?"

"식으니 천천히 드시면서 들으세요. 전철회 님의 경우 상체가 발달하고 하체가 날씬한 것이 소양인이 맞습니다. 소양인 체질엔 싱싱하고 찬 음식이 좋습니다. 수박, 오이, 호박, 녹두, 구기자, 영지버섯이 좋죠. 그래서 산수유 차를 준비했고 녹두전과 돼지고기 적을 준비해 봤습니다."

"저는요?"

손석호가 궁금한지 물었다.

"손석호 님은 살짝 고민을 했습니다. 태음인의 경우 머리가 작고 가슴이 빈약한 체형인데 손석호님은 가슴이 넓어서요. 한데 아까 악수를 할 때보니 운동을 많이 하시는 모양이더라고요."

"…네. 제가 건강이 안 좋았거든요. 그 후론 열심히 운동을 하고 있습니다."

"태음인은 오미자, 우황, 마, 도라지, 율무, 해조류, 칡, 녹용 등이 좋습니다. 마침 좋은 칡즙이 있어서 준비했고 견과류로 만든 과자와 우유로 만든 치즈를 준비했습니다."

이제수는 마치 준비된 말을 하듯이 조곤조곤 설명을 했다. 경청하던 유민기가 자신의 상을 물끄러미 보더니 물었다.

"전 인삼차인 걸 보면 음(陰)한 체질인가 보네요?"

"하하! 맞습니다. 소음인이세요. 수족이 차고 소화 장애를 잘 일으키죠."

"맞아요! 정말 그래요. 여름에 그래서 찬물을 마시지도 못한다니까요."

"삼계탕, 부추가 좋습니다. 평소 냉면, 수박, 우유, 생맥주, 밀가루 음식 등은 피하는 게 좋습니다."

"…제가 좋아하는 것들만 나열하시는군요?"

"체질 개선 후에 적당량을 먹는 건 상관없습니다."

"크으~ 인삼을 열심히 먹어야겠군요."

"지금 말씀드리는 건 일반적인 얘기입니다. 약의 경우 체질에 맞는 약이라고해도 독이 될 수 있습니다."

"그래요?"

"네. 그러니 먼저 정확한 체질과 현재 상태를 정확하게 파악하고 사용하는 게 좋습니다."

"음, 그럼 준비해 주신 음식도 위험할 수 있다는 거 아닌가요?"

"약이 아니라 매일 먹는 밥과 같은 것이니 안심하셔도 됩니다. 아닌가요, 한 선생님."

귀를 연 채 차와 음식을 음미하고 있던 두삼은 이제수의 말에 동조한다는 듯 고개를 끄덕이며 말했다.

"안심할뿐더러 어떤 보약보다 몸에 좋을 것 같네요."

사실 일행과 이제수가 얘기하는 동안 두삼은 내내 음식을 보며 감탄을 하고 있었다.

음식은 자연의 기운은 온전히 담고 있었고 음양의 조화 역시 균형 맞게 이루어져 있었다. 혹시 자신처럼 기운을 볼 수 있는 능력자가 이곳에 있지 않을까 싶을 정도다.

키울 때부터 조리할 때까지 음식의 기운을 온전히 살리기 위해 얼마나 노력했을지 보지 않아도 알 수 있을 것 같았다.

물론 주저리주저리 말해봐야 어떻게 알았느냐고 물으면 궁색한 변명을 해야 하니 적당하게 응수했다.

"안 먹으려면 먹지 마. 내가 먹을게. 여기가 아니면 절대 먹을 수 없는 음식이야."

"됐거든! 소양인이 소음인 음식을 넘보면 쓰나."

젓가락을 뻗으러 하자 유민기가 젓가락으로 막는다.

"괜찮아. 난 체질 개선이 됐거든. 사실 여기 음식은 체질 개선 안 된 사람이 먹어도 상관없어."

"그걸 네가 어떻게 알아?"

역시 입은 재앙의 근원이라니까. 이성을 거치지 않고 바로 말이 나왔다.

"…그야. 느낌적인 느낌이랄까."

"느낌 따윈 필요 없다. 내가 직접 먹어보고 겪어보겠어. 잘 먹겠습니다! 오! 설명을 들어서 그런지 맛도 좋고 먹는 순간 기운이 도는 것 같습니다!"

유민기는 뺏길세라 얼른 자신의 음식을 먹어치우기 시작했다.

이제수는 다과를 먹는 동안 옆에서 이런저런 건강 관련 얘기들을 했다.

"30분 쉰 후에 다시 촬영 들어가겠습니다. 개인 카메라는 방송에 못 나가는 것 빼고 촬영 계속합니다."

식후 흡연을 하러 전철희와 이경철이 일어났고 유민기와 손석호는 화장실에 갔다.

멀뚱히 있기 뭐한 두삼은 이제수에게 물었다.

"혹시 주위를 둘러봐도 될까요?"

"제가 안내해 드리죠."

"그냥 마당을 한 바퀴 돌 건데 번거롭게 해드리는 것 같아서……."

"번거롭지 않습니다. 하하! 나가죠."

꽤 호의적인 반응이다.

요즘 남자들에게 은근히 인기가 많은데 혹시 남자들이 좋아하는 스타일인가?

어이없는 착각을 하며 그와 함께 밖으로 나왔다.

마을보다 산 쪽에서 가까워 마당에서 마을 전체가 보이는 구조. 두삼은 풍경을 보며 중얼거렸다.

"좋네요."

"가끔 와서 보면 좋죠. 근데 계속 있으면 너무 조용해서 답답할 때가 있습니다."

"무슨 말인지 압니다. 제 고향도 경남 악양이거든요. 소설 토지의 배경이 되었던 곳 근처죠."

"아! 그래요? 악양이라면 화개 장터 몇 번 가봐서 압니다. 거기도 여기랑 비슷하죠?"

"네. 막상 그곳에 살면 도시가 그립고, 도시에 살면 고향이 그립고. 나이가 더 들면 어떻게 될지 모르겠지만 지금은 도시를 떠날 수가 없네요. 아! 놀리려 한 말은 아닙니다."

"하하! 놀리는 것으로 듣지 않았습니다."

"근데… 혹시 낯이 익은데 어디서 본 적이 있나요?"

"글쎄요. 전 처음인데."

"대학은?"

"원강대 나왔어요."

"그럼 아닌데……."

뭔가가 머릿속에서 빙빙 돌뿐 떠오르지 않았다.

"비슷한 사람이 있나 보죠. 제가 좀 평범하게 생겼잖아요. 하하! 근데 한 선생님 나이가 어떻게 돼요?"

"서른다섯이요."

"동갑이네요. 우리 말 편하게 할까요?"

"그럼 좋지."

말을 놓자 좀 더 편하게 말을 할 수가 있었다.

"저기 약초 말리는 거 봐도 돼?"

"물론. 아까 들으니 약초에 대해 잘 아는 것 같던데?"

"할아버지께 배우고, 같은 병원 장인규 선생님께도 배우고 이리저리 좀 알아. 자랑할 정돈 아니고."

약초를 말리는 곳은 꽤 넓었는데 아주 세밀하게 나누어져 있었다.

해가 잘 드는 곳, 해가 약간만 드는 곳, 응달, 바람이 많이 부는 곳, 적게 부는 곳, 아예 들지 않는 곳 등. 이 정도로 했으니 아까와 같은 음식이 나오는 것이리라.

재미있는 건 산에서 나는 귀한 약초만 관리되고 있는 것이 아니었다. 마늘, 쑥, 대파, 콩, 고추, 귀리 등 평범한 식재료들 역시 약초와 똑같이 취급되고 있었다.

절로 감탄이 터졌다.

"대단하다! 이렇게까지 관리를 하니 아까와 같은 음식이 나올 수 있었겠지? 이거 다 가족들끼리 다듬고 분류한 거야?"

"도와주는 사람들이 있어. 대부분은 가족들이 일일이 손으로 하지만. 근데 같은 쑥인데 이렇게 나눠서 말리는 이유를 이해하겠어? 가끔 들르는 한의사들도 이해를 못하던데."

"왜 이해를 못해. 쑥이라고 다 같은 쑥이 아니지. 이건 이런 봄에 캐낸 쑥이고, 이건 여름에 캐낸 쑥이고, 이건 겨울. 그리고 양지와 응달에 말리는 건 음양의 기운의 차이이고."

"훗! 좀 아는 실력이 아니네. 아버지가 널 보며 많이 배우라고 하신 이유가 있었네."

"…흠! 그러니까 그건……."

"느낌직인 느낌이라고? 뭘 숨기고 싶은 건지 모르지만 그렇게 믿어줄게. 사람마다 말 못 할 고민이 있는 법이니까."

"누가 들으면 너희 집의 비전을 캐러 온 사람인 줄 알겠다."

"진짜 그래?"

"아니! 카메라도 있는데 그러겠냐?"

"후후! 농담이야. 비전을 말해줄 순 없지만 보고 배우는 건 자

유니까 마음대로 해도 돼. 아! 손님 오셨다."

정문 쪽에서 고급 승용차 두 대가 들어오고 있었다.

"가봐야 하면 가. 난 돌아다니면서 보고 배우고 있을 테니까."

"같이 안 가볼래?"

"외부인인 내가?"

"한의사잖아. 물론 조용히 지켜만 봐야 해. 카메라는 당연히 안 되고."

잠깐 고민하다가 카메라 감독을 흘깃 봤는데 그는 괜찮다는 듯 빙긋 웃으며 가보라는 손짓을 했다.

"그럼 비전을 캐러 가볼까."

이제수를 따라 한옥으로 향했다.

한옥으로 들어가 진료실과 통해 있는 옆방으로 들어갔다.

"넌 여기 앉아 있음 돼."

이제수는 두삼에게 자리를 권한 후 진료 준비를 한 후 그의 아버지, 이현준을 불렀다. 그리고 건너편 방에 있었는지 개량 한복 차림으로 나왔다.

그는 두삼을 보자 처음 만났을 때처럼 빙긋 웃으며 말했다.

"구경하는 건 좋은데 흉보진 말아주시게. 이거 은근히 긴장되는군요. 허허허!"

"…별말씀을 다 하십니다. 그리고 말 편히 하십시오. 제수랑 말을 놓기로 했습니다."

"그런가? 좋은 친구가 되었으면 좋겠군."

손님이 들어왔기에 대화는 더 이어지지 않았다.

조금 과하다 싶을 정도로 각종 액세서리로 치장한 중년 부인과 단정한 차림의 젊은 여자가 들어왔다.

'시어머니와 며느리네.'

젊은 여자의 태도에서 며느리라는 걸 바로 알 수 있었다.

"어서 오세요, 양 여사님. 기다리고 있었습니다."

단골인지 이현준은 반갑게 맞이했다. 한데 양 여사는 인사를 받는 둥 마는 둥하면서 바로 불만을 토로했다.

"선생님, 지난번에 지어간 약을 다 먹었는데 임신이 안 되지 뭐예요. 남들 다 하는 임신이 뭐가 그리 어렵다고 그러는지……."

"허허허! 그래서 제가 직접 봐야지 정확한 진단을 내릴 수 있다고 하지 않았습니까."

"선생님의 임신 한약이야 소문이 자자하니 될 줄 알았죠. 병원에서 검사 결과도 아무 이상 없는데 도대체 뭐가 문젠지. 그래서 이번엔 데리고 왔어요."

"잘하셨습니다. 며느님 문진표를 작성하는 동안 차나 한잔 하실까요?"

"그러죠."

이제수는 말이 끝나기 무섭게 다과를 준비해 두 사람의 앞에 놓았다.

양 여사는 차를 한 잔 마신 후 입을 열었다.

"선생님 차는 언제 마셔도 마음이 편해지는 느낌이에요. 온 김에 가져가야 할까 봐요."

"허허. 준비해 두겠습니다."

"근데 들어올 때 보니 밖이 어수선하던데 방송에 출연하기로 하셨어요?"

"이제 동생들도 분가를 생각할 나이잖습니까. 그리고 시대가 시대니 저희도 변해야죠."

"사람들이 많아져 봐야 선생님 한약을 먹을 사람들은 많지 않을 텐데요."

"이분화시켜야죠. 솔직히 현재 생산하는 약초도 아슬아슬하게 맞추고 있는 실정이니까요."

"저희 집에서 쓰는 건 꼭 주셔야 해요. 아이가 태어나면 아이 것도요."

"물론이죠. 사장님은 요즘 어떠십니까?"

"너무 건강해서 탈이에요. 골프장에서 산다니까요."

"다음에 오실 땐 함께 오십시오. 진맥을 하실 때가 됐거든요."

"그럴게요. 근데 넌 뭐한다고 꾸물거리니 얼른 작성하지 않고!"

"…네, 어머니. 다 됐어요."

"휴우~ 아무래도 저 느릿느릿한 저 성격 때문에 임심도 느린가 봐요."

"성격 역시 중요한 바이긴 하죠. 수고했어요. 진맥을 하게 팔을 내밀어 볼래요?"

특별한 건 없었지만 애당초 뭔가를 꼭 알아내겠다는 생각이 없었기에 이현준이 하는 양을 지켜봤다.

한데 갑자기 귀가 솔깃한 말을 했다.

"음, 몸에는 특별한 이상이 없는데……. 땅의 기운과 며느님의 기운이 상충하는 것이 아닌가 싶습니다."

"그게 무슨……?"

"말 그대로입니다. 현재의 집터가 며느님과 맞지 않는다는 거죠. 혹시 현재 사시는 곳 주소와 소유하고 계신 집 주소를 적어주시겠습니까?"

"집 주소야 상관없는데 소유 주택과 건물은 50개가 넘는데요."

"시내와 떨어진 곳에 위치한 곳으로 대여섯 개만 적어주십시오."

"…잠시만이요."

양 여사는 자신도 다 기억을 못 하는지 스마트폰을 살펴보며 하나씩 적어갔다. 그녀가 다 작성을 하자 이번엔 이현준이 주소를 스마트폰에 입력해 지도상 위치를 살폈다.

두삼은 그가 하는 양을 보고 고개를 갸웃거렸다.

'뭐지? 혹시 땅의 기운을 보는 지관을 겸하고 계시는 건가? 설령 그렇다고 하더라도 지도상으로 보고 땅의 기운을 살핀다는 건 이해가 안 되는데……'

기대가 컸을까 그의 기괴한 행동에 약간의 실망감이 들었다.

'아냐! 약초를 그 정도까지 다듬는 사람이 허튼소릴 하는 데엔 이유가 있을 거야.'

애써 마음을 잡고 대화에 집중했다.

"역시!"

"…문제가 있나요?"

"아드님은 소양이고, 며느님은 태음입니다. 며느님이 아드님의 물질적 복을 크게 배가시킬 운이죠."

"전에 말하셨잖아요. 솔직히 선생님의 말씀 때문에 이 애와의 결혼을 긍정적으로 생각하게 된 거예요."

"문제는 현재 집터가 음의 자리입니다. 그래서 소양인인 사장님과 아드님, 태양인인 여사님께는 잘 맞는데 며느님에겐 맞지 않습니다."

"…어떻게 해야 할까요?"

"여사님이 가르쳐 준 주소 중 쌍문동에 위치한 집이 두 사람에게 잘 맞습니다."

"쌍문동 집이요? 잠깐만요. 음… 20년 된 20평 아파트네요. 너무 좁은 곳인데 임식이가 살 수 있을까 걱정이네요."

"공기 좋고 배산임수의 지형이라 음양의 조화가 잘 이루어진 곳이죠. 아이를 낳고서 그곳에서 산후조리를 하면 아이도 건강할 겁니다."

"…글쎄요."

"마음에 안 들면 차선책이 될 만한 곳을 찾아볼 수도 있는데 아이를 위해서라도 그곳이 좋을 겁니다."

"그쪽으로 가족 모두가 옮길 수 없으니 둘만 내보내야 한다는 건데… 태어날 아이에게 좋다니 마다할 수도 없고……. 고민이네요."

"제 말이 믿기 어려운가 봅니다?"

"선생님을 못 믿는 게 아니에요. 다만……."

양 여사가 약간 꺼리는 듯한 태도를 보이자 이현준은 두삼을 흘낏 본 후에 말을 이었다.

"양 여사님, 혹시 한강대학병원에 용한 한의사 있다는 얘기 들어보셨습니까?"

"어머! 선생님도 그 의사를 잘 아세요?"

"여기에 있다고 해도 외부의 소식엔 귀를 열어두고 있습니다. 허허허!"

"선생님과 비교할 수 없겠지만 우리 모임에서도 요즘 심심찮게 그치에 대한 얘기가 들리더라고요. 재벌 누구누구를 고쳤다는 얘기부터 해서 천국을 보여주는 안마를 한다는 망측한 소문까지……. 아무튼 저도 얘 때문에 찾아가 볼까 고민했는데 예약이 서너 달씩 밀렸다고 해서 못 가고 있었어요."

천국을 보여주는 안마?

자신도 보지 못했는데 누굴 보여준단 말인가. 하여간 소문이란.

뒤로 물러나 있던 이제수가 뒷걸음치며 다고 오더니 귓속말로 물었다.

"어떤 천국을 말하는 거냐? 망측하다는 거 보니 천국이 홍콩이랑 가깝냐?"

"……."

"친구, 나도 천국을 보고 싶다."

"…지옥을 보여줄까?"

"남녀 차별 하는 거냐? 그러지 마라. 군대에서 지옥은 충분히 봤다."

짓궂게 웃으며 말하는 걸 보니 놀리는 게 분명했다.

군대가 천국이었다는 걸 느끼게 해줄까 고민하는데 이현준이 자신을 가리키며 말했다.

"마침 그 한의사가 저기 있는데."

"어머머머머머! 정말이요? 선생님과 잘 아는 사람이었나 봐요?"

"방송 때문에 잠깐 들렀습니다. 여사님이 원하시면 제가 부탁해 보겠습니다."

"저야 좋죠."

"한 선생 어떻게 진료 한번 해주겠나?"

"예! 선생님."

안 그대로 도대체 어딜 봐서 땅의 기운이 필요한지 환자의 상태를 보고 싶은 차에 잘 됐다 싶어 일어났다.

"실례하겠습니다. 맥 좀 잡겠습니다."

"…네."

어두운 표정의 여자의 맥을 잡았다. 하긴 저렇게 대놓고 무시하는 발언을 하는 시어머니가 있는데 밝을 수가 없을 것 같았다.

'어라! 이 맥은……'

여자의 맥은 불안할 때 심장이 두근거리는 것 같은 느낌으로 안마과에서 굉장히 자주 보는 맥이다.

젊고, 건강에 좋은 걸 먹고, 적당히 운동을 해서 아주 튼튼한데도 스스로가 쪘다고 생각해서 건강이 나빠지는 병.

두삼은 이 맥을 스트레스성 맥이라고 나름 이름까지 붙였을 정도다.

이런 사람들 대부분이 내부에서 기운이 엉키고 제멋대로 움직이는데 여자는 그 정도가 심했다. 특히 머릿속의 호르몬은 극우울모드다.

'이렇게 불안한데 임신이 될 리가 없지. 된다고 해도 유산할 가능성이 높아. 그런데 이 선생님은 왜 괜찮다고 했지? 이런 경우 원인을 없애줘야… 아! 원인!'

살이 쪘다고 고민하는 환자의 경우 스트레스의 원인인 원하는 부위의 살을 빼면 스트레스를 없앨 수 있다.

그렇다면 양 여사의 며느리의 경우는?

시어머니가 스트레스의 원인이니 떨어뜨려 놓는 것이 정답이었다.

비로소 이현준이 왜 땅의 기운 운운하며 이사를 시키려했는지 알 수 있었다.

'이 선생님은 환자의 마음까지도 보셨구나.'

만일 눈앞의 환자가 찾아왔을 때 자신은 어땠을까를 생각해 본다. 아마 기운을 바르게 하느라 기운과 심력을 소모했으리라.

물론 환자에 대한 정보의 출발점이 다르니 비교할 수 없다고 말할 수 있다. 그러나 마음속으로는 이미 답을 알고 있었다.

'그동안 너무 병만 봤나 보네. 훗! 오자마자 감사하게도 비전을 하나 찾았구나.'

우울하거나 패배감을 느끼진 않았다.

마음속 비교 대상이 언제나 넘사벽인 할아버지였기에 자신이 부족하다는 건 알고 있었고 그래서 담담하게 받아들였다.

이현준의 물음에 상념에서 깼다.

"어떤가?"

"제가 부족해 땅의 기운을 보진 못하지만 확실히 음의 기운이 성해서 기운이 꼬이고 있네요."

"방도가 있나요?"

"제 능력으로는 불가능하네요. 다만 한 가지 확실한 건 지금 이대로 두면 임신은 물론이고 건강을 잃을 수도 있다는 겁니다. 그리고 음의 기운이 더 성하면 옆에 있는 양의 기운이 쇠하게 됩니다. 남자라면 음을 취하지만 여자라면 뺏기죠. 여사님 안색을 보니 최근 괜스레 몸에서 열이 나지 않으세요?"

"…마, 맞아요."

"의학적으로 증명된 건 아닙니다만 조심해서 나쁠 것은 없죠."

조금 전에 이현준이 뜬구름 같은 소리를 한다고 이상하게 생각했는데 자신이 이렇게 뜬구름 잡는 말을 하게 될 줄이야 몰랐다.

몸에서 때때로 열이 나는 것은 화가 많은 사람에겐 게 자연스러운 현상이다.

뚜껑 열린다는 말이 괜히 있는 게 아니다.

이현준의 말을 듣고 고민하던 양 여사에게 두삼의 말은 쐐기가 되었다. 그녀는 그렇게 하겠노라 답한 후 보약을 챙겨서 떠났다.

양 여사와 그 며느리가 떠나자 이현준이 말했다.

"도와줘서 고맙네."

"얻은 것에 비하면 말 한마디 거든 것에 불과한데요. 근데 제가 눈치를 못 채고 이상한 소리를 했으면 어쩌시려고 저에게 진맥을 맡기셨어요?"

"실력이 없으면 망신을 당하지 않으려고 내 말에 동조했을 테고, 실력이 있으면 내 의도를 눈치챌 거라 생각했거든. 허허허!"

"쩝! 부처님 손바닥이었군요. 근데 마지막에 며느리에게 무슨 말을 하던데 뭐라고 하신 겁니까?"

"양 여사에 대해 말해줬네."

"약점이라도 알려주셨습니까?"

"양 여사가 잔소리가 심하고 화를 많이 내지만 뒤끝이 없고 속정이 깊은 사람이니 쌓아두지 말고 가끔은 감정을 솔직히 말하라고 말했네. 과연 할 수 있을지는 모르겠지만 말이야."

"선생님의 처방이 잘 듣길 바라야겠네요."

이현준과 두삼 둘이 알 수 없는 말을 한다고 생각했는지 이제 수가 끼어들었다.

"무슨 말을 하는 거예요? 한 선생이 뭘 도왔는데요? 얻었다는 건 또 뭐고요?"

"네 스스로 알아보려무나. 허허허!"

친절하게 가르쳐 주는 타입은 아닌지 이현준은 대답 없이 진료실로 들어가 버렸다. 그러니 당연히 시선은 두삼에게로 향했다.

"뭘 돕고 뭘 얻은 건데?"

"도운 게 아니라 이 선생님께 한 수 배운 거야."

"그러니까 그게 뭐냐고?"

"비전."

"…어떤 비전인데?"

"이제 나의 비전이 된 건데 함부로 가르쳐 줄 순 없지 않겠어?"

"……"

"하하하! 하하… 어!"

하늘을 보며 기분 좋게 웃다가 우연찮게 대청마루 벽에 걸린 사진을 보게 됐다.

젊은 시절의 이현준과 그 형제자매들, 어린 시절의 이제수와 그의 동생들.

그중 눈에 들어온 건 하늘하늘 치마를 입고 있는 여자아이였다.

"이제수, 이은수……. 설마?!"

이제수가 머리를 긁적이며 말했다.

"맞아. 은수가 내 동생이야."

"……!"

이은수의 약재 다루는 솜씨가 좋은 이유를 이제야 알 수 있었다.

64. 임파(淋巴)

2층 안마실은 안마과와 한방부인과의 환자가 늘면서 크게 확장을 했다.

처음 8명으로 시작했던 안마사들이 이제 20명이 넘어 얼굴을 다 기억하기도 힘들다.

"선생님! 오랜만에 올라오셨네요?"

확장된 안마실에 들어가자 이준호가 조르르 달려와 인사를 했다.

눈이 낮게 된 그는 안마실의 보조 업무와 안마를 병행하고 있었다.

"그러고 보니 최근엔 올라온 적이 없었네. 근데 앞으로는 매일처럼 와야 돼."

"안마실 담당자가 온다고 했는데 선생님이셨어요?"

"담당자라기엔 많이 신경 쓰지 못할 거야. 그러니 준호, 네가 도와줘."

"물론이죠. 선생님이 불속에 뛰어들라고 해도·따를 겁니다."

"불속에 뛰어들라는 소릴 안 할 거라 생각하고 하는 소리지?"

"진짭니다!"

"알았다. 진짜라고 하자. 안마실엔 문제없지?"

"네. 평온합니다."

"일 있으면 연락해."

"옙! 근데 선생님 혹시 시간 언제쯤 한가하세요?"

"이번 주는 힘들고 다음 주부턴 조금 한가해질 것 같긴 한데, 왜?"

"…다른 게 아니고 새로운 안마사들이 제 얘길 듣고 선생님께 검사를 받고 싶어 하는 눈치라……."

이준호의 치료 후 안마사들은 희망을 걸고 자신들을 봐주기 바랐다. 그래서 모두 확인을 했는데 이준호처럼 가능성이 보이는 이는 없었다.

"보는 게 뭐 어렵겠냐. 한가해지면 스케줄 짜서 살펴보기로 하자."

"…죄송합니다. 아무 말도 안했는데 한번 퍼진 소문이 계속 돌고 도네요."

"소문에 대해선 내가 좀 아는 편이지. 신경 쓰지 마라. 난 만나야 할 사람 있어서 간다."

안마실에서 나와 특실로 올라갔다.

최근엔 두삼은 입원할 때 잠깐 보고 이은수가 대부분 맡고 있었다. 그녀는 휴게실 겸 사무실에서 컴퓨터를 보고 있었다.

"고생한다."

"…알면 선배가 좀 도와주지 그래요."

"그러고 싶은데 내 코가 석 자다. 다음 주부터 조금 한가해지니까 그때 도와줄게."

"…기대도 안 해요."

"솔직히 나도 기대하지 않아."

"그럼 일이라도 하게 조용히 있어 주세요."

두삼은 그녀의 태도에 피식 웃음이 나왔다.

부정적인 의미는 아니다. 사실 그전엔 말을 걸기에도 어려운 후배였는데 1년 정도 함께 일을 해서 나아진 것이다.

"넌 누굴 닮은 거냐? 이 선생님도, 사모님도, 제수도 밝고 활달한 성격이던데."

"……."

이은수는 놀란 토끼 눈을 하고 자신을 봤다.

놀려도 재미있는 애가 아니었기에 이실직고했다.

"방송 출연하게 됐는데 거기서 이가한의원을 갔었어."

"오빠가 말해요?"

"아니. 우연히 사진을 봤는데 네가 있더라. 그래서 알게 됐지. 근데 가끔 내 얘기를 했나 보더라? 다 알고 계시던데."

"…특실에서 일하게 된 사연을 말하다 보니 그렇게 된 거예요."

"난 또, 매번 냉랭하게 대하기에 현수 아는 형 정도로 생각하나 했지. 근데 현수에 대해선 말하지 않았나 봐? 내가 너의 남자 친구로 아셨단다."

"그건! …죄송해요. 사정이 있어요. 다만 선배를 남자 친구라고 말한 적은 없었어요."

"알아. 가족들이 짐작한 거겠지. 어린 나이도 아닌 네가 남자 얘기라곤 나에 대해서만 얘기해서 오해했다고 하시더라."

"아직 어리거든요!"

"풉! 그래 어리다고 치자. 근데 너희 집안 여자는 출가외인이라고 한의학을 배우지도 못하게 했다면서? 또한 한의사랑 결혼하는 것도 금지고."

"오빠가 그랬어요? 하여간 별 얘길 다했네요."

맞다. 첫날 촬영이 끝나고 자기 전에 이제수와 약초주를 한잔했는데 그때 사정을 들었다.

이가한의원을 외부에 공개하고 변화를 꾀하려 한 이유 중 하나가 이은수 때문이었는데 자식 이기는 부모 없다고 죽은 조상들의 유훈보다 살아 있는 딸의 행복을 선택한 것이다.

"이 선생님이 이번 주말에 현수랑 같이 내려오라고 하시더라."

"선배! 얘기한 거예요?"

"내가 왜 남의 연애사를 시시콜콜 얘기하겠냐. 네 어머님이 서울에 일 때문에 오셨다가 너랑 현수랑 같이 있는 거 보셨단다."

"아……!"

"내가 듣기론 몇 가지 규칙은 없앨 모양이던데 자세한 건 집에 가서 들어라. 난 전했으니 이만 간다. 계속 고생하고."

환자가 잔뜩 밀려 있는 암센터로 가야 했다.

막 문을 열고 나가려는데 이은수가 불렀다.

"선배!"

"고마워하지 않아도 돼. 난 그저 말을 전한 것뿐이니까. 정 고마우면 나중에 밥이나 한 끼 사."

"…그게 아니라 환자 얘긴데요."

"…그러냐? 뭔데?"

"한방부인과 찾은 환자들 중에 선배에게 안마받길 원하는 이들이 있어요. 몸을 가볍게 하는 안마라던데……."

"……."

"시간 없으면 나한테 가르쳐 줘요. 성 선생님 말로는 그를 위해서라면 특실에 입원하겠다는 분들이 많은가 봐요."

하긴 천국에 가려면 깃털처럼 가벼워지긴 해야겠지.

"…넌 하기 힘든 거야."

"그럼 시간 내서 해줘요."

"시끄러! 천국은 각자 알아서 가라고 해."

"……?"

고개를 갸웃거리는 이은수를 뒤로하고 문을 나섰다.

＊　　　　　＊　　　　　＊

"다녀올게."

"조심히 다녀와요."

해외 출장을 가는 남편은 끝내 눈 한 번 마주 보지 않고 현관을 나선다.

사실 오늘 아침만이 아니다. 눈을 마주본 것이 언제인지 제대로 기억이 없다.

왠지 치쳐 보이는 뒷모습을 물끄러미 바라보던 유예린은 뭔가를 말하려는 듯하다가 부스스한 머리를 짜증스럽게 넘기곤 돌아섰다.

무슨 말을 한다고 해서 지금보다 나아지리라는 보장은 없었다. 어쩌면 서로 목구멍까지 올라온 헤어지자는 말을 뱉게 될지도 몰랐다.

남편과의 사이가 처음부터 이랬던 건 아니다.

여느 연인처럼 뜨겁게 사랑했다. 집안의 반대를 무릅쓰고도 결혼을 할 만큼.

문제의 발단의 그녀였다. 아니, 정확하겐 그녀의 신체 때문이었다.

성관계에서 고통 말고는 느끼지 못하는 석녀(石女).

처음 사랑을 나눴을 땐 처음이라 그런 줄 알았다. 하지만 횟수가 거듭되어도 나아질 줄 몰랐다.

처음엔 참을 만했다. 어쩌면 성에 대해 무지해서였는지 모르겠다. 그러나 뭔가 잘못되었다는 걸 알게 된 후부터는 고통만 가득한 섹스는 서서히 참을 수가 없게 됐다.

무엇 때문인지 지금은 기억나지 않는 사소한 일로 잔뜩 짜증이 난 상태에서 남편과 성관계를 맺다가 좋으냐고 묻는 남편의 말에 결국 터져 버렸다.

[그만! 그만해! 좋으냐고 물었지? 말해줄게. 아파! 아프다고. 매번 할 때마다 아파 미치겠다고! 제발 부탁인데, 돈 줄 테니까 밖

에서 하고 와.]

　[…말하지 그랬어. 미안.]

　당시의 남편의 얼굴을 잊지 못한다. 씁쓸하다 못해 슬픈 표정
으로 한 말도.

　그게 마지막 성관계였다. 그리고 그날 이후로 견고할 것 같던
둘의 사이가 깨지기 시작했다.

　실수를 사과하고 깨진 관계를 붙이려고 노력했다.

　부끄러움을 무릅쓰고 병원을 다니며 치료를 받았고 심리치료
도 꾸준히 했다. 그러나 남편이 그날 받은 충격이 커서인지 불가
능했다.

　그렇게 5년간 살얼음판처럼 언제 깨질지 모르는 결혼이 이어
지고 있었지만 남아 있던 살얼음도 서서히 녹고 있음을 그녀는
느끼고 있었다.

　남편이 외도를 하고 있는 것은 아니었다.

　밖에서 하고 오라고 말했음에도 이율배반적으로 사람을 붙여
그가 바람을 피우는지 감시하고 있었기에 알고 있었다.

　미련마저 사라지고 있는 것이 분명했다.

　"훗! …이제 와서 무슨 소용이람."

　자조적인 미소를 지은 그녀는 옷을 갈아입고 집을 나섰다.

　미용실에 가서 머리를 하고, 마사지를 받고, 손톱 손질을 하
고, 언제나 그랬듯이 오전 내내 시간을 덧없이 소비하고 나서 사
교 클럽으로 갔다.

　겉으로 보기엔 평범해 보이는 건물이지만 내부는 화려하기 그
지없는 곳.

지나가는 이들이 보이는 사교 클럽 내 카페엔 30대 초반부터 50대 초반까지 다양한 나이대의 여자들이 삼삼오오 모여 다과를 즐기고 있다.

유예린은 오후 시간을 항상 이곳에서 보냈는데 매일처럼 이곳에 오는 이유는 두 가지다.

하나는 자신만 불행하지 않다는 것을 느끼기 위해서였다.

남들이 보기엔 명품으로 치장하고 온갖 고상한 척을 다하니 부러워 보이겠지만 유예린이 보기엔 그것밖에 할 것이 없는 사람들임을 알고 있었다.

그녀와 자주 어울리는 멤버 중에 한 명이 반갑게 인사했다.

"예린 씨, 어서 와. 올 때가 됐는데 왜 안 오나 했네. 근데 어젯밤 애인에게 사랑받았나 봐? 오늘따라 얼굴이 더 좋아 보여."

"티나요? 아주 근사한 저녁을 보냈죠. 호호호! 어머! 근데 언니 목걸이 새로 했네요?"

"안 그래도 그 얘기하고 있었어. 앉아."

또 하나의 이유는 행복한 척하기 위해서였다.

이렇게라도 하지 않으면 피폐해질 것 같아 고육지책으로 하고 있었다.

앉아 있는 세 명 중 남편이 외도를 하지 않는 사람은 아무도 없다. 물론 그녀들도 외도를 한다.

유예린도 그들과 어울리기 위해서 그들과 비슷한 사연을 사실인양 말했다.

고급 사교 클럽이라고 해서 하는 얘기가 다른 건 아니다. 서로에 대한 칭찬으로 시작해서, 옷, 보석, 가방 따위에 대한 얘기를 한 후 남자 얘기로 귀결된다.

"근데 지난번에 얘기했던 거 있잖아. 그거 병원에서 안 된대."

"응? 무슨 얘기요?"

"오르가즘으로 천국을 볼 수 있게 해주는 안마."

"…아, 그거요."

오르가즘 얘기가 나올 때마다 그녀는 속으로 위축됐다. 느껴봤어야 공감을 하는데 오르가즘하면 아프다는 생각뿐이니 그럴 수밖에.

"진짜 한번 받아보고 싶었는데. 듣자 하니 한번 받고 나면 한 달 정도는 남자 생각이 안 난대."

이미 몇 번이고 들은 얘긴데, 이럴 때 아는 척하는 것보단 이유를 물어봐 주는 게 예의라고 생각하는지 옆에 있는 여자가 물었다.

"왜?"

"입맛 버릴까 봐. 맛있는 거 먹었는데 바로 맛없는 거 먹으면 어떻겠어? 호호호!"

"기분 나쁘지. 맛있는 거 먹은 느낌도 사라지고. 그나저나 돈도 넉넉하게 주겠다는데 왜 안 된대?"

"그 한의사가 바쁘대."

"피이~ 바빠 봐야 얼마나 바쁘다고. 배가 불렀네."

"그러게. 실력 없는 것들이 꼭 바쁜 척하지. 근데 너무 아깝다. 꼭 한 번 받아봐서 자랑하고 싶었는데."

"과장된 걸 수도 있어."

"그럼 그렇다고 정정을 해야 하지 않겠어? 우리가 누구야. 최신 트렌드라면 뭐든 해봐야 직성이 풀리는 포퀸이잖아."

"그야 그렇지. 근데 당사자가 바쁘다는데 방법이 없잖아. 혹시 한강대학병원에 아는 사람 있는 사람?"

"현성엔 아는 사람 많은데."

"난 아신에."

"쩝! 아는 사람이 있으면 편한데… 예린이 아는 의사 없어?"

있다. 아버지에게 얘기하면 원장과도 만날 수 있을 것이다. 그러나 아는 사람에게 할 수 있는 부탁은 절대 아니었다.

혹시 그 한의사라면 자신도 오르가즘을 느끼게 될 수 있을까 하는 일말의 기대감을 가지고 있었기에 머리를 굴렸다.

"없어요. 하지만 방법은 있어요."

"뭔데?"

얼굴을 내밀며 관심을 보이는 세 여자에게 설명을 했다.

*   *   *

주체 못 하는 돈, 남아도는 시간, 뭘 해도 시들해진 사람들의 집요함은 두삼이 생각했던 것보다 강했다.

한방부인과 환자를 거부한 며칠 후, 암센터에서 일을 하고 있는데 신경정신과 과장이 찾아왔다.

"한방센터 한두삼 선생? 난 신경정신과 과장 함석재라고 해."

"…아, 선생님. 처음 뵙겠습니다. 앉으십시오. 안 그래도 잠깐 쉴 생각이었습니다."

이상윤의 말처럼 친해져서 나쁠 것이 없었다.

"아무런 연관도 없는 내가 찾아온 게 이상하지?"

"아닙니다. 제가 병원 생활을 오래했다곤 할 수 없지만 이래저래 여러 과에 협조를 요청하게 되더군요. 다행히 선생님들이 잘 봐주서서 해결했습니다."

"내분비내과 오 과장 얘기군."

"들으셨습니까?"

"내 1년 후밴데 얼마 전 골프를 치다가 들었어. 비록 학교는 다르지만 이제 한솥밥 먹는 처지고 같은 대학 교수끼린데 도우면서 살아야지. 안 그래? 혹시 우리 과에 도움을 청할 일 있으면 다른 애들한테 가지 말고 나한테로 직접 오게. 그럼 내가 처리해 줄 테니."

"말씀만이라도 감사합니다."

"참! 골프 배우고 있다면서?"

"이제 티칭 프로에게 배우는 정도입니다."

"그럼 조만간 필드에 같이 나가지. 마음이 맞는 사람들끼리 만든 골프 모임이 있는데 그 사람들과 친해지면 좋을 걸세."

"실력이 늘면 부탁드리겠습니다."

무슨 말을 하려고 이렇게 뜸을 들이는 건지. 한데 그것만으로 부족하다고 생각했는지 갑자기 정신과에 대한 얘길 꺼냈다.

"요즘 시대가 그래서 그런지 마음에 병든 사람들이 참 많아. 풍족하면 풍족한 대로 근심 걱정이 많고 부족하면 또 부족해서 스트레스가 심하고."

"그래서 선생님 같은 심의(心醫)가 필요한 거 아니겠습니까."

"심의라……. 멋진 말이군. 한데 마음을 고치는 게 어디 쉬운 일인가. 그에 맞는 적절한 치료가 필요한 법인데 그게 쉽지가 않아. 차라리 병세가 뚜렷이 나타나는 외과가 부러울 때가 많아."

"…그도 그렇겠군요."

"어떤 경우가 있냐하면 말이지……."

경우까진 말해주지 않아도 돼!

자신은 절대 저러지 말아야지 다짐을 할 정도로 갖가지 경우를 토해냈다.

자신에게 짠한 마음이 들게 하는 것이 목적이라면 그는 200퍼센트 성공했다.

"정신과 의사는 환자의 얘기에 너무 집중하면 안 돼. 왜냐하면 듣는 사람의 정신도 피폐해지거든. 근데 난 그게 잘 안 돼."

"힘드시겠군요."

"후우~ 힘들어도 어쩌겠나. 한 명이라도 고치려면 최선을 다해야지. 그래서 하는 말인데……."

드디어 본론이 나오나 보다. 무슨 말을 해도 들어주고 싶을 만큼 반가웠다.

"내 환자 중에 자네에게 치료받고 싶어 하는 환자가 있어."

"그럼 당연히 제가 봐드려야죠. 한데 어떤 병이 있는 겁니까?"

"자신이 가져야 하는 건 뭐든 가지고 탐해야 직성이 풀리는 무한 욕망 증후군이랄까."

그런 병명이 있었나?

"절 가지고 싶은 건 아닐 테고… 큼! 저에게 바라는 바가 있는 겁니까?"

"맞아. 자네에게 안마를 받고 싶다더군."

"……"

"근데 도대체 자네가 하는 안마가 어떻기에 두 사람이나 부탁을 하는 건지 모르겠군."

"…글쎄요. 저도 도무지 이해가 되지 않네요."

차마 본인의 입으로 천국 운운할 수 없었다. 한데 그 말이 외통수였다.

"그래? 그럼 못 해줄 것도 없겠군."

"쿨럭!"

"자네가 맡아준다니 솔직히 말하지. 돈을 주체 못 하는 여자들 등살에서 좀 벗어나고 싶다네. 요 며칠 찾아와 자랑인지 모를 돈 자랑을 듣고 있자니 일을 때려치우고 싶더군. 부탁해."

그는 두 손을 꼭 잡은 후 떠났다.

그의 마지막 말에서 알 수 있었던 건 그들이 목적을 위해 정말로 수단과 방법을 가리지 않는다는 것이다.

의사를 괴롭혀서 자신에게 부탁하러 오게 만들 줄이야. 정신과 치료비가 만만치 않을 텐데도 말이다.

만일 이번에도 거부하며 또 어떤 방법을 쓸지 궁금할 지경이다.

"허, 참! 어떻게 보면 참 대단한 사람들이네. 세상은 넓고 이상한 사람들은 많다더니. 뭐, 그 정도로 원하니 해주는 수밖에. 막상 해보면 별것 아니라는 것을 알게 되겠지."

하지 말라고 하면 더 불이 붙는 법. 차라리 해주고 빨리 진압하는 게 나았다.

        *   *   *

"체중계에 올라가 보실래요?"

"네. 후우~"

여자는 절벽 위 외줄 앞에 선 사람처럼 한참 망설이다가 신발을 벗고 체중계에 올랐다.

52kg

클리닉에 처음 왔을 때 85kg에서 30kg이 넘게 빠졌으니 그야말로 환골탈태를 한 셈이다.

"체지방, 체근육, 체수분 모든 게 좋아요. 이제 그만 와도 괜찮을 것 같네요."

"꺅! 졸업이다. 감사해요, 선생님. 정말 선생님께 오길 잘한 것 같아요. 제가 많이 홍보해 드릴게요."

"홍보보다 균형 잡힌 식사와 적당한 운동 절대 잊지 말아요."

"호호! 선생님이 주신 식단 계속 보관하고 있을게요. 근데 선생님이 보기에 저 이제 어때요?"

큰 키에 늘씬한 몸매. 잘록한 허리와 살을 뺄 때 최대한 잘 살려둔 힙 라인. 몇 가지 단점이 눈에 보였지만 나름 최선을 다해 자신이 만든 몸매라 그런지 나빠 보이지 않는다.

"멋집니다!"

마지막 립 서비스를 끝으로 또 한 명의 환자와 기쁜 이별을 했다.

이제 남은 일반 환자는 20명. 여유가 넘쳐야 하지만 현실은 여전히 바쁘다.

"슬슬 점심 먹고 손님들을 맞이할 준비를 해야겠군."

신경정신과 함석재가 넘긴 환자의 기록은 세 명. 그런데 예약은 네 명이 했다.

비록 한 명이 늘었지만 반나절이면 끝낼 수 있기에 상관없다 생각하고 날을 잡아 하루에 끝내려고 했는데 추가로 예약한 사람이 말썽이었다.

자신은 일이 생겨 내일 오겠다는 것.

계획이 빗나간 것은 짜증 나지만 환자—딱히 환자라고 생각하지 않지만—가 그러겠다는데 어쩌겠는가.

행정 지원 팀으로 갔다.

"여어~ 공 팀장. 특실 완벽한 방음 해달라는 건 어떻게 됐어?"

"누구 분부라고 안 했겠냐? 원래 특실은 방음이 거의 완벽해서 약간 손보는 걸로 끝냈어. 근데 도대체 무슨 짓을 하려고 완벽하게 방음이 되도록 해달라는 거야?"

"당연히 일이지. 내가 병원에서 뭔 짓을 할 사람으로 보이냐?"

"웅! 충분히."

"…내 신뢰도가 고작 그 정도였냐?"

"이제 알았냐? 난 네가 방문을 열고 들어올 때마다 가슴이 철렁해."

"그건 네 심장이 안 좋아서 그래. 그러니까 정력 세졌다고 무리하면 안 되는 거야."

"적당히 하거든! 아우~ 심장이야. 다른 볼일 없음 이만 가라."

"당연히 볼일이 있지."

"…또 뭔데?"

"밥 먹으러 가자. 삼계탕 어때?"

"바쁜데……"

"얼른 나와. 예약해 뒀으니 가자마자 나올 거야. 나도 빨리 먹고 일해야 해."

말끝을 흐렸다는 건 고민한다는 뜻이었기에 결론을 내줬다.

병원 뒤쪽에 있는 삼계탕 집에 도착해서 자리에 앉자마자 삼계탕이 나왔다.

"어째 네 건 인삼이 많아 보인다?"

"오늘 기운 쓸 일이 많아 많이 넣어 달라고 했거든. 욕심내지 마라. 너한텐 오히려 해롭다."

"그냥 궁금했을 뿐이거든."

"먹자. 근데 무슨 일인데 행정 지원 팀 전체가 바쁘냐? 도와줄 수 있으면 도와줄게."

"괴롭히지만 마라."

"확! 진짜 괴롭혀 줄까 보다."

"…원장님이 맡기신 일 때문에. 엄밀하게 말하면 한방센터의 일은 아냐. 내가 할 일은 더더욱 아니고."

"원장님이 널 좋게 봤나 보네."

"좋게 본 사람을 괴롭혀?"

"응. 너한테 팀장을 맡긴 것만 봐도 알잖아. 네 나이에 팀장 맡은 사람 있어?"

"그렇긴 한데 달갑지 않네. 앞으로 더 괴롭힘 당할 거라는 소리와 다름없잖아."

"그럼 괴롭히지 말라고 말하든가."

"원장님한테? 내가 미쳤냐? 회사에서 팀장 나부랭이가 사장이 지시한 일을 거부할 수 있겠냐?"

"쩝! 하긴."

마사지사로, 물리치료사로 전전할 때 바로 윗사람인 과장의 말도 거부를 못했는데 사장은 언감생심이다.

"그래서 지금 하는 일이 뭔데?"

"불임클리닉에 대한 자료 조사 및 활성화 방안."

"헐! 행정 지원 팀에게 불임에 대해서 알아보라고 하다니 뜬금 없긴 하다."

"내 말이."

"진전은 있고?"

"자료야 조사하면 되는데 활성화 방안은 막막하다. 불임 시술이나 인공수정 기술이 하루아침에 뚝딱 만들어지는 게 아니잖아."

"그야 그렇지. 원장님이 그걸 모르시지 않을 텐데. 스카우트할 의사가 있나?"

"없을 거야."

"확신하는 말투네?"

"실력이 있는 의사를 전문 병원에서 뺏길 일도 없지만 설령 거액을 주고 빼와도 내가 볼 때 불임 전문 병원과 대결하려면 오랜 기간 막대한 돈을 쏟아부어야 해. 물론 그렇게 한다고 해도 전문 병원의 아성을 깨뜨리기 힘들고. 그건 미련한 짓이야. 내가 생각할 수 있는 걸 원장님이 생각하지 못할까."

"불임 전문 병원이 그렇게 대단해?"

매출이 조 단위고 영업이익이 수천억이 넘는 대형 병원이 상당 시간 투자를 해야 할 정도로 불임 전문 병원이 대단할 거라곤 생각지 못하고 있었다.

"조사차 우리나라에서 최고라는 병원을 가봤는데 장난 아냐. 거짓말 안 하고 좁지 않은 건물이 콘서트 장처럼 붐비는데 인구 절벽이라고 방송에서 난리치는 게 이해가 안 되더라. 아무튼 내가 진짜로 고민하는 건 불임클리닉을 활성화시키려는 원장님의 의도야. 그것에 따라 보고서가 완전히 달라지거든."

"원장님의 의도라……."

"돈을 벌기 위해서인지, 현재 병원에서 하고 있는 무상 의료 서비스 차원인지. 전자라면 포기하는 게 이익이고 후자라면 최소한의 투자 방안을 마련해야 하고."

"둘 중에 하나라면 난 후자일 거라 생각해."

"왜?"

"그분은 그런 분이니까."

"…원장님 덕후가 여기 있었네."

"인정하는 바다."

"쩝! 재미없게 바로 인정을 해버리네. 그럼 네 말을 믿고 그 방안도 같이 올려야겠군."

얘기를 하다 보니 삼계탕이 바닥을 보였다.

잠깐 계산 때문에 티격태격하다가 커피를 동희가 사는 것으로 하고 음식점을 나왔다.

병원에 도착해 곧바로 특실로 올라가 태블릿을 보니 1시간 전에 세 명이 입원했음을 확인할 수 있었다.

설명을 위해 들어갔는데 두 병실은 비어 있었고 마지막 병실에 모여 있었다.

병원 기록을 볼 땐 분명 30대 후반에서 40대 초반의 나이었는데 실제로 보니 어찌나 관리들을 잘 받았는지 다들 10살은 어려 보였다.

"안녕하세요. 오늘 시술을 하게 될 한두삼입니다."

"어머! 이렇게 젊은 분일 줄 알았으면 좀 더 예쁘게 꾸미고 올 걸 그랬네요. 호호호!"

"그러게. 지금이라도 예쁜 속옷으로 갈아입고 와야 하나? 깔깔깔!"

"난 입고 왔는데… 호호호!"

짓궂기도 하셔라.

"지금도 충분히 아름다우세요. 식사들은 하셨죠?"

"네. 양이 너무 많았는데 꼭 다 먹으라고 해서 다 먹었어요."

"오늘 소모되는 기운을 보충하기 위한 것이니 저녁도 꼭 다 드시고 퇴원하시길 바랍니다."

"도대체 얼마나 소모가 되기에… 훗! 기대되네요."

"뭘 기대하는지 모르지만 시술에 앞서 몇 가지 주의 사항을 알려드리려 왔습니다."

"말씀하세요."

"일단 차고 있는 액세서리들은 다 빼서 금고에 넣어두세요. 심하게 움직이다 다칠 수도 있거든요. 다음은 화장은 깨끗이 지워주세요. 땀에 섞여 엉망이 된 자신의 모습을 보기 싫으면 말이죠. 그리고 각방에 준비해 둔 디펜드는 꼭 착용해 주세요."

"어머! 그거까지 착용해야 해요?"

"안 하셔도 상관없지만 추천드립니다. 그리고 마지막으로 이 서류에 서명 부탁드립니다."

두삼은 각서를 띄운 태블릿을 건넸다.

세 사람은 머리를 맞대고 읽었다.

"…필요 이상의 신체 접촉을 해올 시 신체를 일시 구속할 수 있다? 이건 뭐죠? 묶겠다는 건가요?"

"아뇨. 순간적으로 손과 발을 마비시키겠다는 겁니다. 이상한 걱정을 안 하셔도 되는 게 만일의 사태에 대비해 여성 간호사와 함께 들어올 겁니다."

"음, 걱정은 선생님이 하는 거 같은데요? 아닌가요?"

"……."

"훗! 맞네. 걱정 말아요. 우리가 아무리 밝혀도 싫다는 사람에게 매달릴 만큼 이성이 없진 않아요. 시술이 어떤 느낌을 줄지 점점 궁금해지네요."

글쎄다. 과연 이성이 남아 있을까.

세 사람이 사인을 하고 나서야 두삼은 다시 말을 이었다.

"30분 후부터 1시간씩 시작하도록 할 테니 주의 사항대로 한 후 대기해 주세요."

"그럼 좀 있다 봐요~"

윙크를 날리는 여자를 보곤 과연 잘하고 있는지 자괴감이 들었다. 그러나 이왕 시작한 거 얼른 끝내 버리기로 했다.

휴게실에서 20분쯤 기운을 돌리고 끝내려 할 때 이은수가 들어왔다.

"어서 와. 고향 집에 잘 다녀왔어?"

"네. 교제 허락받았어요. 고마워요, 선배."

"말만 전했는데, 뭘. 일이 있어서 이만 일어날게. 참! 김 간호사 어디 있는 지 알아? 시술하러 들어갈 시간 다 되어 가는데 안 보이시네."

특실 간호사 중 가장 나이가 많은 김 간호사에게 함께 들어가 달라고 부탁했다.

"김 간호사님 급한 일이 생겨서 퇴근했어요. 대신 저한테 부탁했어요."

"…니가 들어간다고?"

"제가 들어가면 곤란한 거 있어요?"

"응, 곤란해."

"왜요? 전에 우리 과에서 부탁할 땐 안 된다더니 본관에서 부탁하니 들어주고. 성 선생님이 이유를 알아오라고 하셨어요."

"그건… 아무튼 안 돼."

김 간호사가 일이 있는 게 아니라 강제적으로 바꾼 게 틀림없다.

누구에게 부탁을 할까 고민하는데 이은수가 말했다.

"그럼 성 선생님 불러야겠네요. 선배가 안 된다고 하면 자기가 온다고 했거든요."

"…널 위해 안 된다고 하는 거야."

"저 해부학 실습할 때도 멀쩡했어요."

한의대도 해부학 이론과 실습은 필수였다.

"그거랑 달… 쩝! 그래, 너도 한의사니까."

후배로, 여성으로 이은수를 보니 같이 들어가는 게 불편했던 거다.

두삼은 김 간호사를 위해 준비해 뒀던 이어폰을 이은수에게 건넸다.

"이건 들어가서 괴롭다 생각되면 스마트폰에 연결해서 써라."

"허락하는 거예요?"

"그래. 다만 3시간은 무슨 일이 있더라도 붙어 있어야 한다는 것만 기억해라."

"걱정 마세요."

"글쎄다. 솔직히 현수가 조금 걱정된다."

"……?"

더 이상 설명하지 않고 첫 번째 방으로 들어갔다.

여자는 화장을 지우고 준비해 둔 찜질방 옷을 입고 기다리고 있었다.

"누우세요. 시작할게요."

"드디어 시작인가요? 기대되네요."

"기대가 충족되길 바랍니다."

두삼은 엎드린 그녀의 혈을 자극하는 것으로 안마를 시작했다.

*　　　　*　　　　*

'미친! 이게 뭐하는 짓이지?'라는 자괴감이 드는 현자 타임이 과연 남자에게만 있을까. 혼자만의 공간에서 해도 그럴진대 지켜보고 있는 사람이 있다는 걸 인지하면 어떨까.

쾌락이 큰 만큼 현자 타임 역시 더 크게 다가올 수밖에 없을 것이다. 보는 사람이 있어야 더 흥분하는 다소 변태적인 사람들은 제외다.

특실 환자들은 저녁을 먹고 난 후 일언반구도 없이 떠났다. 물론 그들이 현자 타임을 가졌는지는 알 수 없다. 어차피 한 달에 한 번 이상은 힘들다고 못 박아뒀으니 다시 올지도 모른다.

그러나 두삼은 속된 말로 오지게 현자 타임을 가졌기를 바랐다.

"두삼이 형!"

벌컥! 문을 열고 성난 코뿔소처럼 식식대며 다가오는 류현수.

어제 이은수의 표정이 이상하던데 결국 터졌나 보다.

"어제 은수랑 뭐한 거예요! 도대체 어떤 환자를 치료했기에 걔가 그런 말을 해요?"

"…무슨 말?"

"오빠는 섹스를 잘… 아우! 이 말은 차마 못하겠다."

이미 다 한 것 같은데?

"아무튼 어젯밤에 뜬금없는 소리를 하더라고요. 알아보니 특실 손님 치료하는데 같이 들어갔다면서요? 도대체 어떤 치료를 한 거예요, 네?"

"환자와 관련된 건 비밀인 거 알지?"

"은수랑 관련이 있잖아요!"

"어따 대고 빽빽대. 내 말을 듣고 싶으면 정확하게 말해. 그래야 뭔 말이라도 해줄 거 아냐."

"아우! 쪽팔려서……."

"안 할 거면 가. 일해야 돼."

"누가 안 한데요. 지금부터 하는 말은 누구한테도 비밀이에
요?"

"난 누구처럼 입이 싸지 않아."

"하긴 그런 놈은 고추를 떼야죠."

떼라, 이 자식아!

"그러니까 그게 어떻게 된 거냐 하면 말이에요."

류현수의 말인즉, 어제 내내 넋이 빠진 듯 행동하다가 막 옷
을 벗고 사랑을 나누려고 하기 전 '오빠는 섹스를 잘하는 편이
야?'라고 물었단다.

"걔가 똑똑해 보여도 얼마나 순진한 앤데 그런 소릴 하다니
나 충격받았다니까요."

"넌 뭐라고 했는데?"

"뭐라고 하긴요. 절 몰라서 하는 말이에요. 경해대의 변강쇠
가 별명이었잖아요."

"…그건 니 덩치 때문에 붙여진 거고. 내가 네 정력을 어떻게
아냐?"

"아, 진짜! 보여줘요?"

"…바지는 왜 벗으려고 하는 건데? 크기와 정력은 별개지만 니
가 벗는다면 말리진 않으마. 다만 내 주먹이 날아가도 원망 마
라."

"큼! …막상 벗으려니 그렇긴 하네요. 아무튼 '다른 남자랑 자

봐라! 그럼 내가 얼마나 강한지 알 수 있을 거다'라고 말할 수도 없는 일이잖아요. 그래서 몇 가지 예를 들어가며 설명을 해줬죠. 근데 전혀 믿는 눈치가 아니더라고요. 마치 에베레스트를 본 사람에게 남산이 크다, 라고 말하는 거 같았다니까."

표현력이 참 찰지다.

"그래서 혹시 이상한 동영상을 봤나 싶어서 물어봤더니 형이 하는 치료를 지켜봤다는 얘기를 하더라고요."

"더 자세히는 얘기 안 하고?"

"그러니까 형한테 물어보러 왔죠. 도대체 무슨 일이 있었던 거예요?"

두삼은 머리를 긁적이며 말을 해야 하나 말아야 하나 고민했다.

그대로 놔두면 아무래도 두 사람에게 문제가 생길 것 같아 결국 오르가즘을 극대화시키는 안마를 했다고 말했다.

"헐! 그런 안마가 있어요? 저한테도 얼른 가르쳐… 아! 이 말 하려고 한 게 아니지. 은수가 진짜 에베레스트를 봐버린 거네요. 이 일을 어쩔 거예요?"

"내가 보라고 한 적 없다. 다만 나쁘게만 생각할 건 아니라는 거야."

"좋게 생각할 구석이 있긴 있어요?"

"듣기 싫으면 관두고."

"아, 아니에요. 일단 들어보죠."

"은수가 내 시술을 보고 이해를 하지 못했다면 네 잘못도 있어."

"전 최선을 다해……."

"끝까지 들어. 당연히 은수 잘못도 있어. 걔가 너무 수동적이라 그랬을 수도 있거든. 후우~ 내가 왜 너한테 성에 대해 말을 해야 하는지 모르겠다."

자괴감을 떨쳐내고 말을 이었다.

"이런 통계가 있어. 여잔 자위를 하면 4분이면 오르가즘을 느끼기 시작해. 하지만 상대가 있으면 20분에서 40분 정도 걸리지."

"…남자 평균은 알고 하는 말이죠?"

"그래. 5분에서 10분 정도지. 예전에 성 전문가로 유명했던 분이 성은 서로의 성감대를 알아가는 거라고 했어. 그러니 알아가면서 시간의 공백은 둘이 맞춰봐. 서로 원하는 판타지를 맞춰가다 보면 해결될 거야."

"……."

류현수에겐 여자 친구이고 자신에겐 후배라 말을 꼬았지만 못 알아들을 정도는 아니었는지 눈알을 굴리며 생각하다가 말했다.

"서로 적극적으로 원하는 바를 말하라는 뜻이죠?"

"…야동으로 본 건 머릿속에서 지우고."

"무슨 말인지 알았어요. 잘 안 되면 그땐 그 기술 가르쳐 줘야 해요."

"…꺼져, 인간아."

류현수를 쫓아내고 시간을 보니 약속한 시간 1분 전이었다.

얼른 병실로 뛰어갔다.

"조금 늦었습니다."

안으로 들어가자 김 간호사와 유예린이 기다리고 있었다.

"괜찮아요. 누우면 되죠?"

유예린은 대수롭지 않다는 듯 말한 후 침대에 누웠다. 한데 두삼은 그런 그녀의 태도에 이채를 띠었다.

'저 여자 오르가즘을 느끼기 위해 온 여자 맞나?'

사실 입원을 위해 왔을 때부터 어제 여자들과는 달랐다. 세상만사 귀찮다는 듯한 표정과 말투.

기대감이 전혀 없어 보인다고 할까.

'쩝! 신경 끄고 시작하자.'

표정을 보고 다른 조치를 하기엔 근거가 너무 빈약했다.

"시작하겠습니다."

두삼은 하얗게 빛나는 왼손을 여자의 허리에 올렸다.

그 순간 움찔! 하고 거부 반응이 일어났다. 오른손을 올릴 때도 마찬가지.

낯선 사내의 손길에 몸이 거부 반응을 일으키는 건 평범한 여자라면 당연한 반응.

'헐! 남자 마사지사에게 마사지를 받아본 적도 없나 보네. 삐뚤어지기로 마음을 먹고 온 거야 뭐야?'

속마음을 감추고 말했다.

"마사지를 받는다 생각하고 긴장을 푸세요."

긴장을 하고 있으면 잘 걸리지 않을뿐더러 절정에 이르더라도 느낌이 반감될 수밖에 없다.

민감한 부위를 피하며 따뜻한 기운을 더해 주무르자 긴장이 풀리는 게 느껴졌다. 그에 천천히 음기를 폭발시키는 혈을 눌렀다.

확 하고 터져 나오는…….

'응? 왜 안 나와?'

잘못 눌렀나 싶어 얼른 다시 눌렀다. 한데 마찬가지.

어쩔 수 없이 기운으로 자극하기 위해 기운을 혈 쪽으로 보냈다. 그런데 이상한 일이 발생했다.

'헉! 기운이 어디로 가는 거야?'

음기를 폭발시키기 위해 9개의 혈의 자극해야 하는데 아홉 곳 모두가 정위치에 존재하지 않았다.

문득 할아버지의 의료 기록에서 심장이 오른쪽에 있는 경우 혈 자리 역시 좌우가 바뀐다는 글이 떠올랐다. 그래서 작업을 멈추고 기운을 퍼뜨려 몸을 스캔했다.

심장은 제대로 왼쪽에 있었다. 다만 경락의 위치가 일반인과 달랐다.

'…세상에 이런 경우도 있구나. 이럼 어디가 이상이 있어야 하는 거 아닌가?'

비록 일반인과 대응하는 혈의 위치를 파악했으나 함부로 손대기엔 너무 특이한 케이스였다.

두삼은 유예린의 몸에서 손을 뗐다. 그러자 그녀가 고개를 들며 물었다.

"왜요? 문제가 있나요?"

"문제라기보단 약간 이상이 있어서요. 혹시 어디 아픈 곳 없으세요?"

"딱히 아픈 곳은 없어요. 한데 병을 찾는 건 선생님 전문 아니셨어요? 소문에 듣자 하니 기기보다 정확하게 알아낸다면서요."

"이런저런 소문이 많이도 났군요. 뭐, 말씀대로 병을 찾는 건 잘하는 편이죠. 하지만 제가 환자 분과 대결을 하는 것도 아니고 스무고개를 하는 것도 아니잖아요. 말하기 싫으면 안 하셔도 됩니다. 그냥 건강하구나, 라고 생각하면 그뿐이니까요."

"…듣고 보니 제 손해네요. 근데 말하기 전에 제 몸에서 뭘 발견했는지 말해주실래요? 솔직히 백 번은 넘게 병원을 갔지만 이상이 있다는 얘긴 처음 들어요."

"백 번 중에 한의원은 없었나 보군요?"

"한의원은 할아버지, 할머니들이 가는 곳이라 생각했거든요."

"무슨 말인지 알겠네요. 우리 몸엔 맥과 혈이 있습니다. 우리나라를 몸이라고 생각하면 도로와 톨게이트 정도로 생각하면 되겠네요."

"들어는 봤어요."

"그럼 바로 설명을 하죠. 뚱뚱하든 마르든, 기가 크든 작든 대부분의 사람들은 맥과 혈이 대동소이합니다. 한데 유예린 환자의 경운 다릅니다."

"…바로 잡아야 하는 건가요?"

"아뇨. 타고난 것인데 다른 사람과 똑같이 만드는 건 불가능하죠. 그럴 능력도 없고요. 만일 몸에 아무런 이상이 없다면 그게 정상인 겁니다."

"…이상이 있다면 고칠 수 있는 건가요?"

"장담할 수는 없습니다. 뭔가 있나 보군요?"

유예린은 잠시 망설이다가 입술을 꼭 깨문 후 입을 열었다.

"전 아무런 느낌이 없어요. 흔히 석녀라고 말하죠. 정확하게 말하면 관계 시 아프기만 해요."

순간 말문이 막혔다. 그러나 용기를 내서 말하는 환자 앞에서 우물쭈물하는 건 말도 안 된다.

"…혹시 분비액은 잘 나옵니까?"

"적당히요."

"음, 특이하네요. 성적 흥분을 통해 음핵 발기가 일어나면 호르몬에 의해 분비액이 다량 생산되는 구조인데……."

"전에 담당했던 선생님도 그런 말을 했어요. 몸은 정상적으로 반응을 하는데 뇌에서 내보내는 신호가 교란이 되어서 그럴 수 있다고 했어요."

"그럴 수도 있겠네요. 혹시 제가 확인 좀 해봐도 될까요? 아! 고통이 심하면 곤란하겠네요. 어떻게 하지. 확인을 하려면 자극을 해야 하는데……."

맥과 혈이 일반인과 달라서 일어난 증상이 아닌, 전기적 신호의 교란 때문이라면 가능성이 높았다.

"…참아볼게요."

"고친다는 보장은 없습니다."

"선택의 여지가 없는걸요."

유예린은 아무런 사전 지식 없이 잠깐의 안마로 이상함을 찾아낸 두삼에게 약간의 기대감 생겼지만 내색하지 않았다.

언제나 기대감이 실망감으로 바뀐 것도 한몫했다.

"덜 아프도록 조심할게요. 다만 30분 정도 걸릴 테니까 못 참을 것 같으면 말해요."

그녀의 종아리를 주무르면서 혈을 자극하는 방법이 아니라 음핵의 신경에 직접적인 자극을 하는 방법을 선택했다.

조금 민망한 방법이긴 했지만 일반인과 다른 위치에 있는 만큼 혈을 자극하는 건 위험부담이 있었다.

"……!"

규칙적인 자극을 하자 그녀의 미간이 좁혀졌다. 그러나 가타부타 말은 없었다.

'버틸 만한 것 같으니 이대로 유지시키고 신호가 어디로 가는지 보자.'

아래에서 뇌로 향하는 신호가 뇌에서 아래로 전달되는 신호보다 찾기가 어려웠다. 가령 서울에서 부산까지 내려가는 모든 길을 찾는 것과 비슷하다고 할까.

가끔 그러한 움직임을 일일이 보면서 기억하는 자신을 생각하면, 한계 이상의 힘을 써서 단명하지 않을까 하는 두려움이 들기도 한다.

그래서 가급적 자제하려고 하는데 집중하다 보면 주의하겠다는 생각은 온데간데없어졌다.

한데 열심히 알아낸 보람도 없이 비교할 대상이 없었다.

'쩝! 이럴 줄 알았으면 어제 시술을 할 때 뇌 속을 살펴보는 건데……'

이런 일이 있을지 어떻게 알겠는가.

"다음 주에 다시 방문해 주셔야겠습니다."

"…찾았어요?"

"아직은 모르겠습니다. 다른 사람의 정보가 필요합니다. 이게 어쩔 수 없이 한 일인데, 이제 해야 할 사람을 찾아야겠네요. 쩝!"

"그건 걱정 말아요. 제가 다니는 곳에서 말만 슬쩍 흘려도 서로 오려고 할 거예요."

"그럼 부탁드리겠습니다. 그리고 혹시 발이 넓으신 것 같은데 나중에 치료가 잘 되면 소문 좀 내주세요."

"소문 정도는 얼마든지요. 근데 무슨 소문인데요?"

"그건⋯⋯."

두삼은 유예린에게만 들릴 정도로 낮게 중얼거렸다.

*　　　*　　　*

처음 1박 2일간 이가한의원의 촬영이 모두 끝난 게 아니었다. 그래서 이번 주 2박 3일간 촬영은 곧바로 이가한의원에서 시작됐다.

"지난번 촬영에서 퀴즈는 다 들어냈어요. 내일 방송분은 괜찮은데 다음 주 분량이 조금 부족해서 이번 주는 2박 3일간 촬영하게 됐으니 잘 부탁합니다. 그리고 애써서 웃기려고 안 해도 됩니다. 자연스럽지 않은 건 어차피 안 쓸 겁니다."

"쩝! 개그맨한테 웃기지 말라니, 이 예능 끝나고 나면 밥그릇 깨지는 거 아닙니까."

문 PD의 말에 전철희가 가볍게 투덜거렸다. 한데 문 PD는 단칼에 그의 투덜거림을 잠재웠다.

"낼 방송 봐요. 새로운 프로그램에서 섭외 전화 오면 밥이나 사요. 자! 전달 사항은 끝났으니 제수 씨의 지시에 따라 일하러 가세요."

이제수가 나섰다.

"지난번엔 약초를 다듬고 저희 한의원의 힘든 일을 주로 하셨는데요. 이번엔 직접 약초를 캐고, 다리고, 약초를 사용하고, 환자에게 처방하는 걸 해보도록 하겠습니다."

"가장 처음 할 일은 약초를 캐는 것이겠군요?"

"하하! 맞습니다. 하지만 우르르 올라갈 수 있는 환경이 아니라서 다섯 분 중 두 분은 남아서 식사를 준비해 주시면 됩니다."

"음식이라면 내가 한 음식 해."

"전 조리사 자격증도 있습니다."

"난 음식 프로그램 하는 거 알지?"

"음식 프로그램 한다고 음식을 잘하는 건 아니죠."

"허~ 민기야, 맛있는 음식을 많이 먹어본 사람이 음식을 잘한다는 얘기 못 들어봤나?"

"금시초문이네요."

다들 대번에 산에 올라가면 힘들다는 걸 눈치를 챈 모양이다. 그래서 서로 점심을 준비하겠다고 난리다.

말로는 다들 요리사 뺨치는 실력자이니 결론이 나지 않자 이제수에게 선택권이 돌아갔다.

"하하! 그럼 제가 선택하면 두말없이 따르는 겁니다. 한 선생은 산에 갈 거야?"

"응. 오랜만에 산에 가보고 싶어서."

"아깝네. 지난번에 보니 정말 잘하던데."

"응? 지난번에 두삼이가 음식을 한 적 있었어?"

이경철은 처음 듣는 얘긴지 물었다.

사실 두삼과 이제수 그리고 스태프들밖에 모르는 일이다.

"다들 잘 때 두삼이 일을 도와줬거든요. 그때 두삼이 해물 요리 해줬는데 정말 맛있더라고요."

"헐! 둘만 먹었다 이거지."

"그럼 한 선생에게 점심을 하라고 할까요?"

"…그건 다른 얘기지. 아무튼 일단 산에 올라갈 사람 선택해."

"젊은 사람이 있는 게 좋을 것 같으니 민기 씨랑 철희 형님이 작은아버지 통제에 따라 점심을 준비해 주세요. 세 사람은 절 따라오시고요."

"오예!"

"…늙은 사람 손맛은 무시하는 거냐?"

"토 달기 없기로 했잖아요."

"토를 다는 게 아니라… 됐다. 산에서 다리가 풀려 쓰러지면 제수 씨 탓이니 그리 알아둬."

"하하하! 굴러도 다칠 정도의 높은 산도 아닙니다."

이제수는 손석호와 이경철을 잘 다독여 이가한의원 뒷산 쪽으로 향했다. 한데 산을 보자마자 손석호는 다시 입술을 내밀었다.

"킥! 굴러도 다칠 정도는 아니라고?"

"중간 중간 턱이 잘 마련되어 있거든요."

"……"

"하하! 농담이고 오늘은 산 주변에서만 채취를 할 겁니다. 그리고 음식하는 게 훨씬 힘들 겁니다. 그래서 두 분을 선택한 거예요."

"진짜?"

"그럼요. 저희 집 식사 준비는 보기엔 평범하지만 일반적으로 하는 음식과 전혀 달라요. 저도 처음 식사 준비를 할 때 눈물을 쏙 뺄 정도였다니까요."

"그렇다니 좀 위안이 되네. 이제부터 뭘 하면 돼?"

"약초 채취요. 어떤 것을 채취할지, 어떻게 채취하는지 보여드릴 테니 따라하시면 됩니다. 갈까요?"

뒷산에 들어가기 위해선 철문을 지나야 했는데 철문과 길게 쳐져 있는 철조망을 보고 두삼이 물었다.

"산에 왜 철조망을 쳐둔 거야?"

"그게 말하자면 사연이 많아. 우리 한의원이 왜 이름을 숨기고 살았는지, 소개자를 통해서 들어온 환자만 받는지 와도 관련이 있거든."

"그렇게 말하니 더 궁금하다. 간단히 말해봐."

두삼은 묻지 않으려 했는데 손석호 역시 궁금했는지 물었다.

"그게… 제가 어릴 때라 들은 건데 저희 집안이 한참 대외적으로 활동할 때라 약효가 좋다는 소문이 많이 퍼졌대요. 그리고 그 약을 한의원 뒷산에서 채취한다는 소문도 같이 났대요. 문제는 그랬더니 밤만 되면 약초 도둑들이 산에 올라와 헤집고 다니며 약초랄 할 만한 건 뿌리째 뽑아가 버렸대요."

"나쁜 사람들 같으니라고!"

"약초를 어떻게 채취하고 어떻게 관리하는지에 대해선 몰랐던 거죠. 할아버지 때부터 수십 년 관리해 오던 산은 불과 한 달도 되지 않아 망가져 버렸죠. 그 와중에 도둑을 막겠다고 나섰던 할아버지가 크게 다치셨고요. 그때부터 자리를 옮기고 다시 시작한 거죠. 철조망도 그래서 친 거고요."

"철조망에 그런 사연이 있었구나. 근데 그럼 방송에 나가면 안 되는 거 아냐?"

"막연히 약효가 좋더라, 라고 소문이 나는 게 아니라 어떤 과정을 거쳐야 비로소 약재가 되는지를 확실히 보여주려고요. 제대로 손보지 않으면 약재상에서 사는 것보다 못하다는 걸 알고서 안 오겠죠. 그리고 요즘은 방범 시설이 워낙 잘 되어 있잖아요. 보기엔 허접해도 산 곳곳에 CCTV와 보안장치가 다 되어 있어요."

"그렇다면 다행이고."

두런두런 얘기하는 사이에 첫 번째 밭에 도착했다.

"여기예요."

"엥? 여기 뭐가 있다는 거야? 밭은 없고 풀밭밖에 안 보이는데?"

"하하! 잘 자라도록 관리를 했으니 밭이죠. 물론 진짜 밭처럼 해둔 곳도 있어요. 두삼이 넌 알겠지?"

두삼은 옆에 있는 빗자루처럼 생긴 풀을 만지며 말했다.

"쇠뜨기네. 아마 네가 여기 멈추지 않았다면 나도 그냥 지나쳤을 거야."

열을 내려주고 이뇨 작용에 좋으며 다쳤을 때 그냥 짓찧어 상처 부위에 붙여도 될 만큼 지혈에 좋은 약초로 외적인 출혈뿐만 아니라 내부 출혈에도 좋았다.

"잘 아네. 각혈, 간염, 관절염, 당뇨, 변비, 출혈, 치질 등에 쓰이는데 7월까지 따서 그늘에 말려서 써. 자! 채취해야 하는 약초들이 많으니 서두르죠."

쇠뜨기를 시작으로 산을 빙 돌아가며 약초들을 채취했다.

채취를 하는 내내 놀란 건 대수로워 보이지 않은 잡초에 가까운 약초들도 정성들여 가꾸면 어느 귀한 약재 못지않게 기를 내포한다는 점이었다.

약초를 키우는 것만 보더라도 8대세가라는 말이 아깝지 않았다.

다들 한 포대씩 약초를 따서 내려왔는데 식당으로 쓰는 신식 건물에서 큰소리가 났다.

"허어! 이 친구 봐. 배출하는 게 얼마나 중요한지 알아? 얼굴과 손발이 자주 붓는 것도 몸 안의 독소가 배출이 되지 않기 때문이야. 그런 상태에선 아무리 좋은 음식을 먹어도 소용없어."

"…누가 친구야? 엄연히 내가 형이잖아!"

식사 준비로 바쁠 줄 알았던 식당에선 이제수의 작은 아버지와 웬 중년인이 설전을 벌이고 있었다.

"꼴랑 10일 가지고 유세는……."

"억울하면 먼저 태어나지 그랬어. 아무튼 배출도 중요해. 하지만 일단 좋은 걸 먹으면 배출에 굳이 신경 쓸 필요가 없다는 거야. 작은 어머님을 봐. 아직도 정정하시잖아."

"흥! 우리 어머님은 내가 불순물을 잘 제거해 줘서 정정하신

거거든."

"자주 찾아뵙기라도 하면서 그런 얘기해라."

두 사람이 언쟁은 닭이 먼저냐, 달걀이 먼저냐는 문제와 비슷했다.

쓸데없는 두 사람의 언쟁에도 어느 누구 하나 나서지 않는 건 그들의 나이 때문이기도 하지만, 왠지 싸우면서도 즐거워 보이는 모습 때문일 것이다.

이제수가 설명을 덧붙였다.

"오촌 작은 아버지신데 특이하게 마사지 쪽으로 빠지셨어. 너랑 잘 맞을지도 모르겠다."

"글쎄다."

두삼은 딱히 뭐가 우위에 있다고 말하지 않았다. 환자를 치료하기 위해서라면 부두교의 주술이라도 기꺼이 받아들일 것이다.

그걸 자신의 것으로 소화를 하는 게 중요하지 배운 그대로 지키는 게 중요한 게 아니다.

"쯧쯧! 몇 년이 지났는데 아직도 승복을 못 하냐? 저기 봐라. 영양이 부족해서 아픈 사람들이 있나. 정오가 다 됐는데도 아직 얼굴에 붓기가 빠지지 않았잖아. 거기 카메라 들고 있는 양반 이리 와봐요."

"…저요?"

"그래요. 체크무늬 옷 입은 양반."

카메라맨은 문 PD를 흘낏 봤고 문 PD는 재미있다는 듯 고개를 끄덕였다.

카메라맨이 카메라를 놓고 이현직에게 다가갔다.

"자고 일어나면 팔다리 붓죠?"

"…네. 직업이 직업인지라."

"직업 때문이 아냐, 이 사람아. 임파선이 부어서 그런 거야."

"에? 목은 괜찮은데요."

"쯧쯧! 임파선이 목에만 있는 줄 아나 보군. 임파선은 온몸에 퍼져 있어."

임파선, 임파절, 림프절 세 가지는 모두 같은 말이다.

림프, 혹은 림프액이 흐르는 곳이 림프관이고 그 림프관과 연결 되어 있는 것이 림프절이다.

쉽게 예를 든다면 하수관을 생각하면 된다.

림프는 하수, 림프관은 하수구관, 림프절은 하수가 모이는 정화 시설.

신체 내부에서 발생하는 노폐물들이 림프관을 따라 림프절로 들어가 정화가 되는데 두삼이 비만클리닉에서 녹이는 지방들로 이러한 림프절을 통해 소변으로 배출된다. 한데 림프절이 감당할 수 없는 노폐물이 들어가 쌓이게 되면 그로 인해 염증이 생기고 그를 치료하기 위해 백혈구와 림프구 수치가 증가하면서 붓게 되는 것이다.

물론 이건 림프액이 노폐물만 운반한다는 가정하에 말한 것이다.

림프는 혈관이 닿지 않는 곳에 영양을 운반해 공급하기도 한다.

한방색전술을 시행했음에도 효과를 보고 있지 못하는 지영훈 환자의 경우도 이 림프가 암세포에 계속 영양을 공급하고 있는 게 아닐까 의심하고 있었다.

"여기 목, 쇄골. 겨드랑이, 사타구니, 무릎 뒤 등 주로 신체의 접히는 부분에 분포되어 있어. 이렇게 만져보며 몽글몽글 잡히는 경우가 있는데……"

"큭! 아!"

이현직이 목과 어깨를 주무르자 카메라맨은 비명을 질렀다.

"엄살 피우지 마. 임파선을 제대로 관리하지 못하면 암으로 발전할 수도 있어."

"……"

암 치료 확률은 날이 갈수록 좋아지고 있음에도 여전히 두려운 단어인지 카메라맨은 딱딱하게 굳은 얼굴로 이현직이 하는 대로 가만히 있었다.

"다들 할 일 없을 때 지금 내가 하는 것처럼 천천히 문질러 줘요. 그러다 몽글몽글 만져지는 것이 있으면 바로 병원이나 한의원을 찾고요."

논쟁이 어느새 림프 마사지 강연장처럼 되었다. 이제수의 작은 아버지인 이현철도 못 말리겠다는 듯 그가 하는 양을 지켜본다.

식당에서 그의 행동을 가장 유심히 바라보는 건 두삼이었다.

그가 잘 아는 분야이기도 했고 이현직의 림프에 대한 깊이가 궁금했다.

솔직히 두삼이 림프에 대해 아는 건 평범했다.

환자들에게 안마를 해줄 때에도 배운 것에 짐작을 더해서 해주는 것이지 혈관이나 신경처럼 알고 림프를 문지른다고 할 수는 없었다.

'알고 문지르는 것 같기도 하고, 모르고 문지르는 것 같기도 하고.'

거리가 멀어서인지 목을 문지르는 그의 손동작이 잘 보이지 않았다. 다만 문지르는 부위가 일반적인 경우와 조금 달라 보이긴 했다.

옆에서 이제수가 툭 치는 느낌에 상념에서 깼다.

"계속 구경할 거야? 약초 깨끗이 씻어서 얼른 분류해야 해."

"아니, 가자."

카메라가 그를 찍고 있어 가까이 가지 못하는데 더 구경해 봐야 헛일이었다.

밖으로 나가 구석에 있는 수돗가로 가 따온 약초를 씻었다.

"물이 차가운 게 지하순가 보네?"

"응. 약초 씻는 물은 꼭 지하수를 써."

"근데 너희 작은 아버지 얼마나 오랫동안 림프 마사지를 하신 거야?"

"듣기론 내가 태어나기 전부터로 알고 있어. 직계든 방계든 여자를 제외하곤 대부분 집안일을 거들거든. 그래서 분가를 하더라도 대부분은 약초와 관련된 일을 하시는데 유독 작은 아버지만은 안마에 집중하셨대."

"타고난 재능 같은 게 있으셨나?"

"그건 아냐. 예전에 말씀해 주셨는데 약초 이름이 죽어도 외워지지 않더래. 농담인지 진담인지 모르지만 그때 여자를 막 주무르는 안마사를 보고 안마사가 되기로 결정하셨대."

"…농담이시겠지."

"나도 그렇게 생각해. 왜냐하면 정말 평생을 안마에 집중하셨거든. 젊었을 땐 유명한 사람들을 찾아가서 거기서 머슴까지 하며 배우셨대. 요즘도 유명하다는 마사지를 배우러 해외까지 나가서."

"대단하시네. 네가 보기엔 실력이 어떠셔?"

"개인적인 생각이지만 마사지로는 우리나라에서 최고가 아닐까 해."

"음, 그래……?"

"왜? 기분 나쁘냐?"

"아니. 오히려 기뻐. 기회가 된다면 여쭈어보고 싶은 게 있어서."

"집에 오시면 일주일 정도는 머무시니까 물어봐. 다만 일단 애기를 꺼내면 몇 시간은 꼼짝없이 얘기를 들어야 할 거다. 참! 매콤하고 자극적인 음식 좋아하시니까 들고 가면 반갑게 맞이해 주실 거야."

"몇 시쯤 주무시는데? 아무래도 촬영 끝나면 가봐야 하니까."

"그건 나도 모르겠다. 알아봐 줄게."

"부탁해."

이제수의 말처럼 손꼽히는 실력자이길 바라며 약초를 차가운 물에 약초를 씻었다.

이현직 때문에 점심은 1시간 정도 늦어졌다.

식사를 마치자마자 오후 일정을 위해 버스에 오르자 식사 준비를 위해 남았던 전철희와 유민기가 식사 준비가 얼마나 고됐는지에 대해 토로했다.

"난 다음엔 백두산에 채집을 간다고 해도 산에 따라갈 거야. 어떻게 물부터 해서 양파 자르는 것까지 일일이 잔소리를 하시는지 정말 당장 산으로 뛰어가려고 했다니까."

"저도요. 국이 아닌 속을 끓였다니까요. 순서가 정해져 있고 끓이는 시간까지 정확하게 맞춰야 했는데 실패하면 바로 다시 하라고 하더군요."

"후후! 그래서 그런가? 조금 싱겁긴 해도 맛있더라."

손석호는 고소하다는 듯 놀리며 말했다.

"당연하죠! 저희들의 피와 땀이 담겨 있는 건데요. 아무튼 음식도 어떻게 하느냐에 따라 보약이 될 수 있겠더라고요. 물론 다시 한다는 소린 아니고요."

"해본 사람이 계속해야 하지 않겠어?"

"절대 싫어요! 돌아가면서 해야 다들 음식 귀한 걸 배우죠."

"헹! 채집하면서도 귀한 걸 배우거든."

"아무튼 저는 차라리 굶으면 굶었지 저녁엔 안 할 거예요."

밥으로 티격태격하자 문 PD가 나섰다.

"저녁은 우리끼리 재료만 가지고 만들 겁니다. 물론 다 한 후에 심사를 받게 되겠지만요."

"…음식 할 때 뭐라 하는 건 아니죠?"

"네."

"휴우~ 다한 후에 뭐라 하는 건 상관없습니다. 근데 저희 지금 어디로 가는 겁니까?"

"이가한의원은 한 달에 하루 의료봉사를 하는데 거길 가는 겁니다."

"저희가 치료를 하는 건 아닐 테고, 뭘 해야 하죠?"

"한 선생은 같이 진료를 하면 되고 나머지 분들은 약초를 다리거나 질서 정연 하게 진료를 볼 수 있도록 도와주시면 됩니다."

"어디서 하는 거죠?"

"가보면 압니다."

문 PD는 말을 아꼈다.

차는 청주 시내의 한 대학 근처에 건물 앞에 섰다.

4차선 도로 좌우로 4, 5층 건물들만이 즐비한 곳이라 일행은 어리둥절해 했다. 하지만 선발대가 미리 도착해서 주차장에 촬영 준비를 마친 걸 보면 이곳이 확실했다.

손석호가 차에서 내리면서 중얼거렸다.

"…여기서 의료봉사를 한다고? 뭐가 있을 만한 곳이 아닌데?"

두삼 역시 의아해하면서 차에서 내렸다. 한데 내리면서 정면과 우측에 있는 건물에 붙어 있는 고시원 간판을 보고 어떤 이들에게 의료봉사를 하는지 알게 됐다.

"아! 고시원."

"응? 고시원이랑 의료봉사랑 무슨 관련이 있는데?"

흔히 고시원하면 학생들이 지낼 것이라 생각하겠지만 착각이다.

처음엔 그랬을지 모르겠다. 그러나 현실은 정부의 지원으로 근근이 살아가는 노인, 일용직 노동자, 외국인 노동자들이 대부분이었다.

자신이 고시원에서 지낼 때도 그보다 나이 어린 사람은 손에 꼽을 정도였다.

고독사하는 노인들도 종종 있어 총무였던 노대우는 매일처럼 살아 있는지 확인했을 정도였다.

"고시원에 의료 취약 계층이 많이 살거든요."

"에? 진짜?"

"아! 그러고 보니 고시원 화재 사고가 났다 하면 사망자 대부분이 중장년층이나 노인이었어요. …기사화되진 않았지만 가족들도 고시원에 사는지 몰랐다더군요."

아나운서였던 유민기가 기억이 난 듯 외치다가 쓸쓸하게 마무리했다. 그리고 그의 말을 들은 일행의 표정 역시 쓸쓸해졌다.

가정이 있고 가장으로 살아가는 이들이라 감정이입이 된 모양이었다.

"허허! 다들 표정이 왜 그러세요? 누가 보면 여러분들이 진료를 받으러 온 사람인 줄 알겠습니다."

갖가지 약탕기가 설치된 이가한의원 전용차를 타고 온 이현준이 눈치를 챘는지 너스레를 떨었지만 분위기는 가벼워지지 않았다.

무거운 분위기도 나쁘지 않다고 생각을 했는지 그는 각자에게 한 일을 정해줬다.

전철희와 유민기가 질서 유지를 담당했고, 손석호와 이경철이 약을 제조하는 걸 돕기로 했다.

진료를 하게 된 두삼은 이현준과 함께 천막으로 된 진료소 안으로 들어갔다. 두 명씩 앉는 두 개의 자리가 놓여 있었다.

"한 선생은 이현석 선생이랑 같이 교차 검증을 하면 되네."

이현석은 이현준의 바로 막냇동생으로 이가한의원이 TV 출연을 결심하게 된 원인이 된 사람이기도 했다.

"교차 검증이요?"

"같은 환자를 보고 각자 처방을 내리고 비교를 하는 거라네. 우리 집안 전통이지."

전통이라기보단 후계자를 키울 때 실력 확인을 위해 그렇게 하는 것 아닌가?

어쩌겠는가. 이가한의원에 왔으니 그 법도를 따를 수밖에.

이현석의 옆자리에 앉자 그는 빙긋 웃으며 말했다.

"진의모의 검증 테스트 동영상 봤는데 굉장한 실력이던데. 잘 부탁해, 한 선생."

"저야말로 잘 부탁드립니다."

"혹시나 해서 하는 말인데 날 의식해서 대충 하진 말아줘. 내 실력은 형님과 달리 약초 쪽, 특히 난임 쪽으로 많이 치우쳐져 있어. 앞으로 독립해서 제대로 하려면 열심히 배워야 해."

진짠가? 아님 겸양의 말인가? 어떻게 해야 할지 더 헷갈린다.

다만 중년의 나이에 스스로의 부족함에 대해 아들뻘이 자신에 말하는 것을 보면 상당히 깨어 있는 사람임에는 틀림없었다.

문득 난임이라는 말에 공동희에게 들은 바가 있어 아는 척을 해봤다.

"요즘 불임전문병원을 해도 괜찮다고 하던데요."

"나도 그렇다고 들어서 나름 알아봤는데 정부 지원금을 신청할 수 있어야 하더라고. 아무런 경력도 없는 내가 가능한 일이 아니지. 그래서 병행하다가 기회가 되면 그때 신청해 보려고."

"…그러시군요."

하긴, 정부 돈이 아무리 눈먼 돈이라고 해도 그 돈을 아무나 가질 수는 없었다. 실력이 있거나, 실적이 있거나 그것도 아니면 백이라도 있어야 했다.

'실력이 어느 정도인지 나중에 제수에게 물어봐야겠다. 잘하면 병원이나 이 선생님이나 서로 윈윈할 수 있을지도.'

인공수정 분야는 어쩔 수 없지만 난임과 불임을 꼭 서양의학만으로 치료해야 하는 건 아니었다.

"내가 먼저 진맥을 할게."

"예, 선생님."

사람들이 들어오기 시작했기에 불임에 관한 생각은 잠시 뒤로 미루고 환자에 집중했다.

65. 간절히 원하면
간절히 노력해라

한강대학병원에서도 의료봉사 활동은 센터별로, 과별로 분기 혹은 년 단위로 상당히 많이 이루어지고 있다. 한데 두삼은 단 한 번도 참여한 적이 없다.

　민규식 원장의 지시로 틈틈이 형편이 어려운 환자를 돕기도 했지만 사실 공중보건의를 하면서 생긴 트라우마 때문이었다.

　피치 못할 상황이 아니면 병원 외부에서 의료 행위를 주저한 다고 할까.

　한데 사랑의 상처를 새로운 사랑으로 치유하듯이 환자를 보면서 생긴 상처 역시 환자를 통해 치유가 되는 모양이었다.

　"고맙습니다. 고맙습니다. 콜록!"

　연세보다 더 나이 들어 보이는 70세의 노인은 불편한 다리로 절뚝거리면서 연신 고맙다고 고개를 숙이며 천막을 나간다.

그 모습을 물끄러미 바라보는 두삼의 표정은 다소 복잡했다.

할아버지가 생각나기도 하고 왜 의료봉사를 피했을까 하는 자책감도 들었다.

구더기 무서워 장 못 담근다더니 딱 그 꼴이다.

'앞으론 틈틈이 해야겠어. 예전의 순진했던 내가 아니잖아.'

웬만한 문제가 발생해도 이제 해결할 자신이 있었고, 부족하다면 받쳐줄 사람들도 제법 있었다.

"큼!"

이현석의 헛기침에 정신을 차렸다.

"아! 죄송합니다."

"괜찮아. 근데 방금 그 환자 기침을 멈추게 할 때 풍지혈을 눌렀지?"

"네, 그렇습니다."

"젊은 사람이 대단해. 풍지혈이 기침에 좋은 혈자리라고 해도 잠깐 만져서 대번에 기침을 멈추게 하다니 말이야."

"…일시적으로 기침을 멈추게 한 건데요."

"일시적으로도 안 되니 하는 말이지."

혈을 만지며 따뜻한 기운을 혈과 폐에 불어넣어서 가능한 일이긴 했다.

간단한 조치를 할 때마다 이렇게 나오니 민망했다. 그래서 얼른 처방을 적었다.

"제 처방은 이렇습니다. 기침은 폐가 약하니 산약을 포함시키고, 소양인이니 신장을 좋게 하는 숙지황과 산수유를 각 7.5그램, 택사, 목단피, 백복령 각 5.5그램을 이용하겠습니다."

"의학정전에 나오는 육미지황탕이군."

의학정전은 명나라 우단이 지은 종합 의학책으로 동의보감이나 사암침법에 큰 영향을 끼쳤다.

"네. 다른 곳도 좋지 않지만 유독 폐와 신장이 좋지 않아서 선택했습니다. 선생님은요?"

"전체적으로 허약하니 그게 더 나을 것 같아서 난 육미지황탕에 오미자를 더했어."

"오미자를 더하면… 뭐였더라?"

전에 본 적은 있는데 기억이 나지 않았다.

사실 한강대학병원에서 근무를 하면서 몸을 보하는 한약은 많이 지었지만 아픈 부위를 낫게 하는 약의 경우 한약보다 한방 생약이라고 불리는 양약 처방을 더 많이 했다. 그러다 보니 아무래도 한약 처방에 대한 것들은 등한시할 수밖에 없었다.

"장중경의 저서인 상한론에 나오는 처방이야."

"아! 상한론의 신기환!"

"맞네. 이제마 선생님은 소양인의 약은 포(炮), 자(炙), 초(炒), 외(煨)를 해서는 안 된다고 하셨지."

포(炮), 자(炙), 초(炒), 외(煨).

한마디로 약재에 열을 가하지 말라는 뜻이다.

진맥은 이현석보다 낫지만 처방에 대해 몇 수 아래임을 인정할 수밖에 없었다.

"처방에 대해서는 선생님께 제대로 교육을 받아야 할 것 같습니다."

"하하! 한 선생 처방도 괜찮았는데 욕심도 많군. 솔직히 자네에게 망신당하지 않으려고 수십 개의 처방을 떠올리며 몇 번의 검증을 한 후에 적고 있어. 자자! 얘기는 나중에 하고 진료나 하세."

20대 초반의 동남아시아 남자가 어색한 말투로 인사를 하고 앞자리에 앉았다.

"손 좀 줘보실래요?"

그의 말처럼 일단은 진료에 집중했다.

진료실에서 처방전을 내면 처방전에 따라 약탕기 차에선 한약을 끓이고 포장했다. 대부분은 간단한 병세였기에 간단히 몸을 보할 수 있는 약이면 충분했다.

화기애애한 분위기에서 진행되던 의료봉사는 얼굴에 잔뜩 피멍이 든 노인의 들어오면서 바뀌었다.

조심스럽게 발을 내딛을 때마다 움찔거리고 인상을 쓰는 모습이 왠지 많이 아파보였다.

아무래도 내부에 이상이 있는 것 같았기에 얼른 나섰다.

"제가 보겠습니다. 어르신, 이쪽으로 오십시오."

두삼은 노인의 행동 하나하나를 살피며 자리에 앉길 기다렸다.

얼른 맥을 잡아보고 싶지만 문진이 우선이었다.

"많이 다치신 것 같은데 어떻게 된 거죠?"

"…계, 계단에서 굴렀어요."

거짓말이다. 주먹에 맞은 상처다.

계단에서 굴러 눈에 저렇게 피멍이 생길 정도면 계단 모서리에 정확히 부딪혀야 하는데 그렇다면 운이 좋았다고 해도 안면 전체가 부서졌을 것이다.

일단은 심증이었기에 모른 척했다.

"그러시군요. 다른 아픈 곳은 없으세요?"

"…여기 옆구리랑 배가 움직일 때마다 아파요."

"여기요?"

"악! 거, 거기요."

아주 살짝 닿았는데 비명을 지르는 노인.

"진맥 좀 해볼게요."

짧은 순간 만졌지만 노인의 반응이 심상치 않았기에 바로 기운을 노인의 몸속에 넣었다.

'도대체 어떤 미친놈이 이렇게까지 사람을 팬 거야?'

갈비뼈 두 개가 금이 가고 두 개가 골절이 됐는데 그중에 하나가 간을 살짝 찌르고 있었다.

거기에 내부 장기에 약간의 출혈까지.

내부의 상처를 보면 분명 주먹으로 때린 흔적이 분명했다.

"지금부터 움직이지 마세요. 심하게 움직이면 갈비뼈가 간을 찌를 수 있습니다."

"……."

"이 선생님 혹시 구급용 들것 있습니까?"

"응. 차에 있을 거야."

"그럼 가지고 와서 이 환자 눕혀주시겠어요? 전 잠깐 PD님이랑 얘기 좀. 걱정 마세요. 병원에 가면 별일 아니니까."

안절부절못하는 노인을 다독여 준 후 문 PD에게 갔다.

"많이 안 좋아요?"

"부러진 갈비뼈가 간을 찌르기 직전이에요. 당장 병원으로 가야 해요."

"계단 구른 거 아니고 맞은 상처죠?"

문 PD도 눈치를 챈 모양이다. 고개를 끄덕이며 낮은 목소리로 말했다.

"자꾸 불안한 시선으로 문 쪽을 바라보는 게 아무래도 때린 사람이 근처에 있는 것 같아요. 그러니 일단은 계단에 구른 걸로 하고 병원으로 보내야 할 것 같아요."

"알았어요. 그건 내가 알아서 하죠."

"그리고 병원비가 없어서 병원을 못 간 것 같은데 노인분 병원비는 제가 낼게요."

"그런 걱정 말아요. 이런 일 있을 것 대비해서 제작비 넉넉히 받아놨으니까. 그리고 촬영 얘기를 하면 병원에서 알아서 해줄걸요."

하긴 병원 입장에선 병원비보단 홍보가 되는 게 훨씬 이익일 것이다.

문 PD는 곧장 119를 불렀고 5분도 되지 않아 구급대원들이 도착했다. 문 PD는 촬영 스태프 일부가 노인을 따라가는데 같이 가라고 말했다.

"한 선생, 같이 가요."

"저보다 형들 중 한두 명이랑 이가한의원 사람들이 가는 게 나을 것 같은데요."

"음, 봉사의 주체가 이가한의원이니 이 선생님이 가는 게 그림이 더 낫긴 하겠네요."

결국 이현준과 이제수, 손석호가 환자를 따라갔다.

119구급차가 오고 스태프들과 출연진들이 같이 병원으로 향하다 보니 촬영장은 순간 어수선해졌다. 그러나 아직 봐야 할 사람이 몇 명 남았기에 분위기를 다잡고 다시 진료를 시작하려 했다.

하지만 다시 시끄러워졌다.

"내 몸은 내가 잘 알아! 진료는 됐고 건강에 좋은 보약이나 두서너 달치 해달라고!"

"이봐요! 여기 촬영 중인 거 안 보여요?"

"난 눈깔이 없는 줄 알아? 보여, 보이니까 온 거 아니겠어? 몸에 문신이 있다고 왜 사람 차별해?"

"자꾸 이런 식으로 나오면……."

"경찰? 불러! 불러보라고 이 새끼야!"

'동네에서 내가 제일 목소리가 큰 개야!'라고 말하는 듯 크게 짖는 소리가 들렸다. 사람들이 말려봐야 가해자들이 큰소리치기 쉬운 법과 인권이라는 울타리 안에서 짖기를 멈추지 않았다.

"아! 동네 양아치 새끼들 진짜! 야! 뭐해? 당장 경찰 불러. 그리고 당신 도대체 뭐야? 뭔데 다짜고짜 와서 행패야?"

문 PD가 호기롭게 외치며 나갔다. 그러나 두삼이 보기엔 말이 통하지 않는 상대에게 역효과만 불러일으킬 뿐이었다.

"너 이 새끼, 잘하면 치겠다? 쳐봐! 쳐보라고 이 새끼야."

"허어~ 이 사람이."

"쳐보라고, 이 씹새야! 왜 막상 치려니 겁나냐? 응? 쳐보라니까?"

두삼이 천막 진료소에서 나왔을 땐 온몸에 그려진 문신을 보란 듯이 웃통을 깐 채 문 PD에게 다가간 중년의 깡패가 뒷짐을 진 채 몸으로 툭툭 문 PD를 밀 때였다.

제일 먼저 두삼이 본 건 뒷짐을 진 남자의 손.

아까 그 노인을 그 지경까지 때렸다면 때린 사람의 손 역시 흔적이 남을 수밖에 없다.

'저 작자가 맞네.'

사실 깡패에 대해서는 119에 노인을 실을 때 알고 있었다. 불안한 표정으로 연신 사람들 틈에 있는 그를 보는데 어찌 모를까.

말하면 각오하라는 듯 주먹까지 들어 올리는 걸 봤지만 그가 진짜 노인을 때렸는지 확신이 필요했다.

'지금 하는 꼬락서니를 보니 그럴 필요도 없겠어.'

그가 어떻게 살아왔는지 어떻게 살 것인지 너무 빤히 보였다.

물론 그렇다고 해서 자신과 아무 연관도 없는 노인을 때린 것에 때문에 깡패에게 3종(?) 선물 세트를 줄 생각은 없었다. 그저 경찰에 신고는 할 생각이다.

다른 사람이 그의 기세에 눌려 머뭇거리고 있었기에 두삼이 나섰다. 그의 어깨를 살짝 잡으며 이왕이면 좋게 해결되길 바라는 마음에서 부드럽게 말했다.

"이러지 마세요. 원하는 보약은 지어드리겠습니다."

한데 어깨에 손을 댄 것이 싫었을까, 아님 이미 심사가 뒤틀렸을까 그가 휙 돌면서 팔꿈치를 휘둘렀다.

설마 이렇게 다짜고짜 공격해 올 줄은 생각도 못하고 있었다.

빠악!

상당한 충격에 몸이 휘청하며 뒤로 물러났다.

각성을 하면서 미친 듯이 좋아진 동체시력과 움직임으로 살짝 고개를 숙여서 머리로 받아서 다행이지 관자놀이나 얼굴에 맞았으면 찢어졌을 것이다.

"이 씨발! 누구 몸에 손을 대는 거야! 제법 맷집이 있나 본데 언제까지 버티나 보자."

일단 공격을 하고 나니 폭력성이 눈을 뜬 건지 미안한 감정은 커녕 눈에 살기를 띤 채 다가왔다.

'간만에 열받게 만드네.'

경찰을 부른 것 같지만 도착하려면 시간이 걸릴 터. 맞서서 제압을 하는 수밖에 없다고 생각하고 자세를 잡으려는데 문 PD가 외쳤다.

"뭣들 해. 말려!"

말이 떨어지게 무섭게 덩치 좋은 스태프들이 달려들어 그의 팔을 잡거나 허리를 감싼다.

"어라? 이 새끼들, 이거 안 놔? 한번 해보자는 거야? 놔! 놓으라고 이 씨발 새끼들아!"

그는 정말 미친 듯이 날뛰었다. 그러다 보니 자연 잡고 있는 사람들에게 피해가 조금씩 가고 있었다.

'정말이지… 사람이 아니라 병 같은 존재구나.'

자신과 관계가 없다고 생각했는데 저런 인간은 존재 자체가 민폐였다.

결심한 두삼은 다가가 그의 팔을 잡아 뒤로 잡아챘다. 이미 맞았으니 다소 거칠게 했다.

"악! …뭐, 뭐야?"

움쩍달싹도 하지 못할 만큼 강한 힘에 그도 놀란 모양이다.

"진정 좀 하죠."

"너희들이 이러는데 내가 진정하게 생겼어? 앙! 이익! …이 새끼 힘 좀 쓰나 본데."

"그쪽이 힘이 없는 것 같은데요."

두삼은 붙어 있는 이들에게 자신 혼자 충분하다고 눈치를 줘서 떨어지게 했다.

"넌 오늘 내 손에 죽… 죽……."

그가 뒷발질과 뒤로 헤딩을 하려고 할 때마다 살짝씩 중심을 무너뜨렸다.

"…잠깐 팔 좀 놔봐."

"얌전히 물러날 겁니까?"

깡패는 옴짝달싹할 수 없음을 깨달았는지 목소리를 한 톤 낮췄다.

"알았으니까, 놔."

"진짭니까?"

"진짜야! 가만히 있을 테니까 놓으라고."

두삼은 그의 손을 놔준 후 살짝 물러나며 그의 공격을 대비했다.

"이 새끼, 너 오늘 죽었어!"

아니나 다를까 그는 휙 돌아서자마자 주먹을 날렸다.

이미 물러나 있었기에 그의 팔을 허공을 때렸다. 한데 자신의 힘을 주체를 못했을까 허리가 좀 과하게 돌아갔다.

드득!

"으윽! 허, 허리가……."

그는 때린 자세 그대로 바닥을 뒹굴었다.

"……?"

사람들은 잠시 의아해했다. 곧 그가 허리를 다쳤음을 깨달았는지 고소하다는 표정을 지었다. 그때 문 PD가 다가와 걱정스러운 듯 물었다.

"한 선생, 괜찮아요?"

"약간 멍하긴 한데 괜찮습니다."

"날 위해 나서준 건 고맙긴 한데 다음부터 나서지 말아요. 그러다 다치기라도 하면 어쩌려고요."

"하하… 급한 마음에 그건 생각 못 했네요."

"아무튼 고마워요. 근데 저 사람은 어떻게 해요?"

"119에 연락을 해야 하지 않을까요? 그리고 아까 노인을 때린 사람도 저 사람인가 본데 경찰도 오라고 해야 할 것 같은데요."

"경찰은… 왔네."

사이렌을 울리고 도착한 경찰. 상황을 보고 대충 짐작을 한 것 같은데 매뉴얼대로 물었다.

"어떻게 된 겁니까?"

"저 사람이 다짜고짜 와서 행패를 부렸습니다. 맞은 사람들도 많고요."

"아냐! 저 자식들이… 큭! 나, 날 먼저 쳤어. 으윽!"

뻔뻔스럽게 거짓말을 하다가 허리가 아픈지 입을 다물고 끙끙

거렸다.

그는 양치기 깡패였는지 경찰은 코웃음만 쳤다.

"행여나 그랬겠습니다. 이런 일이 한두 번이어야 믿죠. 왜 요즘은 잠잠하나 했습니다."

문 PD는 구구절절 설명하는 대신 녹화된 영상을 보여줬고 그걸로 끝이었다.

"근데 저 양반 왜 저러고 있습니까?"

"허리를 삐끗한 것 같습니다. 119에 연락했으니 병원에 먼저 가야 할 겁니다."

"…고루고루 하네요. 혹시 피해 입은 것이 있으면 말해주십시오. 철저하게 조사하겠습니다."

채널H 방송에서 예능은 불모지일지 모르나 뉴스 방송을 하고 있어 경찰과 검찰에 영향력이 컸다.

"저희야 신고할 정도는 아닌데 조금 전에 노인 한 분이 갈비뼈 골절과 타박상으로 입원을 했는데, 아무래도 맞은 상처 같습니다."

"조사하겠습니다. 쯧!"

경찰들은 문 PD가 뭘 말하려는 건지 알아들은 듯 깡패를 보고 혀를 찼다.

119가 도착해 깡패를 싣고 가고 나서야 촬영장은 다시 조용해졌다.

촬영 시작 직전 유민기가 걱정스레 물었다.

"아까 그 깡패 다시 와서 행패를 부릴 것 같지 않냐?"

"내가 생각하기엔 그러지 못할 것 같은데."

"하긴 폭력까지 휘둘렀으니 오늘 중으론 나오지 못하겠구나. 수고해라. 난 한약 잘 끓고 있나 보러 간다."

"그래."

자신의 말을 오해했지만 정정하진 않았다.

그는 이제부터 평생 약자로 살아야 할 것이다.

허리는 물론 서서히 힘이 빠져서 숟가락도 겨우 들 정도로 약한 약자로.

                    *   *   *

지이이이익!

이틀째 촬영이 끝난 늦은 시간, 카페 겸 식당에서 맛있는 소리와 냄새가 퍼졌다.

어젠 이현직이 이가한의원 사람들과 늦게까지 술을 먹느라 얘기할 기회가 없어서 오늘 그를 만나기 위해 음식을 하고 있었다.

"얘기는 잘 되나 모르겠네."

자신이 음식을 준비하는 동안 이제수가 이현직을 설득해 이곳으로 보내기로 했다.

성공을 했는지 음식을 거의 다 완성시켰을 때쯤 문이 열리며 이현직이 들어왔다.

"으흠~ 매콤한 냄새. 여기 와서 싱거운 음식만 먹었더니 식욕을 자극하는군. 조카가 하도 가보라고 해서 어쩔 수 없이 왔네만 오길 잘한 것 같군."

"밤늦게 번거롭게 해서 죄송합니다."

"괜찮아. 안 그래도 술이나 한잔할까 했거든. 음식을 보니 술은 준비되어 있겠구먼."

"좋아하신다는 술로 준비해 뒀습니다."

"좋아! 좋아! 참! 조카 친구니 말 놔도 되지?"

"물론입니다. 앉으세요. 다 됐습니다."

매콤한 주꾸미 볶음, 숙성 회, 시원한 조개탕을 식탁으로 옮긴 후 자리에 앉았다.

"한 잔 따라보게."

"네, 선생님."

"면허도 없는데 선생님은 무슨. 그냥 편하게 아저씨나 삼촌이라고 불러."

"…삼촌이라고 부르겠습니다."

"그러든지. 크으~ 좋다. 쩝쩝! 음식 솜씨가 좋네. 의사가 아니라 요리사라고 해도 믿겠어."

"맛있는 음식을 해서 맛있게 먹는 걸 좋아해서요."

"하하하! 맛있게 먹는 게 중요하지. 맛있게 먹는 음식이 보약이거든. 이 고지식한 집안사람들은 그걸 모른단 말이야. 참! 첫 방송 같이 본다고 들은 것 같은데 여기 있어도 되나?"

2시간 전에 출연자들끼리 모여서 방송을 봤다.

사실 촬영할 때 딱히 재미있었던 기억이 없어서 별 기대 없이 보기 시작했는데, 1시간 10분이 순식간에 지나갔을 만큼 재미있게 봤다.

전체적인 분위기는 자극적이지 않고 편안했다. 그리고 편집과 자막을 통해 한 사람, 한 사람의 캐릭터를 만들고 피식 웃음 짓게 만들었다.

지나치게 잘 포장되어 약간 민망하기까지 했다.

아무튼 방송을 보는 내내 출연진 모두는 문 PD의 능력을 침이 마르게 칭찬을 했다.

"벌써 보고 다들 자고 있습니다."

"그래? 난 TV는 내 취미가 아니라서. 아무튼 맛있게 먹겠네."

두삼은 이현직이 만족할 만큼 먹기를 기다렸다. 그리고 음식의 절반 정도 먹었을 때 그가 물었다.

"조카에게 듣자 하니 궁금한 것이 있다고?"

"그렇습니다."

"안마에 관해선 이미 수준급이라 들었는데 나 같은 늙은이가 답해줄 것이 있을까 걱정이군."

"아직 많이 부족합니다."

"하긴 끝이 있을까. 먹은 값은 해야겠지. 묻게."

"조금 어이없는 질문일 수 있는데 혹시 림프관이나 절이 보이십니까?"

"······."

이현직은 정말 어이가 없었는지 눈을 크게 뜬 채 말을 하지 못했다.

"···역시 황당한 질문이죠?"

"아, 아니, 황당해서가 아냐. 그저······."

그는 말을 멈추고 자신을 뚫어지게 쳐다봤다. 그러고는 뭘 봤는지 갑자기 크게 웃기 시작했다.

"하하하핫하하하하! 그랬군. 그랬어. 어쩐지 낯이 익다 했더니만. 왜 진즉에 몰랐을까. 하하하핫!"

"······?"

"하하하! 웃어서 미안허이. 일단 대답부터 해주자면 보지 못한 다네."

"···그렇군요."

짐작은 했다.

사실 자신과 같은 능력을 가진 사람은 세계적으로 봐도 소수에 불과할 것이다. 그리고 그중 능력을 자각하고 의료에 종사하는 사람까지 생각하면 한없이 제로에 가까울 것이다.

그래도 약간 기대를 하고 있어서인지 실망감이 드는 건 어쩔 수 없었다.

이현직은 두삼의 마음을 알았을까 미소를 지은 채 말을 이었다.

"다만 보려고 부단히 노력한다네. 그 덕분일까 언제부턴가 손끝으로 느껴지더군. 본다고 할 순 없지만 느낌으로 안달까."

"설명이 불가능하겠군요?"

"하하하! 맞아. 과학적으로 증명할 수도 없어. 그저 환자의 상태가 좋아지는 걸로 짐작하는 것에 불과해."

"죄송한 부탁입니다만, 혹시 제 몸에 시범을 보여주시면 안 될까요?"

"크하하하! 자넨 과거의 나와 똑같은 질문을 하는군."

"···네?"

"내가 자네 나이보다 조금 어렸을 때였을 거야. 안마를 제대로 배우고자 스승을 찾아 전국을 헤맬 때였지. 그러다 엄청난 실력자가 있다는 얘길 듣고 찾아갔지."

그는 술잔을 든 채 빙글빙글 돌리며 옛 이야기를 꺼냈다.

"소문은 과장되게 마련인데 그분은 소문이 오히려 과소평가되었더군. 어떤 위급한 환자도 그분의 손길이 닿으면 좋아지는데 마법 같았지. 그것도 굉장히 짧은 시간에 말이야. 솔직히 보고도 믿기지 않았어. 그래서 물었지."

"내부가 보이냐고요?"

"하하! 맞아."

"역시 보이지 않는다고 했겠죠?"

"땡! 틀렸네. 보인다고 했네."

"……!"

그가 말하는 사람이 왠지 할아버지 같다. 하지만 모를 일이라 일단은 그의 말을 경청했다.

"그래서 가르쳐 달라고 간청했지. 한데 가르친다고 되는 일이 아니라 하시더군. 그에 내가 세상 무너진 듯한 표정을 짓자 안마를 포기할 거냐고 묻더군. 난 당연히 아니라고 대답했지. 그랬더니 한 말씀 해주셨지. 뭐라고 했는지 아나?"

"글쎄요."

"간절히 바라면 간절히 노력하라고 하셨네."

"간절히 바라면 간절히 노력하라……."

할아버지에게 어릴 때부터 수없이 들었던 얘기다.

한데 그걸 잊고 쉬운 길을 찾으려 하다니. 살 만해지고 여기저기서 잘한다고 하니 우쭐해진 모양이다.

"당시 워낙 바빴던 분이라 오랫동안 배우지 못했지만 내 평생의 이정표가 된 말이야."

"…제게도 그 말을 해주셨던 할아버지가 계신데 잠시 망각하고 있었나 봅니다."

"할아버지가 혹시 악양의 명의였던 한에 언 자 수 자 쓰셨던 분 아니냐?"

"맞습니다."

"역시 그랬어. 그분의 손자를 이곳에서 보게 될 줄이야. 하하하!"

"말씀 중에 할아버지 얘기가 아닌가 했습니다."

"그 같은 실력을 가진 분은 흔치 않지. 돌아가셨다 얘길 듣고 몇 년 후에 듣고 찾아갔는데 아무도 없어 명맥이 끊겼나 했어. 한데 한 선생으로 명맥이 이어지다니 천만다행이야."

"누가 되지 않게 열심히 해야죠."

"당연히 그래야지. 언제더라. 그게 조금이라도 더 배우고자 자네 할아버지 집에서 일을 하면서 머물 때였지. 아주 추운 날이었는데……."

이제수의 말처럼 이현직은 말이 참 많았다.

그는 힘들게 안마를 배우는 과정을 세 주전자의 술을 비우고 안주가 바닥날 때까지 했다. 한데 두삼은 그 얘기가 지루하지 않았다.

가끔씩 그의 이야기 속에 자신이 모르는 할아버지가 등장했기 때문이다.

이기한의원에서의 밤은 그렇게 깊어갔다.

　　　　*　　　　　*　　　　　*

　감나무 밑에서 입을 벌리고 있었던 자신의 모습을 자책하며 간절히 바라면 간절히 노력하라는 할아버지 말씀을 따르기로 했다.

　설령 각성이 되지 않더라도 노력하는 것만큼 얻을 수 있을 테니 절대 손해 보는 짓은 아니었다.

　똑똑!

　노크 소리와 함께 이준호가 들어왔다.

　"선생님, 저 찾으셨다고요?"

　"그렇긴 한데 전화로 해도 되는 얘긴데 왜 직접 왔어?"

　"에이~ 거리가 얼마나 된다고요. 선생님 새로운 진료실도 구경할 겸해서 왔습니다. 이야~ 좋네요."

　"다른 진료실이랑 별 차이도 없는데, 싱겁긴. 마실 거라도 줄까?"

　"아뇨. 출근할 때 커피 마시고 왔습니다. 참! 어제 방송 잘 봤습니다. 진짜 재미있더라고요. 그리고 선생님 개멋있게… 아! 죄송합니다. 진짜 멋있게 나오던데요."

　"훗! 멋있게 나온 건 담당 PD가 편집을 잘해서 그런 거지 내가 잘해서가 아냐."

　"원래도 멋있으신데요, 뭐. 아무튼 방송 대박 나길 바라겠습니다."

　"고맙다. 널 찾아간 건 다른 게 아니라 오후 3시부터 5시까지 시간이 좀 남아서 안마를 할 수 있을까 해서."

"에? 굳이 왜? 엄청 바쁘셨는데 그냥 쉬시죠."

"좀 알아볼 게 있어서."

"그리고 하시려면 그냥 하시면 되지. 왜 저한테 허락을 받으세요? 하하!"

"안마실 환자 배정 네가 하잖아. 그러니 당연히 네 허락을 받아야지."

"에이~ 관리 책임자는 선생님이시잖아요. 아무튼 하신다면 안마사들 쉴 틈이 생기는 거니까 싫어할 이유가 없죠."

"일이 생기면 못할 때도 있을 거야. 그럴 때 아침에 미리 말해 줄게."

"선생님 때문에 빠지는 사람들은 따로 배정 안 할 테니까 바쁘시면 하다가 빠져도 상관없어요."

"그건 알아서 하고 오늘부터 부탁해."

"옙! 오시면 바로 하실 수 있도록 해두겠습니다."

쇠뿔도 당긴 김에 빼랬다고 하루라도 일찍 시작하기로 했다.

덕분에 약간 한가해졌던 시간은 다시 빡빡하게 돌아갔다.

8시부터 9시 20분까지 암센터서 한방색전술을 시행하고, 9시 30분부터 12시까진 뇌전증 치료를 했다. 그리고 점심을 먹고 난 후 암센터에 다시 가서 맡고 있는 환자들을 보고 다시 색전술.

중간, 중간 일이 있을 땐 급한 것부터 해결한 후 5시부터 이치열과 같은 담당 환자들을 본 후에 해결했다.

막 뇌전증 환자들을 치료하고 점심을 먹으러 가려 할 때 일정에 변화가 생겼다.

"한 선생님, 김영태 선생님이 끝났으면 연구실로 오라고 하셨어요?"

"김 선생님이요? 뭔가 안 풀리는 게 있으신가? 전 간호사님, 죄송해요. 점심은 다음에 해야겠네요. 오늘은 이 카드로……."

"됐어요. 애들 버릇 나빠져요. 알아서 먹을 테니까 선생님이나 굶지 말고 꼭 챙겨 드세요."

카드를 내밀었던 손이 민망해 다시 한번 권했지만 전경희 수간호사는 쌩하니 가버린다.

뇌전증 치료제 개발에 대한 정보를 준 지 거의 1년.

뇌전증에 효과를 보이는 대마에 들어간 성분과 복분자에 들어간 성분을 추출하는 데 성공을 했다는 소식을 들은 것이 8개월 전이다.

당시만 해도 당장 성공을 할 것처럼 들떴었다. 그러나 막상 추출된 두 개의 성분을 비율대로 먹어도 효과가 없었다.

그 때문에 지난겨울 병원에 와서 연구실을 한참 들락거리며 대마와 복분자, 그리고 만들어진 약을 복용해야 했다.

그에 어떤 특정 성분으로 인해 발생한 호르몬이 두 개의 성분을 몸속에서 결합시켜서 약효를 낸다는 결론을 내렸다.

사실 움직임을 찾아내 결론을 내렸지만 특정 성분이 뭔지, 발생한 호르몬이 뭔지는 자신도 몰랐다.

그걸 밝혀내는 건 연구원의 몫이었는데 적어도 2, 3년은 걸릴 것이라는 게 김영태 교수의 판단이었다.

"선생님, 저 왔습니다."

연구실 내에 있는 김영태 교수의 방으로 들어가자 언제나처럼 독특한 커피 향이 반긴다.

"어서 와, 한 선생. 커피?"

"아뇨. 점심 먹고 마시겠습니다."

"아! 벌써 점심 땐가? 얘기가 길어질 것 같으니 점심 먹으면서 얘기할까?"

"그러시죠."

얼마 전에 새로 생긴 조용한 한식당으로 갔다.

"음, 분위기는 괜찮은 같은데……."

"두어 번 와봤는데 음식 맛도 괜찮습니다."

"음식 맛도 맞이지만 새로 생긴 곳은 조심해야 해. 교수들이 괜히 가는 곳만 가는 게 아니라네."

정보 유출이 걱정되는지 김영태 교수는 속삭이듯 말했다.

평소 그답지 않게 약간 긴장한 표정으로 정보에 대해 신경 쓰는 것이 치료제 개발이 상당히 진척되었음을 알 수 있었다.

그의 말처럼 다른 곳으로 옮겨야 하나 싶었는데 루시 말이 들려왔다.

―도청 장치 없어요.

루시가 그렇다면 그런 것이다.

"걱정 안 하셔도 됩니다. 제 주변에 정보 유출에 극도로 예민한 사람이 있어서……."

"그렇다면 다행이고."

―하란 님이 예민하긴 하죠.

너! 루시, 너!

김영태 교수가 없었으면 소리쳤을 것이다.

미친놈이 되고 싶지 않았기에 자리에 앉아 음식을 주문했다. 그리고 음식이 나온 후에 김영태 교수가 나지막이 말했다.

"지난겨울 자네가 연구실에 다녀간 뒤 연구 팀은 성분을 분석하고 기존에 나와 있지 않은 물질은 추출하기 위해 부단히 노력했다네. 그리고 지난달에 몇 개의 성분을 추출하는데 성공했지."

"고생하셨네요."

"고생은 연구원들이 했지. 아무짝에도 쓸모없을지 모르는 성분을 배양했어야 하니까. 아무튼 난 그 몇 개의 성분으로 실험에 들어갔다네."

말을 하면서 흥분이 되는지 그는 상기된 얼굴로 물을 마신 후 말을 이었다.

"기존에 만들었던 두 개의 성분과 섞어보려고 했지만 어떤 것도 섞이지 않았네. 실망도 잠시, 문득 자네가 했던 말이 떠오르더군."

"…제가 무슨 말을 했던가요? 솔직히 무슨 말인지 기억이 나지 않네요."

"인체 내부에서 세 개의 성분이 합쳐져 새로운 물질을 만든다는 것 말일세."

정확하게는 미지의 한 성분이 뇌를 자극하고 그에 분비된 호르몬이 대마와 복분자의 성분과 합쳐져 뇌전증을 치료한다고 했었던 것 같다.

느낌을 얘기한 건데 그걸 염두에 두고 있을 줄은 몰랐다.

"그래서 현재 나와 있는 호르몬제를 이용하여 섞었더니 네 성분이 합쳐지더군. 우연의 산물이랄까. 이것이 바로 그 결과물인 KH0023—9.0일세."

김영태 교수는 작은 비닐봉지를 탁자 위에 올려놨는데 그 안에는 하얀색 알약이 십여 개 담겨 있었다.

KH0023—9.0

KH0023은 김영태 교수 이름과 자신의 이름을 합쳐서 만든 것이고 뒤에 적힌 9.0은 버전으로 아홉 번째 완성품—일곱 번은 두삼이 참여하기 전에 만들었던—이라는 뜻이다.

굉장히 쉽게 만든 이름과 달리 완성품은 김영태 교수의 수십 년 숙원이었다. 그래서인지 알약을 보면서 말하는 김영태의 눈빛은 애틋해 보였다.

"테스트는 해보셨습니까?"

"동물실험으로 해롭지 않다는 것을 파악했어. 물론 지금도 다방면으로 하고 있기도 하고."

"임상 시험은… 하긴 이제 유해성 검사를 하는데 했을 리가 없겠네요."

"그게……."

머뭇거리는 걸 보면 했나 보다.

절차를 무시하고 사람을 상대로 시험을 하는 건 문제의 소지가 있었다.

물론 신약을 개발하는 입장에선 임상 시험 전에 알게 모르게 많은 시험을 한다.

"해롭지 않다는 결과를 받자마자 궁금해서 중증 뇌전증 환자 두 명의 지원을 받아서 열흘간 먹여봤네."

"저를 부르시지……."

성공하리라 생각했던 여덟 번째 버전이 실패하자 조급했던 것이 분명했다.

자신이 잘못했다는 걸 아는지 씁쓸한 표정을 짓고 있는 그에게 무슨 말을 더 할까.

화제를 바꾸며 일부러 명랑한 목소리로 말했다.

"그래서 결과는 어떻게 됐습니까?"

그는 머리를 긁적거리며 말했다.

"두 명 다 뇌전증이 멈췄네."

"성공했군요. 축하드립니다, 선생님!"

"고맙네. 하지만 아직 축하는 일러. 정식으로 비임상 시험을 한 후 3단계의 임상 시험까지 거쳐야 비로소 시판이 될 수 있으니 말일세. 물론 시판 후에도 안전성과 유효성 검사는 계속되겠지만 솔직히 그 과정에서 무슨 일이 있을지는 아무도 모르지."

"그래도 시작은 되지 않았습니까. 그리고 뇌전증 환자들에게 꼭 필요한 약이 될 테니 시험 과정만 확실하다면 승인은 쉬울 테고요."

"그야 그렇지. 미안한 부탁이네만 정식 시작에 앞서 자네가 이 약을 열흘 정도만 테스트해 주길 바라네."

예상하고 있던 바였기에 흔쾌히 대답했다.

"그러죠."

"혹시 몸에 해로울까 걱정된다면 안심해도 좋네. 추가한 것은……."

"선생님! 말씀 안 하셔도 됩니다. 비밀을 아는 사람을 적을수록 좋다지 않습니까. 그리고 전 교수님을 믿습니다."

"자네가 안다고 해도 나와 민 원장을 포함해 세계에서 3명뿐이네."

"두 분만 알고 계신 게 나을 것 같네요. 괜히 알아봐야 혹시 말하게 되지 않을까 걱정만 될 것 같습니다."

"늙은이 둘은 걱정해도 된다는 말처럼 들리는군. 허허허!"

"하하하! 그런 의미로 말씀드린 건 아닌데. 근데 하루 3알이면 너무 적은 것 같은데요."

"추가분은 병원에 가는 대로 주겠네. 성분까지 그램 단위로 체크하고 있거든. 이제부턴 보안과의 싸움이기도 하니 말일세."

"그러셔야죠."

소문이 난다면 군침을 흘리며 덤벼들 사람들이 많을 것이다.

민규식 원장이 알고 있다니 어련히 알아서 하겠지만 혹시 모르니 루시에게 부탁을 해놓을 생각이다.

＊　　　　＊　　　　＊

외래 진료를 받지 않고 예약 환자마저 10명이 넘지 않게 되자 토요일은 여유가 있었다.

그에 유예린의 말에 예약한 세 명의 환자에게 천국(?)을 보여주며 오르가즘이 어떤 식으로 작용하는지를 살폈다.

그리고 오르가즘에 대응하는 뇌의 위치는 개개인마다 다르지만 뇌에서 발생한 호르몬과 전기적 신호가 전달되는 곳은 거의 일치하는 걸 알아냈다.

이젠 혈의 자극으로 촉발된 음기에 양기를 더해도 폭발적인 오르가즘을 느끼지 않게 할 수도 있게 됐다. 쉽게 말하자면 오르가즘의 강도도 마음대로 조정할 수 있게 된 것이다.

처음엔 뭔가 엄청난 것을 얻은 것 같았다.

한데 이 지식으로 무엇을 할 수 있을까를 생각해 보면 에로 영화 배우가 말곤 딱히 떠오르지 않았다.

'일본으로 진출해 봐? 훗!'

어이없는 생각을 하며 병실 밖으로 나오는데 김 간호사가 어깨를 툭 치며 말했다.

"무슨 생각을 그리 하시기에 불러도 답이 없으세요?"

"…신음 소리를 하도 많이 들어서 그런지 정신이 멍해서요. 근데 할 말 있으세요?"

"네. 다음부턴 이런 진료엔 못 들어올 것 같다고요. 후우~ 왠지 모르게 자괴감도 들고, 어이도 없고… 아무튼 못 하겠어요. 죄송해요."

"아뇨. 이런 부탁을 한 제가 죄송하죠. 어차피 저도 단순한 쾌락만을 위한 시술은 안 하려고 했어요. 참! 이걸로 백화점에 가서 기분 좀 푸세요."

준비했던 상품권 봉투를 건넸다.

"아, 아니에요. 제 일을 한 것뿐인데……."

"개인적인 부탁이기도 했으니까요. 대신 여기에서 있었던 일은 비밀로 해주세요."

"민망해서 어디 가서 얘기도 못 해요."

"그렇긴 하겠네요. 손님들 점심 먹는 것까지만 확인해 주세요."

"네, 선생님."

김 간호사와 헤어진 후 2층 진료실로 돌아왔다. 그리고 유예린에게 연락했다.

"다음 주 화요일 날 시간되시면 병원에 나오세요."

―알아냈나요?

"기본적인 정보는 알아냈어요. 이제 환자 분의 신체에 적용이 가능한지를 봐야 해요."

―가능하면… 정상적으로 되는 건가요?

"그렇죠."

―…….

유예린은 만감이 교차하는지 잠시 동안 말이 없었다. 두삼은 잠깐 여유를 둔 후 말했다.

"참! 혹시 결혼하셨어요?"

―…그건 왜요?

"치료에 필요합니다. 결혼 안 했으면 애인이라도 괜찮습니다."

―…꼭 필요한 가요?

"있는 게 좋죠. 정확하게 하지 않으면 키스를 하는데 엄청난 기분을 느끼거나 혹은 반대되는 경우가 생길 수도 있거든요."

―…….

"혹시나 해서 하는 말인데 동성이 온다고 해도 상관없습니다만……."

―…그런 거 아니에요. 남편이랑 갈게요.

남편이랑 사이가 안 좋은 모양이다.

하긴 사이가 좋았으면 마사지 받는다고 오지도 않았겠지?

남의 가정사까지 생각하고 싶진 않았기에 머릿속에서 털어내고 VIP실에서 한방센터 특실로 옮겨온 이치열의 병실로 갔다.

안으로 들어가자 꼬릿 꼬릿 한 냄새가 먼저 반긴다. 신체가 성장을 하면서 나는 냄새인데, 자신도 사춘기 때 이런 냄새가 났나 싶을 정도로 심하다.

"이치열, 샤워했어?"

"아직……."

"얼른 가서 샤워하고 와."

"…선생님이 안마하고 나면 어차피 해야 하잖아요."

"아무래도 스마트폰 사용 시간을 줄여야……."

"갑니다! 지금 들어가고 있습니다!"

"훗! 구석구석 깨끗이 씻어."

"피부가 벗겨지도록 씻고 올게요."

이제 아이의 티를 벗기 시작한 이치열은 스마트폰 얘기가 나오자마자 샤워실로 들어갔다.

"으~ 자식, 창문 좀 열고 살지."

샤워를 하는 동안 환기를 시키고 방향제를 뿌려 냄새를 제거했다.

"다했어요."

이치열은 키 140정도에 골격이 커지는 것이 초등학교 4학년쯤 되어 보였다.

"머리 다시 감고 와. 앞에만 깨끗해. 뒤에 먼지가 잔뜩 붙어 있잖아. 안마를 해야 하는 나도 생각 좀 해주면 안 되겠냐?"

"…네."

나오자마자 다시 샤워실로 들어가는 이치열의 뒷모습을 보고 피식 웃었다.

성장호르몬의 분비는 신체에만 영향을 미치는 게 아니라 정신적인 성장에도 영향을 미치는지 말투에서 약간의 반항심 같은 것이 느껴졌다.

물론 아직까진 그저 귀여운 정도에 불과했다.

"이번엔 제대로 씻었네. 약 마시고 누워."

"날씨도 더운데 차게 해서 먹으면 안 돼요?"

"먹어도 되는데 그것 때문에 1㎝가 덜 큰다고 해도 날 원망하진 마라."

"…잘 먹겠습니다."

이치열은 다 마신 후 인상을 한껏 찌푸리며 침대에 누웠다.

"시작할게."

이치열의 성장호르몬 분비는 '이게 한계야!'라고 말하듯이 처음과 크게 다를 바가 없었다.

어떻게 해야 하나 고민했지만 뾰족한 수가 생각이 나지 않았다. 결국 1㎝라도 더 자라길 바라면서 머리부터 발끝까지 주물러 주고 있었다.

가능성은 희박하지만 육체의 요구에 뇌가 변화하길 기대하는 마음도 없잖아 있었다.

안마를 하며 나름 급격하게 자라고 있어 부담을 받고 있는 근육과 뼈에 기운을 불어넣어주고, 왕성하게 생성되는 분비물이 성장을 방해하지 않도록 제거했다.

사실 성장호르몬이 나올 때까지 계속 자극만 해준다고 해도 욕할 사람은 없었다.

그러나 자신이 잠깐 고생해서 이치열의 삶이 좀 더 행복해질 수 있다면 투자할 가치는 충분했다.

"후우~ 끝! 스마트폰 보다가 같은 자세로 너무 오래 있지 말고 스트레칭 자주 해. 줄넘기도 꼭 하고."

"네, 고생하셨어요."

"그럼 월요일 날 보자."

이치열의 병실에서 나온 두삼은 곧바로 퇴근 준비를 했다. 일과는 끝났지만 아직 할 일이 있었다.

후다닥 옷을 갈아입고 지하 주차장으로 내려가려는데 은수가 급하게 다가왔다.

"후우~ 퇴근 안 했네요. 선배, 지금 시간 있어요?"

"바빠. 다음에 하자. 근데 오늘 너 비번인데 왜 병원에 있냐?"

"그게 중요한 게 아니라 진짜, 진짜 급해요!"

평소 침착하기로 소문난 애가 이렇게 호들갑을 떨 정도면 정말 급한 일인가 보다.

"무슨 일인데?"

"…여기서 얘기하긴 좀 그래요."

"밥은 먹었냐?"

"식당에서 할 얘기도 아니에요."

"대체 무슨 얘기기에… 내 사무실로 가자."

"거기도 좀…….."

"그럼 어디? 네가 정해."

"우리 집으로 가요."

"……."

"이상한 생각 말고요! 현수 오빠 있어요."

"흠! 이상한 생각을 한 게 아니라 뭔가 끔찍한 생각을 해서 그
런다."

자신이 생각하는 바가 아니길 바라며 차를 타고 집으로 향했
다. 류현수의 집은 병원에서 멀지 않은 원룸이었다.

"…들어가 보세요. 전 제 방에 있을게요."

대문을 열어주고 슬며시 뒤로 빠지는 이은수를 보니 아무래
도 끔찍한 생각이 점점 현실화되는 기분이다. 그리고 안으로 들
어가 침대에 누워 있는 류현수를 보자 확신했다.

류현수가 당장 죽을 것 같은 표정으로 인사했다.

"…형, …어서 와요."

"부러졌냐?"

"…은수가 말해요? 절대 못 한다더니……."

혹시나 했던 건 음경 파열.

여성 상위(?)시대가 되면서 자주 발생하는 증상으로 심한 경
우는 치료 후에도 발기부전이 발생할 수도 있기에 조심해야 했
다.

"어휴~ 도대체 어떻게 했기에… 아! 설명하지 마. 괜히 상상할
까 두렵다. 언제 그런 거야?"

"…1시간 전에요."

"휴일이면 좀 쉴 것이지. 아침부터 그게 생각 나냐?"

"휴일이니까 생각나죠. 헤헤……."

"이 와중에 웃음이 나오냐?"

"울기는 좀 전에 울었어요. 진짜 좆되는 거 아닌가 싶어서요."

"발기부전이 된다고 해도 걱정할 거 없어. 요즘은 해면체 대용 펌프 넣으면 돼."

"…위로의 말치곤 끔찍하네요. 저 아직 서른 초반이에요, 형 ~"

젊은 녀석이 성관계 전에 몸속의 펌프를 눌러 발기시키는 걸 상상하니 안쓰럽긴 하다.

"…얼마나 심해?"

"모르겠어요. 다만 피가 철철 나더라고요."

"약은?"

"소염진통제는 먹었어요."

"그럼 바로 병원으로 달려와야지 왜 날 부른 거냐?"

"쪽팔리게 어떻게 가요. 일단 형이 심하다고 하면 가야죠. 그리고 가더라도 한강대병원은 절대 안 가요."

"…나한테는 안 쪽팔리냐?"

"이게 다 형 때문이잖아요."

"…부러진 게 왜 내 탓이야?"

"서로를 알기 위해서 열심히 하라면서요. 그래서 열심히 하다가 이렇게 됐으니 형 때문이죠. 책임져요."

"…귀두가 아닌 머리를 다친 거냐? 닥치고 손이나 내놔."

"발 내놔가 아니고요?"

이런 와중에도 연신 농담을 하는 걸보면 어떤 면에서는 참 대단하다.

"발이 아니라 발가락이겠지. 이제 헛소리 그만하고 얼른 손 내놔. 늦으면 진짜 좆돼."

기다리지 못하고 낚아채듯이 그의 맥을 잡았다.

남자의 음경은 두 개의 음경 해면체가 위에 있고 그 아래 요도를 감싸고 있는 요도 해면체가 있는 구조다.

보통의 경우 격렬한 성관계, 혹은 자위 중 '뚝!' 하는 소리가 나면 음경 해면체를 감싸고 있는 백막이 손상되는 것이다.

피를 잔뜩 머금고 있던 해면체의 겉이 찢어지거나 터졌으니 피가 많이 날 수밖에 없다.

심한 경우는 찢어진 해면체의 막을 봉합하는 수술이 필요한데 큰 수술은 아니지만 이후 발기 모양이 이상해지거나 발기부전이 될 수도 있었다.

그러니 심하다 싶으면 비뇨기과를 찾아서 검사를 받아보는게 좋았다.

'다행히 수술을 받을 정도는 아니네.'

두삼은 열심히 류현수의 음경을 살피며 기를 이용해 백막의 찢어진 부위를 감싸 피가 나오지 않게 했다.

기분 좋은 토요일에 후배의 거시기를 이렇게 세밀하게 살피게 될 줄 누가 알았겠는가.

웬만큼 조치를 한 후에 입을 열었다.

"나무젓가락 어디 있냐?"

"나무젓가락으로 뭐하게요?"

"부러졌으니 부목을 대야 할 거 아니냐."

"그럼 나무젓가락이 아니라 장작이 필요하죠! 근데 형이 농담하는 거 보니 괜찮은가 보네요?"

"그런 눈치는 더럽게 빨라요. 아슬아슬하게 수술은 안 받아도 되겠지만 약 잘 먹고 이상한 생각하지 말고 종교 방송 보면서 피 쏠리지 않게 해라."

"옙! 휴우~ 진짜 발기가 안 되면 어쩌나 걱정했네요. 고마워요, 형. 제가 다음에 한턱 쏠게요."

"내 입을 무겁게 하려면 웬만한 걸로는 어림도 없을 거다. 약은 알아서 챙겨먹을 수 있을 테니 난 간다. 월요일 날 내 진료실에 잠깐 들르고."

밖으로 나온 두삼은 이은수의 원룸 초인종을 눌렀다.

문을 열고 나온 그녀는 어색한 듯 고개를 푹 수그린 채 말했다.

"…다 됐어요?"

"쉽게 하면 나을 거야."

"…감사해요, 선배."

"고마우면 악수."

"네에?"

'뭐지?'라는 표정으로 내민 손을 보던 그녀는 조심스럽게 손을 잡았다.

잡는 순간 두삼의 손에서 빠져나간 기운이 그녀의 아랫부분을 살폈다.

격렬한 성관계를 하면 여자도 다칠 수 있는데 남자의 경우 워낙 확실하게 보이니 바로 알 수 있지만 여잔 몰라서 병을 키우는 경우가 있었다.

'괜찮네.'

괜찮은 걸 확인한 후 악수를 풀었다.

"간다. 휴일 잘 보내라."

"…선배도요."

이해를 못 하겠다는 그녀에게 인사를 한 후 건물을 내려왔다

*　　　　*　　　　*

일반 안마를 하면서 림프 마사지를 하는 건 한계가 있다. 림프관의 흐름에 따라 부드럽게 밀어줘야 하는데 목, 겨드랑이, 서혜부(사타구니) 등 상당히 민감한 부위에 위치해 있어 때문이다.

설령 안마의 목적이 치료라고 해도 죽을병이 아닌 바에야 가슴과 서혜부 근처를 열심히 문지르는 걸 누가 좋아할까.

그래서 림프 마사지는 대체로 동성 마사지사가 하거나, 민감하지 않는 부분만 하는 경우가 많았다.

한데 두삼의 경우 림프에 대해서 알아내기 위해선 온몸 구석구석을 해봐야 했다. 그리고 현재로썬 두삼이 해볼 수 있는 상대는 하란밖에 없었다.

초미니 비키니 수영복을 입고, 그마저 위의 끈을 푼 채, 하란은 엎드려 있다.

아로마 오일을 바른 탄력 있고 매끈한 피부 위를 두삼의 손이 그림을 그리듯 움직인다.

허벅지 안쪽에서 바깥쪽으로 힙과 허리에서 서혜부 방향으

로, 최대한 림프를 느끼려 노력하며 몸속 노폐물을 림프절 방향으로 밀었다.

꼼꼼하게 안마해도 1시간이면 충분한데 방향을 바꿔가며 2시간 가까이 림프 마사지를 했다.

마사지를 받는 하란은 기분이 좋은 듯 행복한 미소를 짓고 있었지만 마지막 림프절 마사지까지 끝낸 두삼의 표정은 밝지 않았다.

'예상은 했지만 너무 깨끗해.'

손가락 끝에 미세하게라도 걸리는 게 있어야 림프를 느낄 텐데 너무 깨끗했다. 그럴 만도 한 것이 본인 수영과 요가로 몸 관리를 철저히 하기도 하고 매일처럼 두삼이 기운을 이용해 주물러 주니 노폐물이 쌓일 틈이 없었다.

"으음, 끝났어?"

"웅. 자는 줄 알았더니."

"깜박 졸긴 했는데 나른한 기분을 느끼고 있었어. 전에 해주던 마사지도 좋지만 림프 마사지도 정말 좋네. 구름 위에 있는 느낌이랄까."

"하하! 자주 해줄게."

"힘든데 아주 가끔이면 돼."

몸을 일으킨 하란이 목에 팔을 감아온다.

오일이 잔득 발라져 있어서 평소완 달리 묘한 감촉이다. 마사지에 집중하느라 잊고 있었던 남자의 본능이 불끈 솟아올랐다.

입을 포개며 아까와는 달리 다소 거칠게 그녀의 가슴을 잡았다. 그리고 뜨거운 일요일 아침을 보냈다.

행복한 시간을 함께한 후 점심을 먹는데 하란이 물었다.

"근데 오빠 아까 표정이 별로 안 좋던데 어디 안 좋은 곳이라도 있었어."

"어디가 안 좋은 게 아니라 몸 상태가 너무 좋아서. 몸속에 있는 림프관이나 절을 느끼고 싶은데 걸리는 게 전혀 없더라고."

"아하! 앞으론 오빠를 위해서라도 게으름을 피워서 살을 찌워야겠다."

"하하하! 말이라도 고맙다. 하지만 림프를 아는 것보다 네 건강이 더 중요해."

"훗! 말이라도 고맙네. 근데 직접 받아보니 다른 사람한테 하는 건 곤란하긴 하겠더라."

"가슴과 서혜부 깊은 곳은 못한다고 봐야지. 물론 두 곳을 제외한다고 해도 누구한테 할 수 있겠어."

"두 곳만 피하면 아는 사람에게 부탁해도 되지 않을까? 오빠가 하는 안마랑 크게 다를 것도 없잖아."

"경계선을 넘는다고 봐야지. 그리고 죽고 사는 문제도 아닌데, 아는 사람에게 하는 건 내가 싫어."

"음, 생각해 보니 그건 나도 싫다. 그럼 차라리 아르바이트를 구해보는 건 어때?"

"아르바이트? 과연 할 사람이 있을까?"

"적당한 금액에 확실한 장소와 참관인까지 있다고 한다면 당연히 있을 것 같은데. 사실 돈을 벌면서 이런 마사지를 받을 수 있는 기회이기도 하잖아."

"그래? 음……."

생각해 보니 꽤 괜찮은 아이디어다.

두 번 다시 얼굴 볼 사이도 아니니 서로 부담감도 적고 자진해서 하는 것이니 문제의 소지도 적었다.

'장소는 한강대학병원에서 하기엔 좀 그렇고… 1층 안마실도 좀 그래. 오해의 소지가 적은 장소가 어디 없나? …아! 서문희 선생님 병원.'

성형 시술이 주(主)지만 피부 관리실까지 가지고 있으니 괜찮을 것 같았다.

생각을 할수록 계획은 점점 구체화되어 갔다.

*   *   *

출장 뷔페 직원이 데리고 온 안마사가 말했다.

"한 선생님, 잘 먹었습니다."

"별말씀을요. 식사가 입에 맞았는지 모르겠네요."

"아주 맛있었습니다.

"다행이네요. 다음엔 술도 같이 마실 수 있는 자릴 마련하겠습니다."

안마실을 관리하게 되면서 안마사들과 점심을 같이 먹어야겠다는 생각했었다. 한데 시각 장애가 있는 이들과 함께 식사를 하는 건 쉽지 않았다.

그래서 고민 끝에 공동희와 센터장의 허락을 받고 병원으로 출장 뷔페를 불렀다.

식사를 돕는 도우미들 역시 고용해서 편안하게 먹을 수 있도록 했는데 만족스러운지 식사를 마친 안마사들은 몇 번이고 감사를 표했다.

물론 아닌 사람도 있었다.

"형! 회랑 소고기 떨어졌어요. 추가라서 형 허락을 받아야 한다는데 얼른 말 좀 해주세요."

"…네가 왜 여기 있냐?"

"은수 따라왔죠. 피를 흘렸으니 영양 보충을 해야 하지 않겠습니까. 하하하!"

"…자랑이다. 근데 음식이 왜 모자라?"

안마실과 연관이 있는 안마과, 한방부인과, 그리고 간호사들까지 해서 넉넉하게 60인분을 신청했다.

간혹 60인분을 주문했음에도 적게 갖고 오는 곳이 있어 시작하기에 앞서 음식량 체크까지 했는데 부족하다니…….

두삼은 그제야 주변을 둘러봤다. 인사를 받느라 몰랐는데 얼굴도 모르는 레지던트와 인턴들이 신이 나서 밥을 먹고 있다.

"사람 수에 비해 음식이 적은 거죠. 사실 제가 애들 데리고 왔어요. 이런 좋은 행사가 있는데 놓치면 안 되잖아요."

누가 들을까 귀에 대고 속삭이듯 말한다.

"아! 근데 오늘 행사 형이 주관하는 거예요? 왜 형한테 물으라고 그러는 거예요?"

천진난만한 건지 생각이 없는 건지 모르겠다.

화를 내려고 해도 애들 먹이겠다고 데리고 왔다는데 뭐라고 할까.

"에휴~ 그게 뭐가 중요하겠냐. 마음껏 먹어라."

"그럼 형이 담당자한테 말해줘요. 전 피 보충하러 갑니다."

"많이 보충해라."

식사를 적당히 끝냈기에 출장 뷔페 책임자에게 부족한 건 채워달라고 말한 후에 커피 한 잔을 들고 밖으로 나왔다.

때마침 어머니께 연락이 왔다.

"네, 엄마. 어쩐 일이세요."

―밥은 먹었니?

"방금요. 엄마는요?

―나도 방금 먹었다.

"공사는 잘 돼가죠?"

부모님이 고향 집으로 가신다고 해서 이번 기회에 본채 일부와 별채를 현대식으로 고치기로 했다.

―이제 거의 마무리돼서 다음 달엔 들어가서 살 수 있을 것 같아.

"잘 됐네요. 돈 걱정은 마시고 최대한 편하게 고쳐달라고 하세요."

―지금도 충분해. 다른 건 아니고… 하란이가 차를 두 대 보냈더라.

"네? 진짜요?"

―아버지 출퇴근 차랑 시장 갈 때 쓰라고 내 차까지 보냈어. 한사코 거절했는데 이미 구입을 해서 반품이 안 된다는데 어떻게 해야 할지 모르겠다.

시골에 계신 두 분이 걱정돼서 보낸 모양이다. 아마 분명 루시가 장착되어 있을 것이다.

하란의 마음 씀씀이에 왠지 뭉클해진다.

"두 분 생각해서 보낸 거니까 쓰세요. 제가 하란이 어머님께 좋은 선물해 드릴게요."

─시장 가기엔 너무 좋아 보이던데……. 다음부턴 이러지 말라고 하려무나.

"하란이도 거기서 1년쯤 생활해서 불편한 걸 알아서 그런 걸 거예요. 그러니 좋게 생각하시고 쓰세요."

─알았다. 또 고생할 텐데 얼른 전화 끊고 잠깐이라도 쉬려무나.

어머니와 전화를 끊고 하란에게 바로 연락을 할까 하다가 저녁에 좋은 선물이라도 하나 들고 가서 얘기하기로 하고 진료실로 향했다.

진료실이 가까워지자 진료실 앞 소파에 한 쌍의 부부가 앉아 있는 게 보였다. 한데 척 보기에도 부부 사이가 별로라는 걸 말해주는 듯 서로 스마트폰만 뚫어지게 쳐다보고 있었다.

'이거 괜히 부른 건 아닌지 모르겠네.'

정확한 치료를 위해서 애틋한 시간을 보내줘야 하는데 가능할지 모르겠다.

안 되면 그때 다시 생각하기로 하고 일단 인사부터 했다.

"안녕하세요, 유예린 씨. 일찍 오셨네요?"

"…네."

"이분은?"

"…남편입니다. 급한 일이 있는데 얼마나 걸릴까요?"

"글쎄요. 일단 들어가시죠."

첫인상부터 별로 마음에 들지 않는 사람이다.

"이쪽으로 앉으세요. 마실 거 드릴까요?"

"괜찮습니다. 본론으로 바로 들어가죠."

"…아, 네."

유예린을 흘낏 보니 입술을 살짝 물고 화를 참고 있는 것처럼 보인다.

당장에라도 폭발할 것 같은 두 사람을 앞에 두고 일단 얘기를 시작했다.

"부인께서 이상 신체를 가지고 있다는 건 아시나요?"

"이상한 건 모르겠고, 관계 시 아프다고 하더군요."

"아시는군요. 그건 유예린 씨의 혈맥이 다른 사람과 달라서 그런 겁니다. 쉽게 말씀 드리면 일반인의 경우 외부의 자극 A에 대해 뇌의 반응 B가 일어나고 그로 인해 오르가즘 C가 발생합니다. 한데 유예린 씨의 경우 B의 반응이 C로 전달되지 않고 고통을 느끼는 D로 전달이 되는 겁니다."

"이해했습니다. 치료는 얼마나 걸리죠?"

"정확히 해봐야 알겠지만 3, 4개월 정도 생각하고 있습니다."

"그렇군요. 한데 치료가 가능하면 그냥 치료를 하면 되지 왜 저를 오라고 한 겁니까? 허락이 필요한 거라면 굳이 이렇게 부를 필요는 없었는데……."

"그건 남편분의 도움이……."

유예린의 남편 박일홍의 남처럼 대하는 태도에 씁쓸하게 웃으며 설명을 하려는데, 옆에서 꾹꾹 참고 있던 유예린이 폭발했다.

"여기 온 것이 그렇게 불만이야? 그럼 애초에 못 온다고 하지!"

"…당신이 꼭 와야 한다면서."

"꼭이란 말은 하지 않았어! 시간이 되면 와달라고 부탁한 거지."

"부탁? 당신은 부탁이라고 생각할지 모르겠지만 나에게 명령처럼 들려."

"내가 언제… 좋아. 명령이라고 해. 그럼 듣는 척이라도 해줄 수 없어? 여기 온 지 10분이 됐어? 20분이 됐어? 도대체 얼마나 대단한 일을 한다고 못 가서 안달을 내는 건데? 왜? 여자라도 기다리고 있는 거야?"

"…여자가 아니라 장인어른이 기다리고 계셔."

부부싸움은 집에 가서 하라고 말하고 싶을 만큼 두 사람은 자신을 신경 쓰지 않고 목소리를 높였다.

"당신 정말……! 그날 내가 소리친 말 때문에 당신이 상처받았다는 거 알아. 그래서 수없이 사과했잖아!"

"…그날 내가 받았던 상처를 당신이 안다고?"

"자존심이 상했겠지! 그래서 사과했잖아. 도대체 얼마나 사과를 해야 풀리겠어?"

"훗! 역시 당신은 몰라. 자존심? 물론 상하긴 했지. 한데 그게 다가 아냐. 돈을 줄 테니 다른 여자랑 하라고? 당신은 우리 사랑을 부정한 거야. 그날 남자로서의 나를 죽인 거라고!"

"그런 말이 아니었어. 난 그저……."

"진즉에 말을 했어야지! 그랬으면 같이 풀어갈 수 있었을 텐데……. 휴우~ 이제 와서 가정 따위 말하면 뭐하겠어. 치료를 할 수 있다니 다행이야. 하지만!"

말은 무섭다. 일단 뱉고 나면 주워 담을 수 없을뿐더러 상대에게 커다란 상처를 남길 수 있으니 말이다. 그러나 말하는 사람이 무조건 잘못일까? 아니다. 듣는 사람의 기분에 따라 똑같은 말도 달라질 수 있기 때문이다.

그러니 서로 감정이 고조되었을 땐 잠시 말을 멈추는 게 좋다.

두삼이 보기에 두 사람이 지금 그런 상태였다.

무슨 일인지 정확히 알지는 못한다. 그저 대화의 내용을 객관적으로 들어보면 오해로 인한 일 같다고 할까. 한데 여기서 대화가 더 진행이 되면 또 다른 앙금이 쌓여 더 돌이킬 수 없을 게 분명했다.

그래서 두 사람을 말리려 일어섰다.

사실 두 사람이 너무 크게 떠드는 것이 짜증스러운 것도 한몫했다.

박일홍에게 다가가 막 입을 열려고 하는 그의 팔꿈치에 있는 혈을 눌렀다.

그는 화들짝 놀라며 비명을 질렀다.

"악! …지, 지금 뭐하는 겁니까?"

대답하지 않고 다시 그의 혈을 눌렀다.

"아악! 미친! 뭐하는 짓이냐고요!"

역시 대답하지 않고 다시 손을 뻗으려 하자 이번엔 예상을 했는지 뒤로 피했다. 물론 그의 표정은 분노로 와락 일그러졌다.

갑작스러운 상황에 유예린도 황당한 듯 쳐다봤지만 개의치 않았다.

"당신 미쳤어? 왜 이러는 거야!"

"아픕니까?"

"…그걸 지금 질문이라고 하는 거야? 당연히 아파!"

"말이 곱지 않네요?"

"…말이 곱게 나오길 바랐으면 이런 짓을 말았어야지. 당신 내가 우스워?"

"기분은 어떻습니까?"

"이 인간이 점점……. 좋아 말해주지. 내 입에서 욕이 안 나간게 다행인 줄 알아. 그리고 조금 전에 일은 후회하게 만들어줄게. 으득!"

박일홍은 계속해서 이상한 질문만 하는 두삼에게 정말 화가많이 났는지 이를 갈며 분노했다.

하지만 두삼은 여전히 담담했다. 그리고 왜 그렇게 했는지 이유를 설명했다.

"두 분이 뭣 때문에 싸우는지 정확히 모릅니다. 짐작컨대 성관계 중 부인께서 하신 말에 상처를 받은 거 같은데 맞습니까?"

"…당신이 정신과 의사라도 돼? 설령 그렇다고 하더라도 무슨권리로 그런 말을 하는 거지?"

"제 앞에서 부부 싸움을 했으니까요. 대답을 안 하시니 유예린 씨에게 묻죠? 제 짐작이 맞습니까?"

"……"

그녀는 대답 대신 쓸쓸한 표정으로 고개를 숙였다.

"맞나 보군요. 이제 제가 남편분께 고통을 느끼게 한 이유를 말씀드리죠. 방금 느낀 그 고통을 부인은 성관계 시 지속적으로 느낍니다."

"……!"

"두 분이 얼마나 오랜 기간 해왔는지 모릅니다. 그러니 현재 하는 말이 오지랖 넓은 간섭일 수도 있겠죠. 그저 조금만 흥분을 가라앉히고 얘기를 하라는 뜻에서 한 행동이었습니다. 혹시 화가 풀리지 않는다면 원하는 대로 하셔도 됩니다. 더 싸우겠습니까?"

"……."

"……."

"그럼 앉으세요. 다시 설명을… 쩝! 설명할 분위기가 아니네요. 30분 후에 다시 시작하겠습니다."

두 사람의 시선이 서로를 향하고 있었는데 얘기를 해봐야 귀에 들어갈 것 같지도 않았다. 그래서 두 사람을 두고 밖으로 나왔다.

의자에 앉아 30분이 지나길 기다렸다.

안에서 어떤 상황이 벌어지고 있는지 모르지만 큰소리가 나지 않는 걸 보면 싸움이 아닌 대화를 하고 있는 모양이었다.

지루하게 기다리고 있는데 20분 정도 지나자 문이 열리고 한결 표정이 풀린 남편이 나왔다.

"…얘기 끝났습니다."

"이제 안 싸우실 거죠?"

"네, 미안합니다."

"저도 잘한 거 없으니 비긴 걸로 하시죠."

진료실로 들어가자 유예린이 미안해서인지, 고마워서인지, 둘 다 때문인지 고개를 꾸벅하고 숙였다.

"이제 설명할 분위기가 된 것 같네요. 아무튼 아까 말에 이어서 하겠습니다. 오늘 고통을 느끼는 D에서 희열을 느낄 수 있는 C로 이동시키는 시술을 하게 될 겁니다. 문제는 시술의 섬세함과 흔히 성감대라고 말하는 곳의 느끼는 강도입니다. 그래서 남편분을 불렀고요."

"어떤 섬세함이요?"

"키스를 할 때 입술 주변에 느껴지는 촉감이 다일까요? 가슴을 애무할 때는요? 그리고 팔을 슬쩍 만졌는데 신음이 터질 만큼 오르가즘을 느끼면 어떨까요? 이런 걸 정상 범주에 맞춰야 합니다. 한데 맞추려면 부인이 그러한 느낌을 지속적으로 받아야 하죠."

"그래서 내가 필요한 거군요."

"맞습니다. 아니면 제가 느끼게 만들어야 하는데……."

"네? 뭘 어쩐다고요?"

박일홍은 조금 전에 관심도 없더니 발끈하며 물었다.

"아! 제가 뭔가를 한다는 얘기가 아닙니다. 그저 혈을 자극해서 그렇게 만든다는 거죠. 하지만 그렇게 하는 건 너무 복잡해서 하기 힘듭니다."

쉽게 말해서 A, B, C지 그 과정을 실제로 하는 건 복잡하기 이를 때 없었다. 그럼에도 이왕 해주는 거 다른 성감대에서 느껴지는 것까지 연결해 줄까 하는데 협조하지 않으면 안 해도 그만이었다.

"바쁘시면 그냥 기본만 해도 됩니다. 한 서너 번만 오시면 되죠. 물론 그마저도 힘들면 제 나름대로 하는 방법이 있는데 감각이 조금 떨어질 수도……."

"가급적 오후 늦은 시간에 해주면 최대한 시간을 맞추도록 하겠습니다."

"그럼 일주일에 사흘 오는 걸로 계획을 짜서 보낼 테니 불가능한 날은 미리 말해주세요. 이제 병실로 이동하죠."

이미 얘기를 했기에 특실로 이동해서 바로 시술에 들어갔다.

맨 처음 할 일은 오르가즘을 담당하는 신경 연결선을 찾는 것. 이미 다른 사람을 보고 위치를 대략 짐작하고 있었기에 어렵지 않게 찾을 수 있었다.

'다행이네. 아예 없는 줄 알았더니…….'

때를 기다리는 씨앗처럼 내부에 웅크리고 있었다.

연결에 앞서 오르가즘을 담당하는 신경이 맞는지를 확인해야 했기에 전기적 신호를 가했다.

"어때요? 지금 뭔가가 느껴지나요?"

"간질간질한 느낌이……."

성감대는 자극을 받으면 간지럽다. 이러한 자극이 적당히 지속되면 성적 흥분을 느끼게 되는 것이다.

전기적 신호의 강도를 조금 높였다.

"지금은요?"

"…느, 느낌이 이상해요. 머, 멈춰주세요."

"찾은 거 같네요. 이제부터 잠깐씩 고통이 느껴질 수도 있습니다. 많이 아프면 소리치세요."

전기적 신호를 멈춘 후 본격적인 작업에 들어가려는데 박일홍이 물었다.

"잠깐만요. 고통을 느끼다니요? 아까 그런 말은 듣지 못했습니다만."

"무작정 고통을 느끼는 신호를 차단할 순 없습니다. 그럼 아픔을 느끼지 못하게 될 테니까요. 무수한 신경 다발 중 정확한 신경을 찾으려면 일일이 해보는 수밖에 없습니다."

"…많이 아프지 않게 해주십시오."

"신경 쓰겠습니다. 이제부터 집중을 해야 하니 궁금증이 있으면 좀 있다 물어주세요."

이제부터 좀 더 미세한 세계로 들어가야 했다.

유예린의 음핵을 자극하자 그 신호는 곧장 뇌로 향했고 뇌는 갖가지 호르몬을 만들고 신호를 재생산했다. 그리고 그 일부가 목표 지점으로 내려왔다.

'확대!'

지금까지 하나의 선으로 보이던 신경이 확대가 되며 수많은 다발처럼 보이기 시작했다. 그리고 그중 일부가 파랗게 빛나고 있었다.

'막는다!'

의지가 막아야겠다고 생각하자 두삼의 하얀 기운이 파랗게 빛나는 신경세포로 모여들면서 하나씩 옥죄며 막았다.

파랗게 빛나는 건 하나도 남김없이 막은 후 다음으로 전기적 신호를 가해서 새로운 길을 뚫기 시작했다.

과거 나연섭의 조임근을 치료하면서 경험이 있음에도 워낙 미세한 작업인지라 온 신경을 집중할 수밖에 없었다.

전기적 신호가 가해질 때마다 조금씩 길을 만들어 마침내 지금까지는 연결되어 있지 않던 성감을 느끼는 신경으로 연결했다.

'큭! 오늘은 여기까지 해야겠다.'

초미세의 영역에서 현실로 돌아오자 처음 뇌전증을 치료할 때처럼 뇌가 얼마나 혹사당했는지 어지러울 정도로 뜨거웠고 깨질 듯이 아팠다.

굉장히 긴 시간 작업을 한 것 같은데 시간을 보니 1시간이 조금 넘었다.

"후우~ 됐습니다."

"고생하셨습니다. 여기……."

땀을 흘리는 자신이 안쓰러웠는지 박일홍이 손수건을 내밀었다.

"감사합니다. 이제부터는 제대로 연결되었는지 확인해야 하니 남편분께서 애써주세요."

"네? 그게 무슨……?"

"애무를 해보시라고요."

"…지금 여기서요?"

"확인을 해야 하니까요. 아! 물론 저는 나가서 휴게실에 있을 겁니다. 하실 수 있으시겠죠?"

박일홍은 유예린과 두삼을 몇 번 번갈아 보아 보다가 작게 고개를 끄덕였다.

"…노력해 보겠습니다."

"시간은 넉넉히 드리겠습니다. 그럼."

두 사람을 남겨두고 병실을 나와 휴게실로 향했다.

막 휴게실에 도착해서 시원한 물을 마시자 정신이 들면서 한 가지 말을 하지 않았다는 걸 깨달았다.

"아! 전희만 하라는 말을 빼먹었네. 에이~ 애무만 하라고 했으니 알아들었겠지."

지금 가봐야 분위기를 잡는데 방해가 될 것 같았고 품위가 있는 사람들이 설마 할까 싶어 내버려 뒀다.

이러한 결정이 부부의 관계를 빠르게 가깝게 만들었다는 것은 알지 못했다.

*   *   *

"저 한두삼이라는 사람 대단하지 않아?"

음식점에서 TV를 보던 남자가 맞은편 회사 동료에게 말했다.

"이 과장님도 저 프로그램 보세요?"

"응. 우연찮게 봤는데 볼 만하더라고. 나 어릴 때 동네에 한의원이 있었는데 갈 때마다 달콤한 사탕을 주셨던 한의사 할아버지가 생각나기도 하고."

"하하! 추억으로 보시는구나. 전 건강 관련 정보 때문에 자꾸 보는데. 과장님 말씀마따나 저기 나오는 한의사 대박이긴 하더라고요. 혹시 인터넷에 올라온 영상 보셨어요?"

"이상한 의사 단체랑 대결하는 거?"

"네. 그거요. 전 그거 보고 소름이 돋았다니까요. 참! 그거 아세요? 그 환자 암 맞대요."

"진짜? 근데 암은 검사 결과에 없지 않았나?"

"없었죠. 근데 그 환자 입원한 병원 관계자라는 사람의 댓글 보니까 그 환자 진짜 암에 걸렸대요."

"대단하네. 근데 저 사람한테 검사 한번 받으려면 비싸겠지? 건강검진에 아무 이상 없다고 나오는데 몸 상태가 영 안 좋아서."

"비싼 건 둘째치고 과장님처럼 생각하는 사람들이 많을 텐데 예약이 되겠어요? 그리고 과장님은 술 적게 드시면 됩니다."

"하하하! 그런가? 자자! 그럼 즐겁게 한잔하자고. 즐겁게 먹으면 보약이라잖아."

두 사람이 기분 좋게 건배하는 걸 옆 테이블의 못 마땅한 얼굴로 보는 이가 있었는데 바로 임동환이었다.

'빌어먹을! 어딜 가도 그 자식 얘기뿐이군.'

TV에 출연하게 되면서 최근 한방센터에서도, 학교에서도 두삼은 주요 관심 대상이었다.

임동환 자신이 출연할 프로그램이었기에 자신이 누려야 할 인기를 뺏긴 기분이었다.

그래서일까 일행을 오기도 전인데 소주 한 병을 거의 다 비웠다.

임동환이 다시 소주를 시켰을 때 오늘 만나기로 한 옥지혜가 도착했다.

"어머! 웬 술을 이렇게 급하게 마셔요? 제가 늦어서 화가 나신 거예요?"

"하하! 그럴 리가요. TV에 마음에 들지 않는 놈이 나와서요."

옥지혜는 TV에 시선을 돌렸다가 이해하겠다는 듯 고개를 끄덕였다.

"채널을 바꾸지 그랬어요?"

"뭘 그렇게까지. 앉아요. 저녁은요?"

"선생님이랑 같이 먹으려고 안 먹었죠. 근데 오늘은 밥보단 술을 마셔야겠네요. 저도 한 잔 주세요."

"식사 먼저 해도 괜찮아요."

"아녜요. 그냥 안주 먹으면 돼요."

두 사람은 주거니 받거니 빠르게 술을 비워갔다.

"참! 그러고 보니 전에 TV 출연한다고 했었잖아요. 저 프로그램 선생님이 나가기로 했던 거 맞죠? 설마 저것도 그 인간이 뺏은 거예요?"

"훗! …어쩌다 보니 그렇게 됐습니다."

"와! 진짜 나빴다. 어떻게 동료의 방송까지 뺏냐."

"그럴 걸 생각했으면 선배 대접도 했겠죠."

"하기는 원래 그런 인간이니. 자! 더러운 기분 털어버리고 한 잔 쭉 해요."

"그래요. 크으~ 쓰다. 근데… 전에 말하던 계획은 어떻게 되어 가고 있어요?"

"전에 말하던 계획이요?"

"이태원 바에서 그랬잖아요. 그 인간을 완전히 보내 버릴 계획이 있다고."

"아! 그거요? 있긴 하죠. 한데 막상하려니 뭔가 애매해요."

"…뭐가 애매해요?"

"계속 치근덕거리면 본때를 보여주겠는데 학교에서 경고를 받은 후론 제 앞에서 조심하더라고요. 그리고 저보다 더 화가 날 임 교수님도 가만히 있는데 제가 날뛰는 것도 우습고요."

옥지혜를 이용해 두삼에게 엿을 먹이려고 했는데 묘하게 핀트가 어긋나는 느낌이 들었다.

혹시 마음이 변했나 싶어 슬쩍 떠보았다.

"…그렇게 말씀하시니 서운하네요. 같은 배를 탄 동지라고 생각했는데……."

"저도 당연히 동지라고 생각해요. 다만 후배라고 해서 봐주는 게 아닌가 생각할 뿐이에요. 저 같았으면 건방지게 굴 때 공론화라도 시켜서 따끔하게 혼냈을 텐데 그러지 않았잖아요."

"어설프게 건드리기 싫었을 뿐입니다. 이왕 혼을 내기로 마음을 먹은 이상 옥 교수님처럼 확실한 방도가 있을 때 움직여야 하지 않겠어요?"

"제가 볼 땐 임 선생님은 마음이 너무 여려서 절대 못할 것 같은데요? 남잔 가끔 독할 때가 있어야 멋있는데. 물론 지금도 멋지지만요."

술을 많이 마셔서인지, 아님 여자 앞에서 약해 보이는 게 싫어서인지 임동환은 발끈해서 말했다.

"옥 교수님은 모르겠지만 예전에 놈에게 빅엿을 선물한 적이 있습니다."

"훗! 착한 우리 임 교수님이 어떤 일을 하셨을까."

"듣고 놀라지 마세요."

임동환은 과거 두삼을 궁지로 몰았던 얘기를 무용담처럼 자랑스럽게 했고 옥지혜는 그의 말을 테이블 밑에서 고스란히 녹음하고 있었다.

『주무르면 다 고침!』10권에 계속…

초대형 24시 만화방

신간 100%, 샤워실, 흡연실, 수면실(침대석), 커플석, 세탁기 완비

■ 광명 광명사거리역점 ■

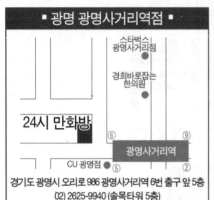

경기도 광명시 오리로 986 광명사거리역 6번 출구 앞 5층
02) 2625-9940 (솔목타워 5층)

■ 강북 노원역점 ■

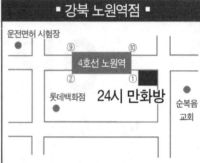

서울 노원구 상계동 340-6 노원역 1번 출구 앞 3층
02) 951-8324 (화용빌딩 3층)

■ 일산 정발산역점 ■

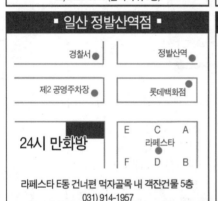

라페스타 E동 건너편 먹자골목 내 객잔건물 5층
031) 914-1957

■ 일산 화정역점 ■

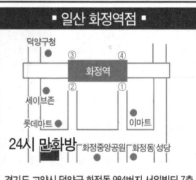

경기도 고양시 덕양구 화정동 984번지 서일빌딩 7층
031) 979-4874 (서일사우나 건물 7층)

■ 부천 역곡역점 ■

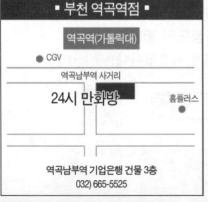

역곡남부역 기업은행 건물 3층
032) 665-5525

■ 부평역점 ■

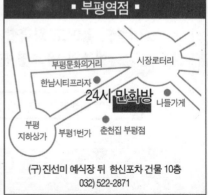

(구)진선미 예식장 뒤 한신포차 건물 10층
032) 522-2871